STUDIOS
TALMA

De Faina Savenkova :

– *Donbass mon amour, Donbass ma souffrance*, Talma Studios, 2022.

Titre original : Стоящие за твоим плечом

Illustration de la couverture : Maria Volkova
ISBN : 978-1-913191-22-1

Talma Studios International Ltd.
Clifton House, Fitzwilliam St Lower
Dublin 2 – Ireland
www.talmastudios.com
info@talmastudios.com

Alexandre Kontorovitch

Faina Savenkova

Ceux derrière ton épaule

Traduit du russe par Christelle Néant

Introduction

Alexandre Kontorovitch, écrivain et soldat

« Comment est née l'idée de votre livre, et que vouliez-vous dire ? » sont des questions souvent posées à un auteur.

Afin de faciliter le travail à venir des critiques, nous allons essayer de clarifier certains points clés : ce livre n'est pas un thriller d'espionnage ; il ne parle pas non plus de la « guerre », bien que les deux y soient présents. Le livre contient des descriptions d'opérations de combat et des exemples de travail des services secrets, mais nous n'avons pas écrit sur ce sujet.

Tout ce qui précède n'est rien d'autre que l'arrière-plan dans lequel se déroulent les principaux événements. Les héros du livre ne sont pas les militaires, ni les agents de renseignement ; ils sont importants, mais ils ne sont pas les personnages principaux. Les véritables héros du livre sont les enfants. Ordinaires, sans particularité par rapport à leurs pairs. Pas d'enfants prodiges ni de personnes particulièrement douées, juste des garçons et des filles. Et leurs compagnons sont des chats. Certes, pas tout à fait ordinaires…

Le fait est que les enfants sont parfois capables de discerner dans les choses familières leur véritable utilité. Voir et accepter. Sans avoir besoin d'élucider les raisons ou les circonstances de leur apparition ici et maintenant, simplement accepter les choses telles qu'elles sont. Accueillir et devenir ami avec l'inconnu. Ne pas chercher à le plier à sa volonté (ce que font généralement les adultes), le disséquer et l'étudier. Recevoir simplement cette amitié.

Il leur suffit d'avoir un ami fidèle à leurs côtés. Un ami qui ne trahira pas et n'abandonnera pas, qui n'hésitera pas à donner sa vie pour que le rire d'un enfant résonne encore sur la Terre. Et c'est dans des circonstances difficiles et éprouvantes que cela se manifeste le plus fortement. C'est le moment où les enfants nécessitent, plus que quiconque, aide et soutien, alors que les adultes sont accaparés par leurs propres affaires, sans doute importantes et indispensables, mais ce sont les leurs. Et ils n'ont pas toujours le temps de mettre en garde les enfants contre les dangers et les faux pas, qui se révèlent parfois très dangereux.

De telles situations ont toujours existé lors de guerres et de conflits de toutes sortes, peu importe le lieu : dans l'ancienne Rus', le Caucase du XVIIIe siècle ou le Donetsk moderne, les enfants souffrent partout. Et les vieux compagnons des guerriers, les chats insolites, ont peu à peu commencé à comprendre que les guerriers courageux et braves ne sont pas les seuls à avoir besoin de leur amitié et de leur aide, il y en a d'autres. Ceux qui manquent de force et d'expérience de la vie, et ne peuvent tout simplement pas encore se défendre seuls. Les chats ont fait leur choix. Et l'autre camp, de ceux qui sèment la discorde et l'inimitié depuis des temps reculés, a fait de même. Chacun a choisi son camp, et s'est rangé du côté de ceux qu'il veut aider. Certains ont risqué leur vie pour sauver leurs protégés. D'autres, tapis dans l'obscurité, ont continué à tromper et à séduire des personnes faciles à duper. Les tromper, et les transformer en instruments obéissants pour l'accomplissement de leurs désirs. Cette guerre entre le Bien et le Mal n'a pas commencé hier, et elle ne se terminera pas aujourd'hui. Mais nous pouvons aider le Bien en étant plus attentifs à ce qui nous entoure : regarder de plus près et comprendre. Comprendre la différence entre des mots dans un bel emballage et la vérité, pas toujours agréable ; entre fiction et réalité ; entre le blanc et le noir.

Faina Savenkova, dramaturge et écrivain

C'est probablement le travail le plus difficile de ma vie. Pour moi, la principale difficulté était le sens des responsabilités, car mon roman avec Alexandre Kontorovitch n'est pas seulement une fiction sur les chats et les enfants. C'est l'histoire de la lutte entre le Bien et le Mal, lorsqu'il est difficile de comprendre à quoi ressemble le Bien ou le Mal, et s'ils sont différents l'un de l'autre. Est-ce un monde à l'envers, comme les contes de fées de Lewis Carroll ? Seulement, il s'est avéré être plus réel que nous ne le pensions. C'est en partie ce que nous disent les « léopards ». Et, bien sûr, cela parle de la lutte pour les enfants et leur âme. Peut-être que notre livre aidera des enfants, s'ils sont un peu perdus, à rester avec les « léopards » et à croire en eux ?

Donetsk, 2024

– Il va vraiment venir ?

Anton renifle et jette un coup d'œil à Mikhaïl, assis à côté de lui.

– Il doit venir ! répond-il fermement, puis hésite un peu et ajoute sur un ton différent : Eh bien... tu comprends, les léopards ne demandent jamais à venir. S'ils le font, c'est qu'ils ont un but précis, toujours.

Les garçons jettent un regard en direction des ruines voisines.

C'est calme, seul le vent souffle de temps en temps, secouant les branches des arbres et courbant l'herbe épaisse. La journée n'est pas seulement ensoleillée et chaude, elle est si chaude que même l'asphalte semble fondre. Les bruits de la grande ville ne parviennent pas jusqu'ici, et l'on pourrait se croire très éloigné, en pleine nature. On s'attendrait à ce que surgissent des fourrés un élan ou un sanglier avec une portée de marcassins. Cependant, cela n'arrive jamais. Pourquoi ?

C'est difficile à dire. La guerre a quitté l'endroit, il n'y a plus de tirs, et les explosions d'obus de mortier et de projectiles ont cessé de résonner sur le territoire de l'ancien aéroport. Les démineurs ont passé la zone au peigne fin, déterrant la plupart des « cadeaux » mortels. Pourtant, il est apparemment impossible de tout nettoyer, et des panneaux, portant l'inscription « Mines », continuent de bloquer l'accès à la zone. C'est pour les gens, cela ne devrait pas gêner les animaux. Néanmoins, on ne sait pour quelle raison ils ont déserté les lieux, à l'exception des oiseaux. De leur part, ce n'est pas étonnant : ils ont le contrôle du ciel et n'ont pas besoin du sol, une branche leur suffit. Ainsi, à part eux, les seuls êtres vivants qui se risquent ici sont les léopards.

* * *

Quand sont-ils apparus ? Nul ne s'en souvient.

De grands chats gris, pas vraiment des chats, d'ailleurs. De l'extérieur, oui, ils ressemblent beaucoup aux animaux domestiques ordinaires, au point de se confondre, comme le disent parfois les adultes. En effet, lorsqu'un petit léopard est couché à côté d'un chat domestique, on ne voit pas la différence : les mêmes petits museaux mignons, la même fourrure soyeuse, la même queue duveteuse. Un chat ordinaire, en apparence. Toutefois, cette impression se dissipe dès que le léopard se dresse : un corps musclé, des pattes puissantes, même chez les « chatons » et, surtout, son regard. Attentif (pas méfiant, comme beaucoup l'assurent) et alerte, le léopard semble voir ce qui est invisible aux chats ordinaires, et plus encore aux humains. De multiples témoignages le confirment.

Ils attirèrent l'attention pour la première fois lorsque l'un d'eux s'interposa entre un garçon et une voiture, en le repoussant vers le trottoir. L'enfant eut seulement le pantalon déchiré, mais le léopard eut moins de chance, le choc fut trop violent.

Lorsque le jeune garçon entra dans le cabinet du vétérinaire et tendit l'animal au médecin, ce dernier hocha la tête :

– Seigneur, que lui est-il arrivé ?

– Il a été renversé par une voiture. Aidez-le !

– Je suis désolé, mon garçon. Il n'y a rien que je puisse faire. Avec des blessures pareilles, il ne s'en sortira pas.

– Mais il est vivant ! Il respire.

– Crois-moi, cela ne durera plus longtemps... Tu veux que je lui fasse une piqûre et que je l'endorme ? Ce serait mieux pour lui. Regarde comme il souffre.

Le chat, en effet, souffre. Il ne respire plus que par à-coups, faisant siffler l'air entre ses babines ensanglantées.

– Je ne peux pas faire ça, répond le garçon en secouant négativement la tête. Il ne veut pas.

– Comment le sais-tu ? demande le vétérinaire, surpris. Il ne parle pas.

– Barsik !,[1] crie le garçon. Il ne me croit pas. Fais quelque chose...
Déploie deux fois tes griffes.

Et devant les yeux ébahis du vétérinaire, d'énormes griffes sortent
deux fois des coussinets souples de ses puissantes pattes.

– Hum... s'étrangle le vétérinaire. Barsik, c'est cela ? Très bien, nous
allons essayer.

Le chat survit. Comment le put-il après de telles blessures ? Dieu
seul le sait, mais c'est un fait. Le cinquième jour, il essayait déjà
de se tenir sur ses pattes. Une semaine plus tard, il trottinait dans
la pièce. Pendant tout ce temps, le garçon resta à ses côtés. Il ne
partait que pour dormir ou étudier, mais dès que les cours étaient
finis, il retournait à la clinique.

– Ce n'est pas un chat ordinaire, fit remarquer un jour le vétérinaire
à un collègue.

– Que veux-tu dire ? C'est probablement juste une nouvelle race. Il
y en a à la pelle, de nos jours.

– Eh bien... C'est ce que j'ai pensé au début, mais je l'ai opéré et
je peux te dire qu'il est tout sauf un chat domestique ordinaire. Il a
beaucoup de points communs avec lui, mais... c'est un tout autre
animal. Je préfère supposer qu'il s'agit plutôt d'un lynx ou d'un
léopard, mais génétiquement modifié. Et puis, il y a d'autres petites
choses encore. Il est trop... intelligent pour un chat ordinaire. Je ne
sais comment l'expliquer.

Il y a des questions plus importantes à traiter, d'autant plus que les
léopards sont devenus monnaie courante. Désormais, on les voit
souvent et, en règle générale, rarement seuls, car ils sont toujours
près des enfants. Un jeune journaliste s'intéressant au phénomène
découvrit des détails curieux. Si curieux, en fait, qu'il n'osa pas
écrire sur le sujet.

Premièrement, tous ne répondent qu'au nom de Barsik, quoi que
l'on fasse. En outre, chacun reconnaît précisément son propriétaire.

____

1. *Barsik* signifie « léopard » en russe, mais c'est aussi un nom ou surnom
couramment donné aux chats par leurs propriétaires.

Si un garçon sortant de l'école crie « Barsik ! », seul se lève parmi ceux couchés au soleil celui qui l'accompagne. Tous les autres continuent de somnoler.

Deuxièmement, ce sont tous des mâles, il n'y a pas une seule femelle.

Troisièmement, ils s'efforcent de ne pas perdre de vue leur maître et de toujours rester près de lui, à l'exception, en règle générale, des écoles et des lieux similaires, tels que les hôpitaux, où l'enfant est sous la surveillance ou la garde d'un adulte. Dans toutes les autres situations, le compagnon rayé est invariablement dans les parages. Et il faut dire que leur vigilance n'est pas inutile. Les exemples où l'un d'eux a sauvé son propriétaire ou lui a épargné des ennuis sont devenus une réalité quotidienne.

D'ailleurs, aucune tentative pour les faire partir de la ville n'a été couronnée de succès. Même capturé et mis en cage, non sans préjudice pour celui qui s'y risque, l'animal disparaît rapidement et... réapparaît aux côtés de son propriétaire. Il existe, bien sûr, quelques cas où le chat enlevé n'est jamais revenu.

Il y a matière à scoop, mais, en consultant ses collègues, le journaliste reçoit une réponse inattendue :

– C'est vraiment indispensable ? Tu penses être le premier à attirer l'attention sur eux ?

– Mais... pourquoi personne ne s'y intéresse ?

– Oh, nous nous y intéressons, corrige son interlocuteur. Je vais même t'en dire plus : je me suis personnellement intéressé aux cas où ces... disons, les propriétaires de ces chats ont réussi à les vendre. Les vendre, littéralement !

– Et...

– Ils ne sont jamais revenus. Ils se sont enfuis de chez leurs nouveaux propriétaires, mais ne sont pas retournés non plus chez ceux qui les avaient vendus. Je ne sais si c'est une coïncidence, mais les enfants de ces familles eurent des accidents par la suite.

– Ce que tu veux dire, c'est que...

Le collègue plus âgé secoue la tête de manière négative :

– Je ne veux rien dire. Je fais juste remarquer qu'à ce moment-là, il n'y avait personne près d'eux pouvant, sinon prévenir, du moins avertir du danger.

– Et tu y crois ? Cela a des relents du genre... Je n'arrive même pas à trouver les mots.

– C'est ce que croient la plupart des parents de ces enfants. Il y a des cas où des inconnus essayant d'enlever ces compagnons à rayures prirent une sérieuse raclée de la part des adultes. Personne ne veut risquer la santé de ses enfants. Que ce soit vrai ou non, tu n'as pas envie d'essayer.

– Hum...

– Et avec ton article, tu pourrais faire du tort. Tiens-en compte.

Le désir de renommée reste fort, mais, en rentrant chez lui, le journaliste aperçoit sa femme promenant leur bébé dans son landau. En le voyant, elle le salue avant de traverser la rue.

– Mia-a-a-ou !

Le cri du chat la fait bondir en arrière et même porter la main à son cœur, tandis qu'un camion fait une embardée dans le virage et les dépasse à toute vitesse, en les frôlant, avant de disparaître au coin de la rue. Les parents se précipitent vers l'enfant et s'assurent qu'il est sain et sauf. En se retournant, le journaliste ne constate pas la moindre trace de chat dans la rue. Mystère... Pourtant, tous deux entendirent distinctement un miaulement à l'instant qui aurait pu être fatal.

L'article resta inachevé.

* * *

– Il n'est pas venu... soupire le plus jeune des garçons.

– Je te dis d'attendre. Les léopards n'appellent personne pour rien.

En réalité, il n'a pas tout à fait raison : ils n'appellent pas.

Quelques instants plus tard, l'animal s'approche de son ami et s'assoit à côté de lui pour qu'il le remarque. Ensuite, il se dirige tranquillement vers l'ancien aéroport, avant de disparaître dans les buissons, tandis qu'eux se posent sur un bloc de béton armé qui bloquait autrefois la route.

– Où vont-ils ? demande le plus jeune.

– On dit qu'ils vont en bas.

– Dans les souterrains ? Mais c'est dangereux !

– Pas pour eux, je suppose. En plus, ils sont intelligents, donc ils ne descendront pas où il y a du danger. On dit beaucoup de choses... mais personne ne les a jamais suivis.

– J'aimerais savoir, soupire le plus jeune.

L'autre garçon jette un coup d'œil vers lui, mais ne répond rien.

– Ron-ron-ron...

Un corps souple et rayé apparaît soudainement. Le léopard s'approche du garçon plus âgé, renifle ses jambes et se frotte contre elles. Puis il se tourne vers la ville, comme pour signifier : « Allons-y ! »

– Ah...

Quelque chose bouge dans l'herbe, et le plus jeune tombe à genoux, l'écartant avec ses mains. Deux yeux noirs le fixent avec attention. Un chaton est assis sur le sol, le regard déterminé.

– Prends-le dans tes bras, suggère son camarade.

Il s'avère étonnamment lourd, presque un kilo. S'appuyant avec confiance sur le flanc du garçon, il ronronne tranquillement. Plus précisément, il émet un faible ronronnement.

– Regarde, il te reconnaît, affirme le plus âgé en hochant la tête. Ils ronronnent toujours ainsi quand ils reconnaissent un compagnon.

– Et si ce n'est pas le cas ?

– Alors, il sautera à terre et partira. Et n'essaye pas de le retrouver, on ne sait pas où ils vont.

– Nous pouvons rentrer à la maison, maintenant ?

– Où d'autre ? Montre-lui où il va vivre.[2]

---

2. NdT : Vous trouverez plus d'informations sur ces événements dans le conte *Enseignants et élèves* du livre *Donbass, vis !*, dont Alexandre Kontorovitch est l'un des auteurs, éditions Iaouza, 2020 (uniquement en russe) https://www.litres.ru/roman-zlotnikov/zhivi-donbass/

Chapitre 1

L'ancienne Rus',[3]
il y a très longtemps

La porte s'ouvre en grinçant et Khrabr, l'un des hommes les plus proches du prince Vsevolod, entre dans la pièce.

– Les guetteurs sont revenus, voïvode.[4]

– Enfin ! Il se lève d'un coup sec. L'attente était devenue presque insupportable. Comment vont-ils ?

– Mal, voïvode. Trois sont grièvement blessés. Irénée dit qu'ils ne s'en tireront pas. Il ne reste que trois hommes pour retenir l'ennemi. Je crains que nous n'entendions plus parler d'eux non plus.

– Et avons-nous appris quelque chose sur ces brigands ?

– Non, Khrabr secoue la tête. Ils ont attaqué avant que nous ayons pu atteindre leur campement.

* * *

Dehors, le jour se lève à peine et la brume matinale enveloppe encore la forêt. Le hameau est petit, juste quelques maisons. La plus belle a été donnée au voïvode Igor, les soldats s'entassant dans la maison voisine. C'est là qu'il se rend. À son entrée, ils s'écartent pour lui laisser le passage et les bavardages cessent. Sur des bottes de foin jetées à la hâte gisent trois blessés, près desquels s'affaire Irénée, le médecin du prince.

– Comment vont-ils ? Igor s'agenouille près d'eux.

– Ils ont été touchés par des flèches. Ils sont sérieusement blessés et ont perdu beaucoup de sang.

– Tu peux les sauver ?

---

3. NdT : Rus' ou Ruthénie, l'État puis les États des Slaves orientaux du Xe au XIIIe siècle, dont le territoire, variable au cours du temps, est aujourd'hui réparti entre la Fédération de Russie, la Biélorussie et l'Ukraine.
4. NdT : Terme désignant le commandant d'une région militaire.

– Je ne sais pas... Je ferai de mon mieux, mais est-ce que cela suffira ?, répond le guérisseur en écartant les bras.

Le voïvode prend la main du guerrier allongé devant lui et la serre, essayant de lui remonter le moral. Après les avoir quittés, Igor se laisse tomber sur un banc à côté de la maison.

– Où est Vassilko ?

– Me voici, voïvode, s'élève une voix grave. Un homme barbu et corpulent apparaît devant lui.

– Parle !

– Nous ne les avons pas trouvés. Nous n'avons pas même pu atteindre la ravine de Gorelaya dont les villageois nous ont parlé, ils nous attendaient au ruisseau. Quand notre avant-garde l'a franchi, ils nous ont immédiatement criblés de flèches, puis se sont précipités sur ceux qui avaient traversé. Nous n'avons pu que nous enfuir.

– Donc, tu t'es enfui ?!

– N'importe qui en aurait fait autant, boyard.[5] Le soldat secoue la tête. Des nuées de flèches s'abattaient sur nous, et ils ont surgi sur la rive presque trois fois plus nombreux que nous. Ils auraient tué tout le monde avant même que nous ayons pu traverser...

Igor remarque le bras bandé de son compagnon.

– Tu es blessé ? Va voir Irénée.

– Après, boyard, d'autres en ont plus besoin.

– Que s'est-il passé ensuite ?

– Seulement trois de nos hommes n'ont pas été blessés. Même quand il a commencé à faire nuit, ils nous tiraient dessus avec précision. Heureusement, ils étaient loin, alors les flèches perdaient de leur puissance, c'est ce qui nous a sauvés.

– Comment pouvaient-ils voir dans l'obscurité ?

– Je ne sais pas, mais ils voyaient... Assurément, ils n'ont pas tiré à l'oreille, ils ne nous auraient pas touchés aussi précisément.

* * *

____

5. NdT : Terme désignant un aristocrate d'Europe de l'Est.

La situation est grave. La bande de brigands n'est arrivée que récemment dans ces régions, mais elle a déjà causé beaucoup de dégâts. Ils attaquent généralement à l'aube, frappant de toutes leurs forces. Ils n'épargnent personne, ne laissant aucun survivant pour témoigner de ce qui s'est passé. Ils parviennent à trouver les cachettes et les passages les plus secrets, éliminant sans pitié tous ceux qui tentent de s'y abriter. Aucune recherche n'a jamais été couronnée de succès. Peu importe qui essaie de les trouver, c'est inutile. Ils disparaissent dans la nuit, ne laissant aucune trace, comme s'ils n'avaient jamais existé.

Cette situation ne peut plus durer, les gens commencent à exprimer leur mécontentement à l'encontre du prince. Le boyard-voïvode doit donc mettre de côté ses autres affaires, lever une troupe et éliminer ces brigands. L'ordre du prince est clair : « Trouvez-les et pendez-les tous aux arbres le long de la route, afin qu'à l'avenir, personne ne pense plus à voler. » La tâche, qui ne semblait pas compliquée au départ, se révèle pourtant incroyablement difficile. Les méthodes éprouvées pour traquer l'ennemi ne donnent aucun résultat. Pire, il est humiliant de ne pouvoir riposter contre eux. Bien sûr, ils doivent avoir quelques pertes, mais ils restent invisibles et semblent se fondre dans la forêt sombre.

Tu es un voïvode, ou non ? Et tu n'es pas capable de les affronter et d'en sortir vainqueur ?! Cependant, tu ne peux rien y faire pour l'instant, alors ne frappe pas le vide avec ton épée.

Les hommes du voïvode interrogèrent les anciens des villages environnants. Personne n'avait rien vu, il n'y avait pas d'étrangers sur les routes ni sur les chemins. D'ailleurs, même avant, cet endroit n'était pas particulièrement sûr pour les voyageurs, il n'est pas une route commerciale.

Les chasseurs furent plus utiles, car ils indiquèrent la ravine de Gorelaya, non pas qu'ils y aient croisé quelqu'un, mais tous ceux avec qui les hommes du prince avaient parlé étaient d'accord sur un point : cet endroit est impur. Et, même si la cause pourrait en être un orage, il y a un feu qui y brûle, dont les rumeurs rapportent qu'il viendrait d'en bas, de sous la terre. C'est... une *anomalie*... Il fut même question d'appeler un prêtre pour consacrer le lieu, mais la discussion n'alla pas plus loin. Les gens cessèrent simplement de passer près de cet endroit inquiétant. Où les brigands pourraient-ils se cacher, sinon dans un endroit impur ? Les guetteurs s'y rendirent, mais n'atteignirent jamais le lieu.

Igor ne pense pas que cette escarmouche était accidentelle. De toute son âme, il sait que l'ennemi se trouve à proximité. Près, très près. Que faire maintenant, alors que, de toute évidence, quelqu'un informe ceux de la forêt de leurs faits et gestes ? Manifestement, celui-ci en sait beaucoup, car l'expédition vers la ravine de Gorelaya avait été organisée dans le plus grand secret, et les guetteurs partirent dans la nuit, sans personne dans les parages.
Et voilà le résultat : trois blessés, qui ont peu de chances de survivre, et trois portés disparus probablement tués. Pas un seul combat avec l'ennemi, mais déjà des soldats tombés. Certes, ils ne sont pas tous morts, mais c'est inacceptable. C'est lui, Igor, qui devra en répondre au prince. Et il n'a pas encore de réponse. Pour l'instant... mais cela n'a que trop duré : il doit agir, et vite.

* * *

Deux jours plus tard, l'état des blessés s'est aggravé. Irénée ne les quitte pas, mais il a encore plus de cas à gérer : ayant découvert qu'il est le guérisseur du prince, les paysans amènent d'autres blessés, tous par flèches. Après les avoir interrogés, Khrabr dérange à nouveau le voïvode :
– Voilà la situation, boyard... Il se gratte la barbe. Le fait qu'ils soient touchés par des flèches n'est pas surprenant, ces brigands n'aiment pas se battre. Ils ne veulent pas montrer leur visage, ce qui est compréhensible. Ils ne veulent pas non plus que les gens sortent du village. Tous ceux qui sont blessés se dirigeaient vers la ville pour commercer ou d'autres affaires.

– Ont-ils peur que nous allions chercher de l'aide ?

– C'est possible.

Quelqu'un surveille-t-il aussi la troupe ?

Le lendemain, deux des blessés sont au plus mal : un soldat de la troupe et un jeune garçon d'un village éloigné. Une flèche le frappa dans le dos tandis qu'il fouettait son cheval aussi fort qu'il le pouvait pour fuir. Son oncle eut moins de chance : il trépassa avant d'atteindre le village.

Un des soldats de la troupe apparaît sur le seuil de la porte.

– Boyard... Quelqu'un veut te voir.

Il s'arrête, cherchant ses mots, tandis que le voïvode lève la tête :

– Qui ?

Le soldat hoche silencieusement la tête et se recule pour laisser place. Le visiteur est, en effet, inhabituel. C'est un vieil homme grand et puissant, avec de longs cheveux blancs comme la neige. Ils sont soigneusement rassemblés en mèches tombant sur les épaules. Une bande de ce qui devait être un tissu coloré lui entoure la tête, mais elle a perdu sa teinte d'origine depuis longtemps, il est désormais impossible de la déterminer. Ses vêtements amples sont attachés par une large ceinture à laquelle pendent de petits sacs. Ce qui attire aussi l'attention est cet énorme chat, ou plutôt un petit lynx, assis paisiblement à ses pieds. Il a des pattes puissantes et des houppes sur les oreilles. Parfaitement immobile, il ne semble pas se soucier des soldats à proximité.

– Qui es-tu ? demande Igor sans se retourner.

– Tu devrais être prudent avec lui, boyard... murmure Irénée. J'ai entendu parler de lui... Un homme étrange.

– Étrange comment ? Il a deux bras, deux jambes...

– On dit que la bête s'est liée d'amitié avec lui. Il vient de la forêt, et ce n'est pas tout : il semble faire partie des Mages... Les anciens... Cela fait longtemps qu'on ne l'a vu par ici. Je croyais qu'il était mort. Pourtant, il est là.

– Et alors ? Certes, il est vieux, mais qu'y a-t-il de surprenant ?

– C'est que personne d'autre ne se souvient de lui. Quand j'étais un jeune garçon, j'entendais déjà les mêmes histoires sur lui. Je n'avais pas dix ans, il est toujours pareil. Comment est-ce possible ?

Igor secoue la tête, ignore les doutes du guérisseur et fait quelques pas vers le visiteur. L'homme reste silencieux et semble ne pas le remarquer. Seul le chat tourne la tête et regarde Igor.

– C'est toi qui commandes, ici ?, demande brusquement le vieil homme.

– Eh bien, je... Et toi, grand-père, qui es-tu ? Comment dois-je t'appeler ?

Le visiteur ouvre les yeux et se tourne vers le voïvode :

– Appelle-moi « Grand-père ». Et c'est la vérité, car j'ai perdu le compte de mes petits-enfants depuis longtemps... Il s'arrête et jette un regard à celui qui s'approche. Asseyons-nous sur ce banc.

C'est étrange, mais Igor s'assied docilement à l'endroit indiqué. Lui, habituellement si fier et impétueux, reste silencieux. Le grand-père regarde autour de lui.

– Pourquoi tes hommes sont-ils rassemblés ici ? Ils n'ont rien d'autre à faire ?

– Sortez ! Le voïvode fait un signe impérieux de la main.

Tout en observant le visiteur, chacun retourne à sa place.

– Eh bien, Grand-père, qu'as-tu à dire ?

– As-tu des problèmes, boyard ? Il semble que tu n'arrives pas à vaincre l'ennemi.

– Oui, avoue-t-il honnêtement. Il refuse le combat et se cache, comme un voleur dans la nuit.

– Parce qu'il est nocturne, il voit mieux la nuit.

– Comment est-ce possible ? Seul un hibou grand-duc peut voir dans la nuit.

Le visiteur secoue la tête, en désaccord :

– Ce peut être un hibou grand-duc, mais il y a d'autres espèces...

– Lesquelles ? Igor regarde son compagnon.

– Quelque chose de proche des hiboux grands-ducs. Il y a un *sovil*,[6] là-bas.

– Quel genre d'esprit maléfique est-ce ? Je n'en ai jamais entendu parler.

Le vieil homme soupire.

– Tu n'es pas le seul, boyard. Il nous est étranger, il n'est pas de chez nous. Et esprit maléfique ou non... j'ai entendu dire qu'il y a un pays de l'autre côté de la mer où les guerriers se promènent en jupe, comme les femmes, mais ils sont forts. Eh bien, il y a quelque chose de similaire là-bas aussi. Le Botoukane Sovil[7] est également une sorte d'esprit maléfique, mais il veille sur les personnes âgées atteintes d'infirmité, comme un fantôme domestique. On dit qu'il moud le grain avec une meule à main.

– Voyez-vous cela, un meunier !, sourit Igor. Et qu'a-t-il perdu chez nous ? Où est son moulin ?

– C'est au-delà de la mer. Qu'il y ait un pays ou non, personne ne le sait. C'est peut-être un conte de fées, mais, chez les Vikings, c'est une tout autre bête. Le hibou a-t-il commis une faute envers un renard ou quelqu'un d'autre ? Personne ne le sait, mais les Vikings le craignent et l'honorent. Ils essaient de ne pas l'offenser. Il est mauvais, mais il est possible de passer un accord avec lui, d'une manière ou d'une autre.

– Alors, disons que ce soit le cas... Et ensuite ? Il triple sa force ?

– Non, le vieil homme secoue la tête. Il n'a pas ce pouvoir, mais il peut te conduire à ton adversaire, te montrer un endroit d'où tu pourras frapper secrètement et disparaître hors des regards. Ça, oui... Nos ancêtres le disaient déjà. S'il se place derrière l'épaule de quelqu'un, il le dirigera directement là où il le faut. Il n'a pas d'autre moyen.

---

6. NdT : Dans la version originale, en russe, le mot utilisé, *sovil*, a la même racine que le mot *sovy* désignant les hiboux.

7. NdT : Botoukane Sovil est un esprit des granges des Highlands d'Écosse qui, prenant pitié des vieux infirmes, moud le grain pour eux. Bodachan Sabhail est l'orthographe originale de Botoukane Sovil. « Le petit vieux de la grange » est son surnom.

– Et ce quelqu'un ne pourra rien y faire ?

– Il ne s'approche pas de n'importe qui. Il n'est pas venu te voir, n'est-ce pas ? Il ne viendra pas me voir non plus. Nous sommes différents, nous ne vivons pas du malheur des autres.

– Et maintenant ? Dois-je appeler un prêtre ?

– Il ne pourra t'aider, pas dans cette situation. Ce n'est pas le genre d'ennemi que les prêtres combattent.

– C'est réconfortant, grogne le voïvode. Tu nous terrorises avec ton esprit maléfique, et il s'avère que le prêtre n'est d'aucune aide. Qui alors ? Ton lynx ?

– Oui. Il regarde l'animal : Barseg ! Iras-tu avec lui ?

Le chat tourne lentement la tête et fixe Igor de ses yeux verts. C'est un regard étrange, comme celui d'un homme. Le boyard secoue la tête, chassant l'illusion : un chat ne peut regarder ainsi. Certes, grand, insolite... mais ce n'est pas un homme. Il n'a pas cette intelligence.

– Les princes perses ont longtemps eu des léopards comme gardes.[8] Ils sont intelligents et fidèles à leur maître. Ils donneront leur vie pour lui sans la moindre hésitation, poursuit le visiteur.

– Eh bien... j'ai aussi entendu parler des chiens romains, convient Igor, mais ces temps sont révolus.

– Cela dépend. Le vieil homme hausse les épaules. Je n'ai pas de léopard, et je ne vois pas à proximité de chien romain, mais nous avons Barseg.

– Quel est ce surnom bizarre ?

– *Barseg* est le mot persan pour « protecteur ». Il ne répond à aucun autre nom.

– Voyez-vous cela !, sourit le boyard. Il ne répond pas... même si son maître l'ordonne ?

– Il n'a pas de maître. Et personne ne peut lui donner d'ordre.

– Toi non plus ?

---

8. NdT : Dans les temps anciens, les shahs perses utilisaient des léopards comme gardes du corps au lieu de chiens.

– Moi non plus, convient le visiteur. Il va et vient comme bon lui semble. En ce moment, il est avec moi. Si besoin, il se tiendra à tes côtés.

Le voïvode se met à regarder différemment le chat insolite. Hum... un assistant.

– Que peut-il faire ?

– Il t'éloignera des endroits dangereux, d'un marécage ou d'un marais en le contournant. Il peut détecter toutes sortes de problèmes et voir un hibou de loin. Jour ou nuit, c'est la même chose pour lui. Il ne l'aime pas, ils sont ennemis. C'est un étranger sur notre terre.

– S'ils se rencontrent dans une bataille, qui l'emportera ?

– Je n'en sais rien, le grand-père secoue la tête. Je n'ai jamais entendu parler d'une telle situation. Alors, boyard, occupe-toi de lui et tu le regretteras pas.

* * *

Après le départ du vieil homme, le voïvode retourne chez lui. Il doit réfléchir. Maintenant, il n'a plus de doute : l'ennemi surveille le village. Et il n'a pas besoin de se cacher à proximité dans les buissons : ces esprits maléfiques (il s'entête à considérer les hiboux comme tels) l'aident d'une manière ou d'une autre, bien que l'on ne sache pas comment.

Ayant convoqué Khrabr, le boyard lui ordonne :

– Prépare une équipe pour les traquer, je la mènerai moi-même. Nous partirons à la tombée de la nuit.

Le calcul est simple : si Barseg les aide à éviter d'être repérés, alors il sera sans doute possible de découvrir quelque chose. L'ennemi ne peut voler, et traverser la rivière à la nage serait mission impossible compte tenu des méandres et des villages sur les berges.

Et où pourraient-ils s'abriter ? Pas sur l'eau, ni dans la forêt, ni sur un bateau, qui serait facilement visible de loin.

* * *

Ils partent à plus d'une douzaine de soldats expérimentés. L'opération est risquée, mais le voïvode fait confiance aux paroles de
Grand-père. Peut-être passeront-ils inaperçus ? Le chat, qui
dormait paisiblement sur le poêle, se glisse sans bruit dans la cour
et disparaît dans l'obscurité. Le boyard ne l'appelle pas : il reviendra.
Tandis qu'il fait les cent pas, une ombre se glisse dans la nuit et une
tête presse avec insistance son genou droit.
– Que fais-tu ? Igor s'accroupit.
Le chat le pousse de la tête et, se retournant, fait quelques pas en
avant.
– Il faut aller par là ?
L'animal continue d'avancer.
– Derrière lui ! Le voïvode fait un signe de la main.
– Il se passe des choses étranges... chuchote quelqu'un derrière.
Nous allons suivre un chat dans la forêt. Il faut croire que nous
ramènerons une boîte de souris demain matin.
– Ne dis pas de bêtises !, interrompt Khrabr. Le boyard n'est pas
stupide, il connaît les affaires militaires. S'il l'ordonne, tu iras
chercher une vache !
Pourtant, Igor est loin d'être aussi convaincu, mais il lui est impossible
de montrer le moindre signe de doute devant ses hommes.
– On a dit de le suivre. Et que personne ne discute !
Après un début de parcours en ligne droite, la troupe s'enfonce
dans d'épais bosquets. C'est l'espèce de chat qui les guide, mais,
étonnamment, il n'est pas difficile à suivre – il faut seulement veiller
à regarder où poser les pieds. Et, de manière inattendue, la forêt
n'est pas infranchissable.
Trois cents pas plus loin, il devient encore plus facile de marcher, les
sous-bois s'éclaircissant sous la faible lumière de la Lune. Le chat
accélère le rythme, se détachant du groupe, mais il ne s'éloigne
jamais trop et, de temps en temps, se retourne. Luisent alors les
yeux verts brillants de ce guide insolite.
Après plus d'une heure de marche, Barseg s'arrête soudainement,
puis se fige. Sans faire de bruit, Igor s'approche et lui touche le cou.

La bête est tendue, comme la corde d'un arc bandé.

– Chut !, adresse Khrabr aux guerriers, qui s'accroupissent.

Le chat fait quelques pas, puis se retourne comme pour appeler l'homme. Ses yeux brillent dans l'obscurité. Marcher ? Il risque de faire craquer une branche. Se mettant à quatre pattes, le voïvode rampe sur quelques dizaines de pas, en suivant son étrange compagnon.

Des odeurs humaines ! Celle d'un corps non lavé et une odeur de brûlé. Un feu a récemment été allumé. Il y a quelqu'un tout près. Un camp de l'ennemi... Après être revenu auprès de ses hommes, Igor leur ordonne de se séparer et de contourner par le côté, de sorte qu'aucun des brigands ne puisse s'échapper. Et l'attente commence.

– Hou-hou !, hulule un « hibou grand-duc ».

D'accord, c'est presque comme un hibou grand-duc, car Khrabr est capable d'imiter tous les oiseaux. Il arrive que de vrais soient trompés, et il utilise ce talent pour chasser.

Posant une main sur l'épaule d'un soldat, le boyard pointe le doigt : « Allons-y ! »

Sur deux dizaines de pas, ils rampent en retenant leur souffle. Ils se baissent aussi bas que possible pour éviter de heurter une branche et alerter l'ennemi. Ils réussissent à se déplacer sans bruit, pas la moindre brindille ne craque. Une cavité profonde se révèle à leurs yeux, formée par la chute d'un arbre immense, ses racines ayant arraché une large couche de terre.

Un maigre feu brille faiblement, juste quelques braises qui scintillent encore par endroits. Malgré cette faible lumière, ils peuvent distinguer les silhouettes des hommes couchés à même le sol.

Ils dorment ? Il semblerait que oui. Où est la sentinelle ? L'un d'eux doit monter la garde. Un soldat sur la gauche bouge, son épée pointant quelque part sur le côté. Ah, il est là...

– Sur la tête et dans un trou ! ordonne le chef d'un geste.

Il n'a pas besoin d'expliquer davantage : tous les soldats savent ce que cela signifie. Cela fait longtemps qu'il n'est plus nécessaire de

leur enseigner comment éliminer un ennemi bayant aux corneilles. Deux ombres se précipitent silencieusement dans la direction indiquée, quelque chose craque. Un râle étouffé... C'est fini.
– Allons les chercher.
Et les soldats, qui n'attendaient plus que cet ordre, s'abattent sur la tête de l'ennemi endormi.

* * *

Après une courte escarmouche, quatre hommes sont ligotés. Deux ont refusé de se rendre et se sont battus jusqu'à la fin. Leur corps est désormais englouti par les écrevisses. La sentinelle, malchanceuse, a fini de la même façon, car l'homme ne portait pas de casque, et le coup l'a aussitôt expédié dans l'autre monde.

Les soldats inspectent soigneusement les lieux, effaçant toute trace de ce qui s'est passé. On peut maintenant la chercher de tous côtés : où est passée l'avant-garde des brigands ? C'est comme si l'esprit de l'eau ou une bête maléfique les avait tous emportés, comme s'il n'y avait pas eu de bataille, comme si personne ne les avait attaqués, tous disparus d'eux-mêmes.

Il n'y a rien à tirer du premier homme interrogé, non à cause d'une résistance sans précédent – il est vrai que l'on ne peut grand-chose contre une tête brûlée –, mais parce qu'il est stupide. Il révèle juste qu'il y a beaucoup de brigands et qu'Ingvar est à leur tête. Qui est-il, d'où vient-il, il n'en sait rien. Il l'a récemment rejoint, avec dix voleurs comme lui. Ils ne sont pas des guerriers, juste d'anciens serfs et paysans affamés. Ils commettent de petits larcins, n'ayant pas l'étoffe pour des actions plus sérieuses. Ils seraient restés dans les bois si, une nuit, la troupe d'Ingvar n'était tombée sur eux. Pas de combat, pas d'escarmouche, ils étaient tous endormis. Et après un bref interrogatoire, on leur offrit le choix : finir la tête dans l'eau ou se mettre sous le commandement d'un vrai chef. L'un d'eux semblant réticent, l'eau gargouilla... Les autres se montrèrent alors raisonnables... Le prisonnier semble dire la vérité. Ses vêtements sont misérables et rapiécés en plusieurs endroits, et, pour arme, il porte une hache ordinaire. En le voyant ainsi dans les bois, on se demande quel genre de brigand est-ce. Le boyard se contente de secouer la tête :

– Attachez-le avec les autres. Nous verrons plus tard que faire de lui.

Au tour du suivant, qui n'est clairement pas un paysan : il porte des tatouages sur le visage et les bras, des cicatrices sur la joue et le bras gauches. C'est un guerrier fort. S'il n'avait été touché au casque, il se prosternerait à présent devant un esprit de l'eau.

– Assieds-toi ! Vassilko fait un signe de tête au prisonnier.

Il sourit malicieusement, regarde autour de lui et s'assied sur le banc.

– Comprends-tu ce que nous disons ?, lui demande le voïvode.

– Je peux parler, répond-il brièvement.

– Quel est ton nom ?

– Ragnar.

– Qui êtes-vous ? Et que voulez-vous ?

– Pourquoi vouloir savoir ? Beaucoup de connaissance, c'est beaucoup de chagrin. Ne demandez pas, et vous mourrez en paix.

– Pourquoi ?

– Comment vivre dans la peur ? Et il en sera ainsi. Tu auras peur de tout, tu regarderas derrière toi, tes mains s'affaibliront et tu manqueras ton coup.

– Cette peur t'aide-t-elle actuellement ? Et pourquoi ne touche-t-elle pas tes hommes ?

– Cela arrive... Comme à tout le monde.

Après ces déclarations, le prisonnier, le voïvode et Vassilko se regardent, pensifs. Ils ont matière à réflexion. Ce qui, au départ, ne semblait qu'un raid de brigands, s'avère en réalité un problème plus épineux. La horde d'Ingvar n'arrive pas juste pour détrousser les paysans, leur chef a un autre but.

– Aucun de vous ne sortira jamais de la forêt, ajoute le prisonnier. Ni toi, prince, ni tes soldats. Vous mourrez tous ici.

Il ne cache rien – pourquoi risquer le fer rouge, il n'y a rien à y gagner ? Il affirme que personne ni aucune force ne peut contrer le plan prévu. Et il n'a pas peur de la mort, habitué depuis longtemps à l'idée qu'il ne pourra lui échapper. La question est de savoir comment la recevoir. En ce domaine, il est résolu. Au combat ? Va pour le combat, mais une autre option lui conviendrait parfaitement, tant qu'il tient une épée... Ils se mettent d'accord là-dessus. Le voïvode promet que sa demande sera satisfaite.

Ragnar pense d'abord qu'il est face à un prince, induit en erreur par l'armure d'Igor, imposante et magnifique. Pourtant, il ne s'afflige pas en découvrant la réalité, il hausse juste les épaules. De toute façon, ce sera bientôt fini. Il poursuit :

– Pas même un oiseau ne s'envolera d'ici. Et votre prince Vsevolod ne restera pas longtemps dans l'ombre non plus. Il viendra ici en personne, surtout si les mots qu'il faut atteignent ses oreilles. C'est pourquoi ils ne vous toucheront pas pour l'instant. Restez ici, si vous le souhaitez, mais quand votre seigneur arrivera, alors vous mourrez tous.

Le captif ne sait pas exactement combien de personnes compte leur troupe, seulement qu'un détachement d'une cinquantaine d'hommes accompagne Ingvar. Le reste est dispersé dans les bois, coupant tous les chemins et les pistes, tandis que les autres voies sont gardées de sorte qu'aucun messager ne puisse se glisser à travers les mailles du filet. Sur ce plan, les forces obscures l'aident : de jour ou de nuit, elles voient tout. Ragnar ne sait pas qui elles sont, il n'a pas non plus cherché à savoir. Il prend certains mythes trop au sérieux.

– Il n'est pas possible pour un homme de leur parler directement : il tomberait dans le coma et mourrait. Seul peut communiquer avec cette entité inconnue celui derrière l'épaule duquel elle se tient, qui n'a donc pas besoin de voir quoi que ce soit, puisqu'il l'entend et peut poser des questions.

– Pourquoi un tel honneur tombe sur quelqu'un ? Personne n'est venu te voir ? Vassilko nargue le prisonnier.

– Il ne vient pas à n'importe qui. À un guerrier ordinaire, non, personne n'en a même entendu parler. À un jarl[9] ou un prince, oui... Et même là, pas sans raison. En outre, il ne viendra pas lui-même, ils l'amèneront.

– Qui l'amènera ?

– Je ne sais pas. Les vieux hommes dans les forêts profondes savent quelque chose à ce sujet.

C'est tout, il n'y a rien d'autre à apprendre du prisonnier, il n'en sait pas plus. L'interrogatoire est terminé, Ragnar est emmené. Les deux autres prisonniers ne disent rien du tout. Oui, il y a une horde dans la ravine de Gorelaya, on le sait déjà. Une cinquantaine d'hommes, dont environ trois douzaines d'entre eux sont en armure. Et ensuite ? Les attaquer de front ? Il faudra bien les atteindre d'une manière ou d'une autre.

* * *

– Le brigand a raison : Vsevolod ne restera pas dans la ville assis sans rien faire, il sortira avec une petite armée. Il viendra nous chercher... une lame à la main !, explique le voïvode. Nous sommes une cinquantaine ici. Je compte ceux qui peuvent se battre avec des armes. Le prince en prendra au moins une centaine de plus. Combien en restera-t-il dans la ville ?

– Cent cinquante.

– Et si quelqu'un l'attaque à ce moment précis, juste après le départ du prince et de la moitié de l'armée ?

Vassilko se contente de sourire. Les drapeaux de l'ennemi flotteront au vent sous le rempart.

– C'est donc à nous de trouver le moyen de sortir d'ici... Vassilko hausse les épaules.

– Par la rivière... suggère le voïvode. Nous devons agir sans attendre, avant que les ennemis ne s'aperçoivent que leur secret est éventé.

---

9. NdT : La traduction la plus proche de *jarl* est *comte*. Ce terme désigne des chefs vikings locaux nommés par le roi et lui devant allégeance.

À midi, le groupe s'enfonce dans la forêt. Seules tremblent les branches des buissons effleurés.

Le village n'est pas déserté, la vie paraît continuer comme avant. Quelques soldats blessés, vêtus de leur tenue de combat, apparaissent de temps en temps dans les rues, pour masquer que la troupe est partie. Quelques trous sont percés à la hâte dans les clôtures et les barrières pour leur permettre de sortir à d'autres endroits après un rapide changement de tenue. Vu de l'extérieur, il ne semble pas qu'il reste à peine une dizaine de guerriers dans le village.

* * *

Ils marchent furtivement, regardant attentivement autour d'eux et dissimulant autant que possible leur présence. Igor place manifestement ses espoirs dans son guide à quatre pattes, qui a déjà prouvé son efficacité. Barseg glisse silencieusement dans la forêt, tantôt sur le côté, tantôt devant. Jusqu'à présent, il ne montre aucun signe d'inquiétude. Il ne chasse pas ni n'essaie d'attraper quoi que ce soit, comme le ferait un chat normal. Non, il fonctionne différemment. « Comme un soldat en campagne », pense le boyard. En effet, son comportement ne ressemble guère à celui d'un animal domestique ordinaire. Et même par rapport à un chat sauvage, il se comporte de manière inhabituelle.

À une demi-journée de marche du village, la troupe s'arrête, il est temps de prendre un peu de repos.

– Slav ! Le voïvode adresse un signe de tête vers l'un des soldats en désignant le chat. Nourris-le.

Il s'accroupit, ouvre le col du sac, d'où il sort un morceau de viande séchée et le jette à la bête. Barseg s'approche tranquillement, renifle la nourriture, la saisit entre ses dents et s'écarte.

– Quel animal !, sourit Slav.

Après une collation, la troupe repart.

Quelques heures plus tard, le comportement du guide à quatre pattes change soudainement. Il se fige, comme s'il écoutait quelque chose. Sa patte est en l'air, puis il la pose lentement sur le sol. Sa tête, aux oreilles alertes, tourne d'un côté à l'autre. Barseg grogne doucement pour alerter.

Khrabr, qui le suit, agite la main de manière impérieuse, et tous les soldats s'arrêtent immédiatement, préparant leurs armes. Encore quelques instants. Le chat fait quelques pas prudents, se retourne et regarde le premier soldat debout.

– Suis-le ! Le voïvode fait un signe de la main.

L'éclaireur disparaît dans les buissons. Les autres soldats se dispersent dans les bosquets, laissant leurs bagages sur le sol, à l'exception de leurs armes. Le temps s'écoule avec une lenteur indescriptible, comme s'il errait dans les fourrés denses. Dans le silence habité de la forêt, quelque chose crépite à proximité.

Tchac ! Le guerrier sort des buissons et ose enfin respirer.

– Alors ? Igor se penche près de lui.

– Un camp là-bas... Une cinquantaine d'hommes... Ils cuisinent, réparent leur barda...

– Ils ne nous ont pas encore repérés ?

– Non... J'ai vu les sentinelles, elles se tournent les pouces et ne sont pas en état d'alerte.

– Sont-ils armés ? Des guerriers ou de simples paysans ?

– Des deux. Peu d'entre eux sont correctement équipés... cinq ou six tout au plus. Des armes de toutes sortes, plutôt des massues et des lance-pierres. Il y a une vache, quelqu'un est en train de la traire.

Le boyard réfléchit : « C'est tentant de tuer les ennemis pendant qu'ils se reposent. Ils n'ont rien repéré, nous pouvons donc en éliminer une douzaine avec les flèches et, ensuite, les attaquer avec nos épées et nos haches. La moitié d'entre eux tombera immédiatement et les autres ne feront pas long feu. L'un d'eux s'enfuira probablement dans les bois, sans doute vers le camp principal. Oui, nous allons abattre une cinquantaine d'ennemis ici. Pas sans pertes, mais c'est ainsi... Cependant, le chef de cette bande est de loin le plus intelligent, et il ne restera pas les bras croisés. »

– Allons plus loin, hoche de la tête le voïvode à Vassilko. Que les hommes se lèvent et avancent avec prudence.

Ils ne réussissent à progresser que de cent pas. À l'avant, le chat arque soudainement son dos, feule et s'enfuit sur le côté. Les hommes de tête sortent les épées de leur fourreau, l'un d'eux lève son arc. De derrière les arbres apparaissent trois hommes armés. Ils sont en route pour le camp et ne font que quelques pas avant que les flèches ne sifflent dans l'air. Le meneur tombe au sol comme un sac. C'est fait.

Le deuxième reçoit une flèche en plein visage. Il lève les bras et pivote sur lui-même. Instantanément, une autre flèche le frappe, il s'écroule sur l'herbe.

Le troisième a plus de chance : il survit, mais, touché au bras, à l'épaule et à la jambe, il ne peut ni courir ni se défendre, pas même crier, car trois soldats se sont jetés sur lui pour lui enfoncer quelque chose dans la bouche. Ils enlèvent le couteau à l'arrière de sa botte et lui attachent les mains dans le dos. Quelques instants plus tard, ils le traînent dans un fourré, puis cachent les deux cadavres, après avoir ramassé leurs armes et leurs sacs. Les soldats font un rapide tour d'horizon, nettoient les traces de l'affrontement, puis disparaissent dans les bois. Une fois à cinq cents pas, le prisonnier est détaché et Vassilko sort de sa bouche la mitaine d'un des soldats.

– Ne crie pas ou tu prendras une lame dans la gorge. Qui es-tu ? D'où viens-tu et pour quoi ?

– Pitié, prince-voïvode !, implore le brigand

– Parle ! D'où venez-vous ?

– Ingvar nous envoie. Il nous a dit de trouver Ragnar le Viking au marais de la Chèvre.

– Pour quoi faire ?

– Quelqu'un d'important arrive de votre ville. Nous devons le rencontrer et le conduire au camp d'Ingvar avec tout le respect qui lui est dû.

– Ingvar est-il toujours à la ravine de Gorelaya ?

– Oui, car y coule une source, où l'eau est bonne.

– Et Ragnar ?

– Il s'y trouve aussi.

– Alors pourquoi est-il venu ? En réalité, Ragnar n'est pas au marais de la Chèvre, mais ici, donc tu mens !

La peur et la confusion brillent dans les yeux du prisonnier. Il ne s'attendait pas à ce que le voïvode sache où ils se trouvent. Sa main se précipite à l'arrière de sa botte. A-t-il oublié que le couteau n'y est plus ? Il ouvre grand la bouche, sur le point de crier quelque chose, mais... trop tard. Un guerrier le devance d'un geste de la main.

– Enterrez-le avec les autres.

Le marais de la Chèvre ? Oui, il y en a un à proximité. Il n'est pas très grand, mais l'eau est visqueuse et impénétrable. La route dessine une boucle autour, que l'on peut surveiller du haut de la colline. Ragnar, désormais prisonnier, était censé y attendre un invité. Quelqu'un à escorter jusqu'au chef des brigands... Quelqu'un d'important... Qui ?

– Khrabr ! Prends quatre hommes et allez vite à ce marais. Observez ce qui s'y passe. S'il y a une force inégale ou quelqu'un que tu reconnais, ne te montre pas.

– Et s'ils sont peu nombreux ?

– Amène-les au village, dis-leur qu'il n'y a plus d'hommes, qu'ils ont tous été tués. Et quand vous y serez, attachez-les et mettez-les au trou. Quand j'arriverai, je m'en occuperai moi-même.

– Tu reviendras ? demande sérieusement le soldat.

– Assurément, acquiesce Igor. Nous serons absents deux jours, n'attends pas plus. Si nous ne revenons pas, pars trouver le prince avec tout le monde. Emmène les prisonniers, tu en seras responsable. C'est mon dernier ordre pour toi.

– Je le ferai, boyard. Le guerrier hoche brièvement la tête. Qu'il en soit ainsi. Et le petit groupe disparaît dans la forêt.

Maintenant que l'emplacement du chef des brigands est identifié, il n'y a plus besoin d'errer dans la forêt. La ravine de Gorelaya n'est pas si éloignée, mais ils ne l'atteindront qu'à la nuit tombée. Comment procéder ensuite ?

Les sentinelles seront à leur poste, cela ne fait aucun doute. Les contourner ? Là-bas, même la présence d'un guide à quatre pattes ne serait pas d'une grande aide, car personne ne peut voir comme lui dans le noir. Et même si tel était le cas, il leur serait impossible d'approcher l'ennemi en silence. L'un des gardes donnerait l'alerte et les occupants du camp auraient le temps de prendre les armes et de se défendre.

Oui, ses soldats bénéficieront de l'effet de surprise, mais les défenseurs du camp ne seront pas fatigués par une longue marche et connaissent le terrain. Ils sont même en surnombre. Quant à leur niveau de formation militaire, on ne peut que le supposer, car personne ne les a jamais combattus d'aussi près, épée contre épée. L'issue du combat ne peut être déterminée à l'avance. Prendre le risque d'attendre le matin, lorsque l'inévitable sommeil affaiblit la vigilance des sentinelles ? Dangereux : nous devrions passer la nuit juste sous leur nez.

Igor est un voïvode, il peut donner des ordres et l'armée les exécutera, mais c'est lui, et lui seul, qui devra en répondre au prince. Et, pire que tout, aux familles et aux proches de ceux qui tomberont dans cette bataille. Et il y en aura...

Ils se mettent en route et finissent par arriver à une distance suffisante.

– Installons le camp. En silence, sans feu, personne ne fait de bruit ni un pas hors du camp, même pour pisser. S'il le faut, faites sur vous, mais l'ennemi ne doit pas nous voir.

Les soldats se glissent discrètement au bord du vallon séparant la ravine de Gorelaya de la forêt. Ils vont aussi loin qu'ils le peuvent pour atteindre l'endroit propice. Au-delà, il est impossible de passer inaperçu. Des buissons rabougris et épars grimpent sur la forêt autrefois brûlée, des arbres solitaires dépassent ici et là, n'offrant aucun abri. On ne peut que ramper. En se basant sur ce qu'ont dit les guides locaux, le voïvode a déjà une idée de l'endroit, mais c'est la première fois qu'il le voit. Un détachement est parti sur la droite, la route y est meilleure et plus sèche, et la forêt dense offre la possibilité de se cacher. Il faut d'abord traverser un ruisseau, ce qu'ils font. Barseg renifle les buissons et avance hardiment.

Le voïvode attend. Le guide à quatre pattes ne revient pas.

– Les cinq premiers, allez jusqu'à ces buissons. Rampez et, surtout, restez silencieux. Cet arbre au bord, secouez-le légèrement lorsque vous y êtes.

Le temps s'étire lentement. Rien ne laisse présager la présence de quelqu'un, comme s'il n'y avait aucun soldat caché sous les buissons. Les oiseaux gazouillent et tournoient dans les branches.

– Boyard !

Il l'a vu lui-même : l'arbre a tremblé. Ils ont réussi !

Il commence à faire sombre quand les soldats se regroupent. Fatigués, ils se glissent dans un petit ravin dont les pentes sont couvertes d'un maquis dense.

– Tout le monde est là ?

– Cinq sont sur les postes de garde, répond une voix grave dans l'obscurité. Les autres sont tous là.

– Une collation et nous allons dormir. Deux surveillent ici. Gnat, la garde est pour toi. Change à temps, pour qu'ils puissent se reposer, ordonne le voïvode. Réveillez-moi au matin, avant tout le monde.

– Je m'en charge, répond Gnat, invisible dans le noir.

Après avoir trouvé un arbre pour s'abriter, Igor, sur le point de s'allonger, sent quelque chose de chaud toucher sa jambe. Le compagnon à quatre pattes ! Sortant sans bruit de l'obscurité, le chat s'assied à côté de lui.

– Allonge-toi, le boyard fait un signe de tête en direction de la cape étalée sur le sol.

Au lieu de cela, le chat se lève, s'approche de l'homme et tend sa grosse tête.

– Tu as faim ?

La bête fait quelques pas. Elle se retourne, comme pour vérifier que le voïvode la suit.

– Eh bien, si c'est ainsi...

Tandis qu'il grimpe la crête du ravin, Barseg s'arrête, scrutant l'obscurité.

– Eh bien, qu'est-ce que tu... Igor se fige.

Au loin, à moins de cinq cents pas, brûle un feu. Des grognements faiblement audibles parviennent aux oreilles du voïvode. Il regarde autour de lui. Le chat se tient debout, le dos arqué et la queue déployée. Une sorte de flamme brille dans ses yeux. Non, c'est probablement la lumière de ce même feu... Ou est-ce la lune ?

– Chut... Le boyard touche son dos.

Les muscles de la bête sont tendus, comme ceux d'un guerrier avant le combat, mais, lorsque la main touche son dos, Barseg se détend légèrement. Au moins cesse-t-il de feuler, bien que sa puissante queue fouette toujours l'air. Il est clair qu'il sent l'odeur de quelqu'un qu'il craint ou n'aime pas. Un loup ? Jusqu'à présent, ils n'en ont pas rencontré. Il y avait des empreintes sur le chemin, mais il n'a pas réagi. Pourtant, cette odeur l'empêche d'aller plus loin. Il ne prête pas attention aux chiens, Igor l'a remarqué au village. Alors de quoi s'agit-il ? Barseg regarde dans la direction du feu, donc cette chose se trouve quelque part par là. Près des brigands ? Cela pourrait bien être le cas, mais...

Ils retournent au campement. Le voïvode prévient les sentinelles :

– Personne ne dort. Au moindre bruit suspect, réveillez-moi immédiatement.

Après un court repos, les soldats se préparent à avancer.

– Chut... Ne faites aucun bruit.

Ils avancent lentement en silence. Toucher le sol devant soi avec ses mains pour écarter les branches et les brindilles, puis avancer son corps et vérifier à nouveau, est ce que chacun doit faire. Jusqu'à présent, cela fonctionne, même si le rythme est lent. Ils ont déjà réussi à progresser de trois cents pas lorsqu'ils distinguent une silhouette se dessinant sur le feu qui s'éteint. L'homme somnole sans doute, car il se tient immobile. Encore cinquante pas… Il bouge et des étincelles jaillissent du foyer. Il a dû ajouter du bois, il fait froid. Ce n'était pas nécessaire, nous allons bientôt te réchauffer ! Touchant de la main le soldat qui rampe sur sa droite, Igor désigne la sentinelle : « Occupe-t'en ! » Le soldat acquiesce et se dirige lentement vers lui, arrivant derrière le brigand.

Où sont les autres ? Ils les repèrent… à l'odeur. Ils n'ont pas eu le temps de prendre de bain, la journée semble avoir été longue dans les bois. Un guerrier se respecte : il se lave au moins dans un ruisseau quand il le peut, mais des coupe-jarrets... Que peut-on en attendre ?

Les soldats se séparent. Certains se mettent en position pour s'occuper des fuyards, car personne ne doute qu'il y en aura : en cas d'attaque soudaine, la plupart essaieront sûrement de fuir, ce ne sont pas des guerriers. Sinon, tant pis, mais il y a un autre camp ennemi... Et l'un d'eux pourrait s'y précipiter. On ne doit laisser s'échapper personne.

– Une hutte...

S'il est impossible de briser à mains nues le mur en rondins d'une cabane, un coup de pied suffit pour faire s'effondrer une hutte. On peut aussi bloquer la porte avec un pieu et jeter des braises sur le toit. Des archers surveillent les ouvertures et l'on passe à la suivante, car il y en a plusieurs. Un rapide coup d'œil dans la direction du feu : la tâche a été exécutée en silence, le garde est affalé au sol. L'attaque peut commencer. C'est parti !

* * *

La première hutte est rapidement détruite. Les branches du mur sont arrachées, les lances transpercent ceux qui dorment à même le sol. Six hommes, c'est un bon début.

La deuxième s'avère plus compliquée : il n'y a presque aucune visibilité, car la lumière du feu ne l'atteint pas. Il faut être prudent et y aller littéralement au flair. Après avoir palpé la jambe ou le bras de l'ennemi, pour savoir où il est, un lourd gourdin s'occupe du reste. Trois de plus... Avec la sentinelle, cela fait une dizaine.

Et la culpabilité ne tourmente qui que ce soit : un brigand n'est pas un guerrier, le combat loyal n'est pas sa nature. Ce que tu as semé, tu le récoltes.

Un cri ! Et le camp entre immédiatement en ébullition.

– Frappez-les tous ! ordonne Igor, dégainant son épée du fourreau. Aucune pitié !

D'un seul mouvement, un géant tenant un gourdin s'effondre. Tu n'es pas de taille pour moi. Coup de pied, attaque, et un autre doit attraper son moignon avec sa main valide. Quelque chose siffle près de son oreille. « Accroupis-toi ! » Le feu éclaire la silhouette d'un brigand prêt à tirer une autre flèche. Pfiiit ! Il lâche son arc et regarde avec étonnement la plume dans sa poitrine : l'un de nos soldats a été plus rapide. Les flammes du feu s'élèvent, car du bois mort et des brindilles d'épicéa y ont été jetés pour éclairer la scène. La bataille se divise en plusieurs affrontements distincts. La chance est du côté des assaillants : ils sont concentrés et bien équipés, et leur entraînement est supérieur à celui des brigands, ce qui affecte leur moral. Certains d'entre eux fuient vers le bois, mais ils sont accueillis par les archers postés par le voïvode.

– Découpez-les tous ! crie Igor à tue-tête. Taillez-les, mettez-les pièces !

Cela pourrait les faire flancher, jeter leurs armes et baisser la tête, en espérant la pitié. Vaincre par la ruse ? Oui. Le voïvode est prêt à utiliser tous les stratagèmes. Un mouvement à gauche, le métal s'écrase contre le bouclier et sa main, brisée, devient lourde. Il riposte. Le brigand se protège, mais ne peut résister. Il vacille. L'épée siffle, il tombe à genoux, la jambe coupée.

– Je me rends.

– Attachez-le ! ordonne Igor. Sans regarder en arrière, il se précipite en avant.

Les brigands se sont regroupés autour du feu, protégeant quelqu'un avec leur corps et leurs armes. « C'est sans doute leur chef. »

– Archers ! crie-t-il en courant. Ceux qui sont près du feu, tirez !

Et les flèches filent dans l'air... mais la formation n'est pas brisée, bien que des hommes s'effondrent. Ils se resserrent les uns contre les autres et lèvent leurs boucliers en protection. Quelques soldats parmi ceux postés pour intercepter les fuyards se précipitent. Vassilko, qui court devant, donne un coup sec du bras et la lourde hache, habilement lancée, s'abat sur l'un des brigands. Les autres commencent à reculer. Les corps s'amoncellent, mais la ligne de défense tient.

– Des haches au lieu des épées !

Il y en a partout près du feu, ce ne sont pas des haches de combat, mais de paysans. Elles peuvent néanmoins s'avérer tout autant efficaces entre des mains habiles. Des brèches apparaissent dans le mur de boucliers, mais le voïvode le sait, la bataille n'est pas gagnée. Bientôt les brigands reprendront leurs esprits, et tout pourrait changer.

– Que l'ataman[10] vienne à moi !, crie-t-il d'une voix forte. Nous allons nous battre. Un contre un.

Le temps est suspendu... Rien ne bouge. Puis, les boucliers de l'ennemi s'écartent. Un homme de petite stature s'avance, avec des épaules larges et musclées.

C'est un guerrier, pas un brigand. On saisit immédiatement ne pas avoir le droit à l'erreur avec un tel adversaire. Une bonne cote de mailles, des jambières, un casque ajusté, tout lui sied et rien n'est déchiré. De toute évidence, il n'a pas ramassé cette armure sur le corps d'un mort. Elle est même forcément l'œuvre d'un maître forgeron.

– Qui m'appelle ?

– Moi ! Le voïvode s'avance. Je suis un boyard du prince, je m'appelle Igor.

– J'ai entendu parler de toi... Je suis Ingvar.

– J'ai aussi entendu parler de toi...

____

10. NdT : L'ataman était un chef politique et militaire.

– Alors, tu veux te battre ? Si je te vaincs, tes soldats déposeront-ils leurs armes ?

– Ce n'est pas possible, mais tes hommes seront libres et ne déposeront leurs armes devant personne. Tu as ma parole.

– Eh bien, ainsi soit-il, convient l'ataman. Écartez-vous tous !

Les brigands et les soldats se reculent pour former un cercle. Les deux adversaires ne se pressent pas de se rapprocher. Ils tournent en rond, se sondant mutuellement avec des coups prudents. Le voïvode remarque que l'ataman commence à se déplacer vers la gauche, se décalant de sorte qu'il se retrouvera dos aux soldats. Pourtant, cela ne semble pas le troubler. Il est sans doute certain que personne ne le poignardera par derrière. Le boyard, quant à lui, n'aurait pas la même assurance : un brigand peut le frapper lâchement ou même lui faire un croche-pied. Ainsi, lorsque Ingvar se déplace de nouveau sur le côté, le boyard bouge du même côté, réduisant ainsi la distance.

Pourquoi dansons-nous ? Ce n'est pas un mariage ! L'ataman se fige, attend, puis se déplace lentement, cette fois vers la droite. Igor comprend : il essaie vraiment de lui faire tourner le dos à la bande de brigands. C'est une ruse, il ne peut rester dans cette position.

Une attaque, des étincelles jaillissent du bord du bouclier. Il possède une bonne armure, cet ataman... La riposte est dure et tranchante, mais le bouclier tient. Et Ingvar grimace, cela doit lui avoir fait mal à la main. Encore un coup.

« Bon, cela n'a pas marché de me piéger pour que je tourne le dos à ta horde, alors maintenant essayons cela », pense le voïvode. Il lui assène un coup si puissant que même un guerrier expérimenté n'aurait pu l'encaisser. Pourtant, bien que son bouclier ait glissé au sol, Ingvar riposte et le frappe violemment au casque avec son épée. En souriant, il fait soudainement une roulade vers l'avant. Igor doit se retourner et repousser le coup perfide, qui lui a fait tourner le dos aux brigands.

– Oum-m-m...

C'est comme si de l'eau sombre était versée tout d'un coup sur lui. Elle est froide, elle lui provoque des crampes dans les bras et les jambes.

« Qu'est-ce que c'est ? Qu'est-ce que... » Et encore :

– Oum-m-m...

Ses jambes se dérobent, elles ne peuvent plus le soutenir. « De la sorcellerie ? », se met-il à penser.

– Oum-m-m...

« Voilà l'ataman qui s'approche, il va tenter le coup ultime... », pense le voïvode, luttant contre l'impuissance. « Et mes soldats ?! Pourquoi ne font-ils rien ? Ne voient-ils pas ? N'entendent-ils pas ? »

– Miaou !

Un éclair jaillit de la gauche : Barseg ! Le chat saute sur l'épaule du boyard.

– Miaou !

L'eau sombre reflue, il retrouve ses esprits. Ingvar lève son arme, les dents serrées, en signe de triomphe. Soudain, le sang gicle : le gantelet d'Igor fracture la bouche victorieuse, qui grimace. Il tourne sur lui-même, et le voïvode le frappe à l'arrière de la tête avec la poignée de son épée.

– Attachez-le !

Les brigands lâchent leur hache, ils n'ont plus la volonté de résister.

– Où est le chat ?

Le voïvode saisit par l'épaule un soldat qui passe en courant avec un faisceau de lances dans les mains.

– Le chat ? Ah ! Tamotka est là... Ils l'ont vu là-bas, il fait un signe de tête quelque part vers le côté.

Immobile, Barseg est en effet à l'endroit indiqué. Il est couvert de taches sombres sur les pattes et le museau. Du sang ? Qui a-t-il mordu ? Le boyard s'agenouille et se penche sur l'animal. Tu parles d'un chat ! Il l'a senti puis s'est jeté sur l'ennemi inconnu. Et c'est comme si « l'eau » avait disparu d'un coup.

Apparemment, il a ressenti quelque chose que personne, à part Igor, n'a remarqué. Il interroge les soldats les plus anciens : tout le monde a admiré sa ruse.

– Tu as agi avec prudence, voïvode. Tu as fait l'idiot, et le bandit est tombé dans le panneau. Il a vraiment failli te briser le crâne, c'est une bonne chose que le casque ait tenu. Il pensait que tu t'étais assoupi, et ensuite ses dents ont sauté dans toutes les directions !

« Contre qui Barseg se battait-il ? » Igor regarde autour de lui, mais l'aube n'est pas encore levée.

– Apportez-moi une torche !

L'un des archers accourt.

– Éclaire ici, pointe le voïvode.

Ah... ah... des traces sombres sur l'herbe. La traînée s'étend jusqu'aux buissons et descend même jusqu'au ruisseau. C'est étrange qu'il ait continué de couler. Pourquoi ne pas avoir mis un chiffon sur la plaie ? Sinon, il ne peut que se vider de son sang !

Les deux guerriers écartent les buissons et s'immobilisent soudainement, comme frappés à la poitrine.

– Oum-m-m..., encore, mais déjà beaucoup plus faible.

Juste à la limite de l'ombre et de la lumière, ils distinguent une tache sombre et informe. C'est de là qu'il leur semble que vient le faible... quoi ? Son ? Non, car il paraît surgir dans leur tête.

Aucun bruit ne vient plus troubler le silence. Étrangement, tous les habitants de la forêt, même ceux qui se font habituellement entendre la nuit, sont silencieux, comme s'ils étaient effrayés.

– L'arc... murmure Igor en écartant à peine les lèvres. Donne-moi l'arc.

Le soldat se tourne vers le voïvode et, d'une main libre, tire lentement son arc. Il bouge à grand-peine, comme s'il pataugeait dans l'eau jusqu'à la taille. Igor saisit l'arme.

– Flèche...

La corde de l'arc claque, et la voix monotone dans sa tête cesse.

– Flèche !

– Il n'y a plus de flèche, voïvode...

La voix se tait. Est-ce même une voix ?

– Laisse la torche, enfonce-la dans le sol là-bas, et va voir Vassilko. Dis-lui d'envoyer quelqu'un ici, et vite !

– Oui. Sa voix est déchirée par la peur.

Il est encore jeune, cela doit être son premier vrai combat. Le boyard, cependant, n'est pas pressé d'approcher le vaincu... Vaincu... ? Qu'est-ce que c'est ? Il n'a jamais rien vu de tel auparavant. À moins que... le vieil homme, l'autre jour, a parlé de quelque chose de semblable. Comment l'a-t-il appelé ? Un sovil ? Qui sait ? Peut-être est-ce un sovil...

Un bruissement ! Le boyard se retourne, levant son arme.

– C'est moi, voïvode, dit Vassilko. Que se passe-t-il ? Mitiaï est arrivé tout pâle, il claque des dents. Il n'a pas dit grand-chose...

– Regarde ! Le boyard fait un signe de tête en direction de la tache sombre.

Le soldat s'avance, mais ne fait pas deux pas, il s'arrête, tend la main en arrière.

– Donnez-moi la lance.

L'un de ceux qui l'accompagnent lui en jette une dans la main. Vassilko la vérifie, recule sa main.

– Hé !

Un cri silencieux traverse la forêt... qu'Igor ressent jusque dans la poitrine. Et pas uniquement lui, il a vu les soldats reculer. Seul Vassilko a fait face, se penchant en avant comme s'il résistait à une bourrasque.

– La créature maléfique est forte, mais elle ne peut résister à l'acier de qualité !

Le voïvode se tourne vers ses hommes.

– Coupez quelques branches et glissez-les en dessous. On va la soulever, l'attacher et l'emmener. Laissons les brigands la porter, ce sera une bonne leçon pour eux. Les porteurs doivent être stimulés... à coups de bâton : aucun ne veut porter un tel fardeau.

Hum... Comment ont-ils fait jusqu'alors pour s'entendre avec « ça » ?

* * *

Ils n'amènent pas le chargement jusqu'au village, mais le déposent dans un pré sous la surveillance d'un garde. Igor n'a pas même besoin d'envoyer quelqu'un chercher Grand-père, il accourt déjà. Il entre dans la maison et s'assoit sur le banc.

– Où est Barseg ?

Le voïvode devient sombre. Le chat n'est pas mort dans la bataille, comme tout le monde l'a cru, mais il va mal, très mal. Il a également été transporté sur une civière.

– Il est gravement blessé... Personne n'a vu comment il s'est jeté dans le combat.

– C'est étrange. Le vieil homme secoue la tête. Il ne se battrait pas avec un homme, je n'ai jamais rien entendu de tel...

– Ce n'était pas un homme, mais un ennemi d'un autre genre.

– Vraiment... Grand-père se lève. Et comment a-t-il...

– Il a été grièvement blessé par votre chat... Igor poursuit sans préciser ce dont il s'agit : il ne pouvait plus aller bien loin, il perdait beaucoup de sang.

Grand-père soupire. Le voïvode hoche de nouveau la tête :

– Nous l'avons eu ! Nous l'avons frappé de loin avec des flèches, puis avec une lance... Personne n'osait s'approcher. Les prisonniers ont refusé de le porter, même mort. La peur avait saisi tout le monde.

– Où est Barseg ?

– Ils l'ont déposé près de la maison voisine. Je leur ai demandé d'apporter de la paille... Qui sait ce dont le chat a besoin ?

– Je vais le voir. Le vieil homme se lève.

– Attends ! Igor enfile la sangle portant son épée. Allons-y ensemble. Le chat est encore vivant lorsque Grand-père s'agenouille près de lui. Il lève sa grosse tête couverte de sang et émet même un son étouffé, comme s'il essayait de dire quelque chose...

– Comment as-tu... le vieil homme peut à peine parler.

– Il m'a sauvé la vie... le boyard s'agenouille à côté de lui. Et pas seulement la mienne, celle de nous tous ! Cette chose m'a... Eh bien... Elle m'a « frappé »... Mes mains sont devenues lourdes d'un coup, mes jambes aussi. J'étais comme ivre. Et quand le chat a sauté et crié, tout est parti, comme emporté par une vague.

– C'est possible, convient son interlocuteur. Un sovil ne peut retenir deux adversaires en même temps, même s'il est fort.

Le vieil homme caresse le chat, immobile. Seul un tremblement irrégulier montre qu'il est encore vivant.

– Prenez soin de lui, ordonne le voïvode au villageois qui se tient à proximité. Donnez-lui du lait au cas où il aurait soif.

– Montrez-moi... cette chose... demande Grand-père.

– Allons-y.

À l'apparition du voïvode, les vigiles en faction dans le pré se lèvent.

– Tout est en ordre ? demande Igor.

– Eh bien... je ne pense pas qu'il s'enfuira. Le plus ancien des gardes hausse les épaules. Que peut-il arriver ? Un mort est un mort.

Grand-père se dirige vers le sombre tas de chiffons masquant le cadavre. Il s'accroupit à côté de lui, du métal brille dans sa main. Un couteau ?

Igor s'approche et s'arrête à environ cinq pas. Il observe le vieil homme examiner le cadavre. « Il » a l'air étrange... De fines... jambes ? Pattes ? Il est impossible de conclure. Un crâne presque chauve, couvert d'une sorte de duvet ou de plumes (il est vraiment difficile d'observer de loin), d'étranges traits anguleux sur le visage... Ou la face ?

Le boyard n'est pas particulièrement curieux, mais le cadavre lui inspire un dégoût inexplicable. Il n'a aucune envie de s'approcher davantage et il est hors de question de le toucher. Grand-père se lève. Il donne deux coups de couteau dans le sol, comme pour le nettoyer de quelque chose, et le range dans son fourreau. Il se retourne et marche vers Igor.

– C'est un sovil... ancien. Barseg lui a déchiqueté les veines de la jambe, donc il a beaucoup saigné. Voilà pourquoi il s'est affaibli...

J'ai regardé les blessures, mais je n'ai pas pu les examiner profondément... C'est étrange...

– Qu'y a-t-il d'étrange ? C'est un chat. Un peu plus petit qu'un lynx, et un lynx peut griffer un homme à mort. Ce n'est pas un chat ordinaire non plus. Il est grand, n'est-ce pas ?

– Les blessures ne se sont pas refermées, alors que ce devrait être le cas. Homme ou bête, elles se referment toujours. Le vieil homme secoue la tête.

– C'est donc... Il se pourrait que les blessures par les griffes de Barseg soient – il désigne le cadavre – bien plus terribles pour lui que celles provoquées par l'acier.

Le grand-père hésite.

– Il est possible qu'il en soit ainsi. Il désigne le sovil de la tête : Vous devez l'incinérer, car il est dangereux, même mort. Beaucoup sont attirés par lui, mais tous ceux qui viennent vous voir ne sont pas vos amis.

– Je le ferai, acquiesce le boyard. Tu as raison, je ne me sens pas à l'aise près de lui.

Dans la soirée, le sovil est déposé sur un tas de bois, puis le feu est allumé. Les branches crépitent et des flammes brillantes s'élèvent vers le ciel. Une odeur pestilentielle se dégage. Les soldats reculent mais ne partent pas. Le voïvode a donné un ordre : « Gardez les yeux ouverts, afin que rien ne puisse s'en échapper. Retournez les braises avec des lances, vérifiez bien... »

Après avoir regardé la crémation, le vieil homme fait demi-tour vers le village. Là, il reste auprès du chat, silencieux.

Quand le boyard sort le lendemain matin pour aller au puits, il fronce les sourcils, car l'un des garçons chargés de veiller Barseg est assis sur le banc. Pourquoi est-il ici ?

Il se lève d'un bond et enlève son chapeau devant le voïvode.

– Parle !

– C'est... Le chat est mort... Il est mort pendant la nuit... Et Grand-père a dit : « Ne dérange pas le boyard, il a besoin de repos... »

– Où est-il ?

– Il l'a emporté dans les bois...

– Il y a combien de temps ?

– Peu avant l'aube.

– Tu peux partir.

Igor, oubliant ce qu'il est venu chercher, s'affale lourdement sur le banc près de la porte. Le chat, bien sûr, ne pouvait pas survivre, cela se voyait tout de suite. Combien de vies ont-ils, dit-on ? Peu importe le nombre, c'est plus qu'un humain, mais cela n'a pas suffi. Le boyard soupire : « Sale créature ! Comme j'ai de la peine pour mon camarade tombé en soldat à mes côtés... » La raison veut qu'on enterre la bête. Pas en tant qu'homme, bien sûr, mais au moins dans un trou à la périphérie du village. Cela aurait été juste... Or, le vieil homme l'a prise avec lui. Et il n'y aura plus d'ombre grise courant aussi vite que l'éclair, il ne verra plus ces yeux verts attentifs... Grand-père apparaît près de la maison, comme s'il était tissé dans la brume de l'air chaud.

– Salutations, boyard ! Il courbe poliment la tête.

– Salutations à toi aussi. Le voïvode s'incline respectueusement. Assieds-toi, mange un peu. Je vais appeler quelqu'un...

– Plus tard... le visiteur tend la main dans un geste de dénégation. J'ai besoin d'une faveur.

– Parle, je m'exécuterai.

– Laisse-les m'escorter jusqu'à la ravine de Gorelaya. Je veux voir le lieu de la bataille.

Le boyard ne lui demande pas pourquoi, chacun est libre de ses secrets, et il est certain que ce visiteur en a beaucoup.

– Je prends les dispositions nécessaires tout de suite. Je te fournirai des chevaux et vous y serez à la tombée de la nuit. C'est mieux que de marcher à pied.

– Je te remercie, boyard. Le visiteur incline la tête.

– Je viens avec vous. Igor se lève de son siège. Les affaires en cours sont réglées, les blessés en ont pour trois ou quatre jours... alors pourquoi rester assis ici ?

Il dit la vérité : la veille au matin, un petit groupe s'est rendu chez le prince, car Khrabr a capturé les hommes que l'ataman ennemi attendait. Et ce n'est pas n'importe qui : Gnat Mitritch soi-même, l'un des plus riches marchands, rendant visite à l'ataman brigand en personne ! Ce qui a poussé un tel homme à la trahison demeure encore mystérieux. Et il vaut mieux que ce soit le prince qui le découvre. Ce n'est pas le rôle des voïvodes de devancer leurs supérieurs en la matière.

* * *

Ils partent tôt le matin, à cheval et armés. Bien qu'ils aient éliminé la plupart des brigands et que leur chef soit désormais dans une cage, il pourrait y avoir des survivants. Peut-être qu'une escouade se cache dans les bois à l'écart des autres ? Possible... Le voïvode emmène donc une douzaine de soldats. Grand-père dirige son cheval avec une étonnante habileté qu'on n'aurait pas devinée à son apparence. Il transporte sur sa selle une grande boîte en écorce de bouleau et la traite avec soin. Que contient-elle ?

Il reste attentivement en retrait. Vers midi, ils font une courte halte, les chevaux ont besoin d'un peu de repos et d'eau, et ici coule un ruisseau. Les hommes prennent une collation rapide et poursuivent leur route.

– Ici ! Igor s'appuie sur le pommeau de sa selle et pointe l'endroit du doigt. C'est là que le combat s'est déroulé...

Le vieil homme met pied à terre, détache la boîte et la soulève avec précaution sur son épaule. Il regarde autour de lui et, choisissant soigneusement son chemin, se dirige vers les feux éteints et les huttes effondrées. Après avoir examiné le site, le voïvode hoche la tête : quelqu'un est déjà venu ici. Il est évident que des visiteurs ont fouillé les ruines, car les affaires laissées par les soldats ont diminué de volume. L'herbe s'est déjà redressée, mais il y a encore des traces de pas sur le sol, des boucliers brisés, des armes cassées, des masses primitives... Le vieil homme s'arrête, pose la boîte sur

le sol, ouvre le couvercle, l'incline soigneusement sur le côté, et...
dans la lumière apparaît la tête curieuse d'un chaton gris. La bête
regarde autour d'elle, renifle et sort, se balançant sur ses pattes
tremblantes. Derrière, il y en a un autre... puis un autre... Des boules
de poils grises, noires et rayées s'égaillent dans tous les sens.

– Ils ne vont pas s'échapper ? demande le boyard. Tout autour,
c'est la forêt, avec des bêtes sauvages...

– Nous verrons bien, répond gravement Grand-père. Prends-en un
et regarde...

Le chaton, assis dans sa paume, tremble de son petit corps et a
peur de regarder autour de lui.

– Juste un chaton ! Igor secoue la tête en posant l'animal sur le sol.
Petit bêta...

– Tu te souviens de lui ?

– La bande noire sur son dos est un signe caractéristique.

– C'est bien... Le vieil homme hoche la tête. Ce soir, regarde-le de
plus près... Il ne semble pas avoir l'intention de partir aujourd'hui.

Le voïvode hausse les épaules et ordonne de monter le camp, puis
de fouiller les lieux. Ils trouvent une paire de haches, une épée et une
bonne cotte de mailles. Il semble que son propriétaire, dans la hâte,
n'a pas eu le temps de l'enfiler et n'en aura plus jamais l'occasion.
Ce n'est pas un mauvais résultat, car un tel objet vaut cher. La nuit
tombe et les ombres s'épaississent. Le vieil homme reste assis près
de la boîte. Les soldats préparent un feu et instaurent un tour de
garde. Il faut rester vigilant. Couvert par sa cape, Igor pose la tête
sur sa selle et s'endort.

En se réveillant le matin, il est sur le point de bouger pour se lever
et se fige. Un petit chat gris est pelotonné sur son bras, le même
avec une bande noire sur le dos. Il s'est blotti avec confiance contre
l'homme, réchauffé par sa chaleur.

– Eh... le boyard le prend délicatement dans ses mains, avec l'intention de l'envelopper dans sa cape et de le laisser dormir. Il ouvre les
yeux... et un animal différent fixe Igor. Presque le même regard qu'il
a vu chez Barseg avant la bataille.

– As-tu remarqué ? Grand-père est assis à côté.

– Il regarde comme... un adulte...

– Cela signifie que tout s'est passé comme ça le devait.

– Que devait-il se passer ? Et pourquoi ici ?

– Tous ne peuvent pas devenir Barseg. Et tous ne sont pas revenus à moi aujourd'hui, deux manquent à l'appel. C'est leur destin... Il s'assied avec le chaton sur ses genoux, qui se met immédiatement en boule.

– Cela se produit seulement sur le site d'une bataille où le sang des défenseurs de notre terre a été versé, déclare le vieil homme. L'animal peut voir et sentir quelque chose d'inconnu pour nous et alors s'offre à lui deux choix : disparaître dans la forêt ou rester avec nous pour nous protéger.

– Nous protéger de quoi ?

– Une chose comme celle que tu as vue. N'est-ce pas suffisant pour toi ?

– Si... Igor hausse les épaules en tressaillant. J'ai eu mon compte avec une seule.

– Voilà. Mais toi, tu ne seras désormais plus sans défense face à ces sortilèges. Barseg s'est choisi un compagnon. Il sera toujours à tes côtés.

– Ce chaton ?

– Tu as vu ses yeux...

Le voïvode caresse doucement l'animal, qui ronronne de gratitude.

– Il va grandir, ils grandissent très vite, tu verras... Et un jour, il partira. Pour amener le même petit chat qui, à son tour, choisira un ami. Quelqu'un qu'il protégera et dont il prendra soin toute sa vie.

Chapitre 2

La guerre russo-turque,
des siècles plus tard

Quartier général du sixième régiment d'infanterie

– Salutations, Votre Excellence !

Le sous-lieutenant Sivertsev se retourne. Malgré son apparente lourdeur, l'ouriadnik,[11] de petite taille et aux larges épaules, s'approche presque sans bruit. Une tcherkeska[12] miteuse, des bottes poussiéreuses, il vient de loin. Il porte un fusil à l'épaule, une paire de pistolets, une dague à la ceinture, et un sabre richement décoré. « Un trophée », pense-t-il. Le reste des armes est banal.

– Bonjour, mon frère.

– Sous-lieutenant Anton Sivertsev, Votre Excellence ?

– Lui-même.

– Son Excellence le colonel Chantz, m'a chargé de vous rencontrer et de vous escorter. Et de récupérer vos affaires...

Anton fait un signe de tête vers le banc à côté de lui. Il n'y a qu'une seule valise.

– Tout est là.

Le Cosaque se retourne.

– Prochka !

– J'arrive, Piotr Stepanovitch ! répond un autre Cosaque.

Une touffe de cheveux noirs bouclés dépasse de sous sa papakha.[13]

– Prends la valise du sous-lieutenant et attache-la à la selle. Sans délai !

– Oui, Piotr Stepanovitch.

---

11. NdT : L'ouriadnik est un grade de sous-officier parmi les Cosaques.

12. NdT : La tcherkeska est un manteau traditionnel venant du Caucase, qui est adoptée par certains Cosaques.

13. NdT : La papakha est un chapeau en laine porté dans le Caucase.

La valise et l'homme disparaissent instantanément.

– Votre Excellence, n'y a-t-il rien d'autre ?, interroge l'ouriadnik.

– Non, nous pouvons partir.

– Alors ne traînons pas, convient le Cosaque. Où est votre cheval, Votre Excellence ?

* * *

– Ce Cosaque qui t'accompagnera est un maître dans son domaine. Le sous-lieutenant se souvient des paroles du général Bogdanov. Je ne lui connais pas d'égal. Il a contrecarré plus d'une fois les plans ennemis. Une prime est promise pour sa tête, mais personne ne l'a jamais obtenue... Je ne peux pas confier ta vie à quelqu'un d'autre. Écoute ses paroles, comme si je les ordonnais moi-même, et ne laisse pas son faible rang te déconcerter. Il est très respecté parmi les Cosaques, il le mérite.

– Alors, pourquoi est-il toujours ouriadnik ?

– Il est... exubérant. Le général secoue la tête. Il boit trop d'alcool, c'est indigne d'un officier. Il est impertinent dans sa façon de communiquer, mais il est franc. Il ne cache rien et connaît son métier comme personne, c'est pourquoi ses écarts sont tolérés.

Anton est le fils du lieutenant-général Sivertsev, un vieil ami et compagnon d'armes du général Bogdanov, visiteur régulier de leur appartement de Saint-Pétersbourg. C'est là qu'Anton apprit à le connaître. Ainsi, lorsque la question se posa de savoir où servirait le nouvel officier, une seule option s'imposa : compte tenu du poste élevé au quartier général de l'armée de Bogdanov, Anton se tourna vers lui.

Envoyé personnel du général Bogdanov, cela sonne bien ! Surtout pour un jeune adjudant. Et Anton s'attela à la tâche avec ferveur. Le temps s'écoula, jusqu'à ce qu'il soit promu sous-lieutenant. En revenant d'une mission, il rencontra Nemirovski, un ancien camarade du corps des cadets déjà lieutenant et avec une « canneberge » ![14]

---

14. NdT : Il s'agit d'une dragonne rouge bordée d'or, accrochée à l'épée,

– Puis-je te féliciter pour ta décoration ?

– Ah... Et toi, où sers-tu ? Toujours à l'état-major ?

Ils n'eurent pas le temps de discuter plus longuement... Se référant à une course urgente, Sivertsev prit rapidement congé, mais un sentiment persistant le saisit. Il ne considérait pas son service comme une sinécure, bien conscient de la nécessité de sa mission auprès de l'état-major, mais... comment l'expliquer à quelqu'un le considérant comme un fils à papa ?

Bogdanov interrompt soudainement ses pensées.

– Anton... Je te connais depuis des années et, en tant que vieil ami de la famille, je peux te demander sans détour ce qui t'arrive. Tu es devenu inattentif, pensif... Es-tu amoureux ?

– Non, Votre Excellence. À quoi servent les cupidons de nos jours ? C'est la guerre !

– Assieds-toi et dis-moi tout sincèrement.

Obéissant à l'ordre, le sous-lieutenant s'assied et lui explique le fond du problème :

– Nemirovski m'est inférieur dans de nombreux domaines, mais il est déjà lieutenant. Je ne doute pas qu'il mérite sa récompense, mais la guerre sera bientôt terminée, nous nous retrouverons tous et... que dirai-je à mes camarades ?

– Il n'y a pas que des dandys qui servent à l'état-major, objecte le général. Et les gradés avec récompenses, ici aussi, ne se privent pas de se plaindre.

– C'est exact, Votre Excellence, mais ils m'interrogeront : « As-tu déjà été au combat ? As-tu entendu le sifflement des balles ? » Et je ne mentirai pas.

– J'ai promis à ton père, mon ami et commandant, que je te garderais en sécurité. Je ne mettrai pas ma parole en danger inutilement, mais je vais y réfléchir.

Bogdanov n'hésite pas longtemps et convoque le sous-lieutenant dans son bureau dès la semaine suivante :

---

portant une petite croix. Dans le jargon militaire, l'Ordre de Sainte-Anne de 4e classe est appelé la « canneberge ». Cette arme est connue dans la terminologie sous le nom d'« annin ».

– Il s'agit d'une tâche difficile et importante : nous apprenons que des groupes d'abreks[15] opèrent à l'arrière sur nos communications et interfèrent avec nos transports. Ils sont en contact permanent avec notre ennemi, qui leur envoie des messages secrets. La mission consiste à intercepter le messager, récupérer le message, et le livrer ici le plus rapidement possible. Pour que personne ne puisse interférer, je souhaite envoyer un officier de confiance avec le détachement de Cosaques chargé de capturer le messager. Si nécessaire, il peut, en mon nom, ordonner à n'importe quel commandant de l'aider dans sa mission, et même au commandant de division. Ce pour quoi, Son Excellence le comte Paskevitch, a signé un ordre spécial. Bogdanov dépose un papier officiel sur la table. Réfléchis-y... Le général change de ton : C'est une mission très difficile, et je t'assure qu'elle est dangereuse. Ce n'est pas sur le front, pas un combat loyal où tu sais d'où peuvent venir les coups et ce qui peut t'atteindre. En l'occurrence, tu risques d'être confronté à des attaques vicieuses. Tu ne devras dormir que d'un œil et sur une oreille. Et je ne t'ai pas encore tout dit : tu devras avoir peur à chaque minute. Alors, acceptes-tu la mission ?

– Votre Excellence, Alexandre Nikolaïevitch ! Oui, sans hésitation. Le sous-lieutenant presse ses mains sur la poitrine.

Bogdanov secoue la tête.

– Anton, je te le dis franchement, cette affaire... tous les officiers de combat ne pourraient pas l'endurer. Crois-moi, je sais de quoi je parle. Et je ne verrais pas ton refus comme de la timidité ou de la peur. Si tu savais... des hommes courageux sont tombés avant toi.

– Pourquoi ne l'ai-je pas su plus tôt ?

– Que crois-tu ? Que seules les charrettes et les provisions sont du ressort du quartier-maître général ?[16] N'ayant pas besoin de

---

15. NdT : Un abrek est un homme vivant dans les montagnes, hors-la-loi, et menant une vie de type partisan-voleur. Ce terme désigne à l'origine un montagnard du Caucase expulsé, habituellement, pour meurtre.

16. NdT : Dans la Russie tsariste, les services de reconnaissance de l'armée sont placés sous l'autorité du quartier-maître général, le chef du service d'intendance de l'armée.

le savoir, tu ne le sais pas. Et ce que tu ne sais pas, tu ne peux le divulguer par inadvertance. Le général regarde par la fenêtre et soupire. Tu as connu le lieutenant-colonel Rakov, n'est-ce pas ?

Sivertsev l'avait rencontré plus d'une fois au quartier général. Il apparaissait toujours à l'improviste, restait pour une courte durée, puis disparaissait souvent sans que personne ne sache où. L'ordre de Sainte-Anne à la boutonnière,[17] ainsi que l'ordre de Saint-Vladimir de quatrième classe avec des épées,[18] c'était du sérieux ! Ce n'est certainement pas le genre de reconnaissance que l'on obtient facilement...

– Oui, Votre Excellence, je l'ai connu. Nous n'étions pas amis, mais je le voyais souvent.

– Rakov était censé mener à bien cette mission, mais... il est mort, comme je te l'ai dit. Nous ne savons pas qui a tiré le coup de feu. Toutes les guerres ne sont pas menées en rang et au son du tambour. Tu es bon à cheval, n'est-ce pas ? Et tu es un excellent tireur, si je ne m'abuse ?

– Oui, Votre Excellence. J'étais l'un des premiers pendant la formation.

– C'était à l'entraînement, ici, c'est le combat. L'ordre est devant toi. Si tu le prends, tu choisis ton destin. Si tu ne le prends pas, je ne t'en voudrai pas, ce n'est pas une mission pour tout le monde. Je comprends d'autant mieux que je suis moi-même passé par là.

Sans une seconde d'hésitation, le sous-lieutenant saisit le papier sur la table.

– Je suis prêt à l'exécuter, Votre Excellence !

– Eh bien... le général secoue la tête. Tu as fait ton choix, je te félicite. Je te décharge de toutes tes tâches de la journée. Rentre chez toi et prépare-toi. Ne prends pas trop d'affaires, le cheval ne pourra pas en porter beaucoup, juste l'essentiel. Demain matin, je te verrai chez moi. Rompez !

---

17. NdT : L'Ordre de Sainte-Anne, troisième classe, est porté à la boutonnière.
18. NdT : Les épées sur l'insigne indiquent qu'il est décerné pour des services militaires exceptionnels.

***

Au matin, comme il en a reçu l'ordre, le sous-lieutenant se présente devant son supérieur.

– Alors... Bogdanov l'examine d'un œil critique. Tu enlèveras ton uniforme, mon serviteur te donnera un bechmet[19] cosaque. Un officier en uniforme parmi les Cosaques serait visible de loin par les guetteurs ennemis et tu n'auras pas à te présenter devant tes supérieurs tous les jours.

– Votre Excellence, comment dois-je faire mon rapport à mon supérieur, si je ne suis qu'un simple Cosaque pour lui ?

– Et pas seulement pour lui ! C'est vrai, personne ne pourra faire la différence de près, mais, en cas de besoin, tu leur montreras ton ordre de mission. Et tes armes ?

– Quelques pistolets et un fusil anglais Baker.

– Pourquoi ce modèle ?

– J'en ai l'habitude, Votre Excellence. Je ne manquerai pas ma cible à cent cinquante pas, ni à deux cents... Je l'ai depuis sept ans, mon père me l'a offert.

– À deux cents pas ? Le général plisse les yeux. Combien de coups par minute peux-tu tirer ?

– Deux.

– Le Turc peut en tirer trois, voire plus.

– Pas à deux cents pas.

Bogdanov sourit.

– Et comment tires-tu au pistolet ?

– À cinquante pieds, je touche la carte. Je dois encore entraîner ma main... mais cela ne prendra pas longtemps.

– Tu n'en as pas le temps. Et laisse ton épée, mon serviteur va t'apporter un sabre cosaque. Un « Cosaque » avec une épée est assurément un officier d'état-major, car tous les autres portent des sabres. Tu te ferais repérer. Des affaires ?

---

19. NdT : Caftan cosaque.

– Je n'emporte que le minimum nécessaire, comme vous me l'avez ordonné, Votre Excellence. Une petite valise.

– Bien. Tu pars immédiatement au quartier général du 6e régiment d'infanterie. Là, tu seras accueilli par une équipe de plastounes[20] sous le commandement de l'ouriadnik Kaftanov. Il te mettra au courant et te racontera tout en détail. Ces Cosaques servent ensemble depuis longtemps et font bien leur travail. Ne va pas l'importuner avec des injonctions, tu es inexpérimenté dans les affaires secrètes. Et l'autorité dans la bataille se mérite, les épaulettes ne suffisent pas. De plus, il n'y aura nulle possibilité pour appliquer la science qui vous est enseignée dans les corps de cadets : l'ennemi ne pratique pas le combat loyal, telle sera ta réalité. En cas de besoin, toute communication avec les hauts gradés reposera sur toi seul. Alors ne te laisse pas abattre, dans tous les sens du terme.

Le général prend Anton dans ses bras puis le pousse vers la sortie.

– Vas-y... Et prends soin de toi ! Je ne pourrai jamais annoncer de mauvaises nouvelles à mon vieil ami ton père.

* * *

Suivant Kaftanov, le sous-lieutenant regarde attentivement son compagnon. Trapu, mais agile dans sa démarche : il pose son pied d'une manière spéciale pour que le sable ne crisse pas sous ses semelles. Ses vêtements sont ajustés, rien ne pend ou se balance nulle part. L'ouriadnik porte un sabre et des pistolets attachés derrière sa ceinture, et l'inévitable dague.

– Voici, Votre Excellence, notre cabane. L'escouade réside ici pour le moment. Dans une heure, tous les autres nous auront rejoints et nous partirons. Prochka apportera votre valise, si vous le voulez bien. Ils ont déjà envoyé chercher votre cheval, ils l'amèneront bientôt. Nous allons tout mettre sur la selle.

– Parfait, Piotr Stepanovitch, acquiesce le sous-lieutenant. Main-

---

20. NdT : Les plastounes sont des tirailleurs faisant partie d'un bataillon d'infanterie cosaque du Kouban ou de la mer Noire.

tenant, vous devez me mettre au courant de notre mission, car j'en ignore presque tout.

Anton s'approche délibérément de l'ouriadnik, comme Prochka vient de le faire. Instinctivement, il sent que c'est mieux ainsi : ouriadnik est un petit rang, ce n'est pas un officier.

Pourtant, la façon dont le général parle de lui... Il doit avoir de bonnes raisons.

– Oui, Votre Excellence, il le faut. Venez dans la maison, nous ne pouvons pas en parler dehors.

En entrant dans la pièce, Kaftanov renvoie, d'un geste du sourcil, trois Cosaques assis près de la table.

– Asseyez-vous, Votre Excellence, s'il vous plaît, dit-il en désignant un banc. Marfa !

La porte claque et une femme dans la trentaine apparaît sur le seuil.

– Sers-nous du kvas,[21] je suis desséché par la route.

– Par la route... grommelle la femme. Dis plutôt que tu n'as plus de vin...

– Certes, approuve le Cosaque, mais Son Excellence, Monsieur le sous-lieutenant, l'est vraiment par la route.

Marfa le regarde avec méfiance, car il n'y a pas d'épaulettes sur le bechmet.

– Je ne mens pas !

Quand une cruche de kvas et deux tasses d'argile apparaissent sur la table, Kaftanov hoche la tête.

– Servez-vous, Votre Excellence. Il faut vous y habituer, il se peut qu'il n'y ait pas d'autre nourriture sur le chemin, et elle semblera parfois être la manne du ciel. Du koulech[22] cosaque et des biscuits, c'est de cela que nous vivons.

Le kvas s'avère savoureux, bien qu'un peu acide.

– Donc, Votre Excellence, notre mission... L'ouriadnik pose la

---

21. Le kvas est une boisson fermentée et pétillante, légèrement alcoolisée (maximum 2,2 %), fabriquée par fermentation du pain, et souvent parfumée avec des fruits.

22. NdT : Le koulech est une soupe de légumes à base d'eau, de millet et d'autres ingrédients, très répandue dans la cuisine militaire des Cosaques.

tasse sur la table. Un agent des Turcs arrivera bientôt. C'est un homme important. Il rassemblera les chefs des groupes de hors-la-loi et leur confiera une nouvelle mission. Les montagnards, pour autant que nous le sachions, ont un grand besoin d'armes et d'approvisionnement. C'est lui qui les leur fournira.

– Comment ? Par un train de chariots à travers le front ?

– Nous n'en savons rien. C'est pourquoi nous devons le découvrir. Il emporte peut-être des lettres avec lui. Destinées à qui, nous l'ignorons, mais nous avons l'ordre de saisir ces documents et de les présenter à nos supérieurs.

Anton est déconcerté. Donc, ce messager arrive... En quoi est-ce une opération compliquée ? Lever les soldats, bloquer les routes, mettre en place des points de contrôle et voilà, le tour est joué ! Il ne vient sans doute pas seul, mais probablement pas à la tête d'une armée non plus ?!

– Combien seront ces chefs ?

– Une cinquantaine. Aucun d'entre eux ne sera seul, ce serait une perte d'honneur. Il faut y ajouter les compagnons du Turc. Au moins une centaine de janissaires spéciaux, une bande d'égorgeurs.

Eh bien... cela change la donne. Il semble que nous arriverons à une centaine, au minimum.

– J'ai l'autorité pour demander l'assistance requise à tout com-mandant militaire. Une compagnie suffira-t-elle ?

Kaftanov hausse les épaules.

– Je peux lever quelques centaines de Cosaques supplémentaires immédiatement, mais pour quoi faire ? Cela ferait beaucoup de bruit, car une telle troupe ne passera pas inaperçue. Et le Turc est rusé : il plongerait dans un trou et disparaîtrait...

– Poussera-t-il ses gardes dans le même trou ?

Le Cosaque hoche respectueusement la tête.

– Non, bien sûr. Où trouverait-il un tel trou ? Rauf Bey est un vrai renard, et il ne révélera sa cachette à personne.

Rauf Bey ? Rauf Bey lui-même ?! Sivertsev prend une gorgée de kvas.

– Sommes-nous sûrs qu'il s'agisse de lui ?

– Ce n'est pas la première fois, l'ouriadnik hoche la tête. Son Excellence le lieutenant-colonel Rakov a essayé de le retrouver, plus d'une fois, mais il a été malchanceux. Le Turc a longtemps été le sujet de conversations. Son nom est associé, à juste titre, à de nombreux « accidents » tragiques. En fait, ils ne peuvent être qualifiés d'« accidents » que par abus de langage. Tant d'officiers veulent sa peau que le bey[23] aurait dû disparaître depuis longtemps.

– Combien d'hommes avons-nous en tout ?

– Une douzaine de plastounes, vous et moi. C'est tout.

– Contre une centaine ?

– J'ai l'habitude, Kaftanov hausse de nouveau les épaules. Personne ne se lancera dans un combat ouvert, n'est-ce pas ? Ici, ce n'est pas le front... Nous allons travailler secrètement, furtivement.

Le sous-lieutenant écoute, et ouvre seulement la bouche (mentalement, bien sûr, cela suffit). La plupart des choses qu'il apprend désormais, il les entend pour la première fois. Bien sûr, il a étudié ces tactiques d'utilisation des chasseurs :

À cet effet, lors de l'entraînement du tireur, montrez-lui un arbre, une maison, une clôture ou tout autre objet visible, en lui demandant à quelle distance il pense qu'il se trouve ; ordonnez-lui ensuite de compter les pas vers cet objet et de constater ainsi son erreur.[24]

C'est simple en théorie, mais il n'a pas encore eu à l'appliquer. Et il semble qu'il n'aura pas à le faire ici. Soudain, un mouvement discret sur la gauche attire son attention, et il tourne la tête. Un énorme chat gris-noir émerge lentement de quelque part sur le côté et s'assied, en le regardant attentivement.

– Qui est-ce ?

---

23. NdT : Un bey est un dignitaire de l'Empire ottoman, souvent traduit par « gouverneur » ou « seigneur ».

24. *Règles de la formation mobile, ou Instruction sur l'action mobile de l'infanterie*, État-major général de la 1ère armée, 1819.

Le Cosaque suit le regard de l'officier.

– Ah, Barsik ! Viens ici... Il tapote le banc avec sa main. Le chat monte à côté de Kaftanov et observe son invité.

– Ceci, Votre Excellence, est Barsik, notre compagnon de bataille. Ce n'est pas une plaisanterie...

Un chat ? D'accord, un gros chat...

– Cette bête, Votre Excellence, a plus d'une fois éloigné le danger qui nous menaçait.

L'ouriadnik écarte l'épaisse fourrure et désigne le collier sur le cou du chat. Du cuir brun foncé et une bande brillante dessus. C'est Timokha, notre forgeron, qui a déferré un rouble d'argent et fabriqué ce badge singulier. Devant tous les Cosaques, Barsik a reçu son collier en signe de distinction. Et lui s'est assis et n'a pas bougé, comme s'il comprenait tout.

– Et pourquoi de tels honneurs pour un animal ?

– Les bachi-bouzouks[25] se sont approchés de nuit alors que la sentinelle était endormie. Le chat m'a alors griffé avec sa patte, et j'ai ouvert les yeux à temps. Il y a eu aussi d'autres occasions...

Kaftanov fronce soudainement les sourcils. Il ne semble pas vouloir continuer l'histoire. Anton hoche la tête avec sympathie et ajoute :

– J'ai un tel chat à la maison, moi aussi. Il est brillant et joyeux, seulement... il est plus petit.

– Eh bien... les chats sont tous différents, répond l'ouriadnik de manière vague. Il y a les ludiques et il y a les autres ; notre Barsik appartient à la deuxième catégorie.

* * *

Pan ! La citrouille empalée explose. Sivertsev abaisse son fusil.

– Cent pas, commente Kaftanov. Très bien, Votre Excellence. Je pense que vous avez fait sauter la tête de cet ennemi. Pour dire la vérité, je n'aimais pas votre fusil, mais j'avais tort.

---

25. NdT : Les bachi-bouzouks sont des cavaliers mercenaires de l'armée turque.

Et c'est compréhensible... Tous les Cosaques du détachement sont armés de fusils de ligne Jäger 6,5, une édition plus récente que l'arme du sous-lieutenant. Et ils donnent des résultats très satisfaisants lors des tirs. Il est donc important pour Anton de démontrer qu'il n'est pas un intrus parmi eux. De toute façon, seules cinq personnes, à part lui, peuvent toucher la citrouille à une telle distance. En d'autres termes, il peut atteindre un homme à une distance beaucoup plus grande. Quant aux pistolets, il tire presque aussi bien que tous les autres, mais, en matière d'escrime... il n'a aucune raison d'être fier. D'un autre côté, les Cosaques ne font que ça, non ? Et un officier peut avoir d'autres tâches à accomplir...

– Dans ce genre de situation, Votre Excellence, dit calmement Kaftanov, il faut survivre. J'espère que vous abattrez trois ennemis, mais que faire s'il y en a plus ?

Anton n'a rien à répondre.

Le lendemain, l'ouriadnik place devant Anton une grande dague pareille à celle qu'il porte lui-même.

– Prenez ce cadeau, Votre Excellence. Croyez-moi, elle peut devenir votre plus fidèle amie.

Oui, le sous-lieutenant a vu comment il manie deux lames à la fois. Le tourbillon brillant de l'acier affûté tournoie devant le Cosaque de façon incompréhensible. Il tient même son arme d'une manière étrange, par le pommeau, la « pomme », comme on l'appelle. Et la façon dont il utilise l'arme... La première fois que Sivertsev l'a vu, il n'a pas même compris tout de suite.

– Regardez, Votre Excellence... l'homme sourit.

Deux des compagnons de Kaftanov l'attaquent avec les mêmes armes. Et hop ! Une dague s'envole, tandis que la deuxième se plante dans la terre... L'ouriadnik tourne sur place, passe le long du bouleau voisin et, d'un seul coup, des brindilles tombent sur le sol. Anton ne comprend pas comment il a réussi à les couper.

– Cette lame est lourde, elle fait plus d'une livre, le Cosaque place l'arme dans sa main. Elle est longue, presque jusqu'au coude. Le coup sera donc violent, ne vous inquiétez pas. Vous la faites tourbillonner une fois. Si vous touchez l'ennemi avec, il n'aura pas le temps de se battre. Parfois, il n'y a qu'un seul moyen de rester en vie lorsqu'on ne peut pas tirer ou faire tourbillonner un sabre, comme dans un couloir étroit, par exemple... Une dague est alors la meilleure chose qui soit. Toujours avec vous, à portée de main. Vous pouvez même dormir avec elle.

Ainsi, en plus de l'entraînement quotidien à l'escrime et au maniement du sabre, est ajouté celui à la dague, sans compter le tir. De l'avis de toute l'escouade, Anton se débrouille à cheval avec beaucoup d'assurance, de sorte qu'au moins, sur ce plan, il n'a pas à rattraper les autres, ce qui constitue un atout.

* * *

Les jours se passent à tirer et croiser le fer. À quand la mission ? Sivertsev ne résiste pas à l'envie d'interroger l'ouriadnik, en rappelant que l'entraînement est une chose nécessaire, personne ne le conteste, mais pas la seule. Il a déjà plusieurs années de corps de cadets à son actif.

– Où aller, Votre Excellence ? Il n'y a pas encore d'information, nous attendons.

– Mais toi, Stepanovitch, tu sors tous les jours, n'est-ce pas ? Vas-tu juste te promener ? Je n'y crois pas.

L'ouriadnik invite le sous-lieutenant à son prochain voyage en ville.

– Je vous prie de tout cœur, Votre Excellence, de ne pas être surpris par quoi que ce soit. Je vous demande pardon par avance, mais je ne vous appellerai que par votre prénom en public. La situation l'exige, et non mon désir. Je connais ma place et respecte votre rang, mais... Son Excellence, le lieutenant-colonel Rakov, a fait de même quand c'était nécessaire.

– Pour la mission, Stepanovitch, je pourrais danser sur une jambe !

– Beurk ! grogne le Cosaque. Votre Excellence, je n'ai jamais vu une telle chose et n'en ai même jamais entendu parler.

Après une telle introduction, Anton n'est pas surpris que leur voyage se termine sans délai à la taverne. C'est là, comme il l'a compris, que le Cosaque se rend souvent.

* * *

L'ouriadnik semble connu et respecté ici. Le propriétaire, un homme costaud, les salue respectueusement et les escorte jusqu'à leur table.

– C'est ici que je m'assieds habituellement. Il pose sa papakha sur le banc. L'endroit est correct, le marché est à proximité, et tout le monde peut venir manger, boire et parler.

– Surtout s'il y a quelqu'un avec qui parler.

– C'est vrai. L'homme hoche la tête. Beaucoup de gens ici pensent que je suis responsable de la logistique. Je n'essaie pas de les dissuader de croire quoi que ce soit si cela leur facilite la vie. Si l'on peut faire quelque chose pour son prochain...

– Prendre un verre avec lui, par exemple ?

– Jamais autrement, convient l'ouriadnik en souriant.

« C'est pourquoi son rang est bas », Anton se souvient des mots du général. Est-ce seulement à cause de la boisson ? L'ouriadnik a l'air plus à son aise dans la taverne que l'officier. On leur apporte à manger, un plat étonnamment bon et nourrissant, à boire aussi, mais en quantité raisonnable.

Une heure passe. La taverne s'est remplie, mais personne ne les a encore approchés.

– Anton, il y a une fête à notre gauche, murmure le Cosaque sans tourner la tête. Regardez-les discrètement.

Ils sont quatre. Leurs vêtements sont ordinaires, rien de spécial, aucune arme visible.

– Je les vois. Pas d'arme en vue.

– Eh bien, je pense que chacun porte un couteau, c'est normal. Et celui qui est contre le mur possède une arme.

– Je ne peux le voir d'ici.

– C'est pour cela qu'il est assis. Il a une arme dans sa ceinture, du côté droit.

– Gaucher ?

– Il prend sa tasse avec sa main gauche... On dirait bien.

– Qui sont-ils ?

– D'anciens contrebandiers. Celui avec les cheveux gris est Iourko Biely, leur chef.

Sivertsev appelle le garçon qui passe pour demander du kvas. Profitant du fait qu'il doive se tourner dans sa direction, il observe brièvement la compagnie.

Des durs à cuire. Les combattre sans armes... Pas facile.

– Nous les attendions ?

– Non. Un autre homme doit venir, mais le fait qu'ils soient là aussi... C'est un peu tôt pour eux. Ils auraient dû être là dans deux jours.

– Eh bien... le sous-lieutenant hausse les épaules. Ça peut arriver...

– C'est possible, convient le Cosaque, mais ils ne font généralement pas les choses à la hâte. Ils ont l'habitude d'être à l'heure, et toute l'affaire risque de leur exploser à la figure s'ils sont trop pressés.

L'ouriadnik explique : il y a toujours eu de la contrebande aux frontières de l'Empire, quelles que soient les punitions. Des familles entières ont grandi avec et n'ont pas l'intention de changer de mode de vie. Les autorités ferment généralement les yeux et reçoivent quelques avantages en retour. Pendant de nombreuses années, les contrebandiers ont élaboré des règles tacites, néanmoins strictement observées : ne pas se précipiter, mais aussi, ne pas arriver trop tard ; tenir sa parole et ne pas trahir ses camarades. Même avec les concurrents, et il y en a beaucoup par ici, il faut respecter les accords. Par exemple : ne pas intercepter les marchandises, et aider dans les cas particuliers où l'on doit unir toutes les forces. Parfois, les gardes les suivent de près, alors ils peuvent faire du bruit, les distraire... En revanche, à la taverne, ils se comportent toujours pacifiquement, n'intimident personne et gardent leur arrogance pour eux, car il n'est pas nécessaire d'attirer l'attention. Mais si quelqu'un vient avec un pistolet... L'ouriadnik secoue la tête.

Je ne me souviens pas l'avoir vu. Tout le monde a un couteau ici, c'est impossible sans, c'est ce qu'il y a de plus important pour un foyer, mais un pistolet... Seuls les militaires en ont, les autres ont un fusil pour faire bonne mesure, mais vous ne pouvez pas vous rendre dans une taverne avec, n'est-ce pas ?

Jusqu'à présent, la compagnie se comporte avec discrétion : ils sont assis, sirotent leur tasse et parlent tranquillement. Soudain, les yeux de Kaftanov se rétrécissent et, l'instant d'après, un homme se laisse lourdement tomber sur le banc. Le sous-lieutenant sent une odeur de cuir tanné et d'épice qu'il ne reconnaît pas.

– Bonjour, Piotr Stepanovitch.

– Bonjour à toi, Akhmet. L'ouriadnik incline la tête.

– Qui est avec toi ? Il regarde Sivertsev.

– Anton. Le fils de Pakhomytch, mon vieil ami. Il est avec nous depuis moins d'une semaine, il s'habitue.

– Tu vas le former ?

– Comme toujours... Que savent les jeunes ?

– Laisse-le aller faire un tour.

– Anton, le Cosaque se tourne vers le sous-lieutenant, sors un instant... Dans la cour... mais pas trop loin, pour que tu puisses m'entendre.

– Comme vous voulez, Piotr Stepanovitch. Ce dernier incline poliment la tête.

Il prend sa papakha sur le banc, la met sur la tête, s'attarde un peu pour finir son vin, puis se dirige vers la porte.

* * *

Une fois dehors, Anton s'arrête pour réfléchir. Que faire maintenant ? De toute évidence, l'homme assis à la table est l'invité que Kaftanov attendait. Bien sûr, le sous-lieutenant est légèrement vexé par la façon dont il a été « poussé » hors de la réunion, mais il sait qu'il ne peut en être autrement, puisque cet Akhmet le rencontre pour la première fois.

Sivertsev avance jusqu'à l'entrepôt général situé sur le côté. Il s'assied sur un tas de rondins. Et ensuite ? L'ouriadnik sortira bientôt et aura sans doute quelque chose d'intéressant à partager. Ce n'est donc pas un déplacement pour rien. Cependant... si l'activité secrète d'un Cosaque se limite à boire dans une taverne... alors il n'y a vraiment rien qu'un officier puisse faire ici. En attendant, il fait déjà assez sombre. Les rares lumières des maisons semblent encore plus souligner l'obscurité.

La porte de la taverne s'ouvre en claquant, un éclat de lumière traverse l'obscurité, et un homme apparaît sur le seuil. Anton le reconnaît : l'invité... La discussion est donc déjà terminée. Akhmet continue de marcher tout droit, disparaissant peu à peu dans la nuit. Le sous-lieutenant n'a pas encore décidé de ce qu'il doit faire quand la porte claque de nouveau, et deux ombres apparaissent dans la rue. Deux des contrebandiers. Ils suivent Akhmet.

Sivertsev est stupéfait. Ils ne vont sans doute pas se contenter de le suivre... Ils connaissent l'ouriadnik ; ne les connaît-il pas aussi ? Alors... ils pourraient le suivre. Cette pensée traverse l'esprit d'Anton : « Ne pense pas que tu sois le seul à chasser, ils peuvent aussi te chasser. » Exactement ce qui est écrit dans un roman fameux qu'il lut il y a quelques années. Il ne sait si Kaftanov lit de tels livres, mais Anton le suppose. Et maintenant, la présence des autres convives dans la taverne s'interprète différemment : même un homme courageux et expérimenté ne peut rien face à quatre adversaires. Que faire maintenant ? S'asseoir et attendre ? Ou... suivre ceux qui viennent de partir ?

Sivertsev n'aime pas la façon silencieuse avec laquelle les deux hommes suivent Akhmet, le long des granges et des palissades, et non au milieu de la rue, comme les honnêtes gens. Il n'a pas encore réfléchi à la décision à prendre que ses pieds emboîtent déjà le pas aux contrebandiers, tout aussi silencieusement qu'eux. Il n'a pas à aller bien loin : les poursuivants ont rattrapé Akhmet après environ cent cinquante pas. Il y a un petit carrefour avec des voies étroites et sombres partant dans différentes directions. Anton voit alors briller faiblement dans l'obscurité la lame d'un couteau.

– Akhmet ! Attention, derrière toi !, crie le sous-lieutenant.

Et tout s'emballe. L'homme qui le poursuit crie quelque chose, un coup de feu retentit et une autre silhouette sombre, un couteau à la main, se retourne contre Anton. Une attaque !

Manqué ! Le corps entraîné esquive encore l'assaut suivant. « Il essaie vraiment de me poignarder ! », se dit-il, mais sa main a déjà dégainé son sabre. Il riposte, et le couteau est balayé par un coup puissant. Un tour, un pas en avant, un coup... Quelque chose vole devant sa tempe, égratignant à peine la peau. Un demi-tour par là. L'autre contrebandier ? Avec un couteau aussi !

Les yeux de l'officier sont déjà habitués à la pénombre. « Je suis venu pour la laine, et suis revenu tondu ! » Un coup, et son adversaire s'effondre sur le côté. L'arme tombe au sol, lâchée par la main désormais impuissante. Très bien, celui-ci est fini. Et où est le premier ? Il est là, allongé sur le sol, sans bouger. Je l'ai donc eu aussi... Une boule serrée se forme dans sa gorge, et Anton déglutit frénétiquement, essayant d'arrêter sa soudaine envie de vomir.

Un gémissement ; il se retourne instantanément, se couvrant de son sabre pour parer un éventuel coup. Qui sait qui pourrait être là à se plaindre... Le sous-lieutenant s'avance, l'homme allongé est sans aucun doute Akhmet, il n'y a personne d'autre.

– Akhmet ?

– Qui es-tu...

– Anton. J'étais avec l'ouriadnik.

– Ah... Je me souviens... Aide-moi...

Plantant son sabre dans le sol, Sivertsev se penche vers lui et ses mains touchent quelque chose de collant.

– Es-tu blessé ?

– Ils m'ont tiré dessus... Ils savaient ne pas pouvoir me vaincre avec des couteaux.

Un bruit de pas. La rue est éclairée par une lumière vacillante tandis que quelqu'un sort en courant de la taverne tenant une torche, suivi de plusieurs hommes.

– Attends ! Le sous-lieutenant arrache son sabre du sol, le fait tournoyer une ou deux fois et se prépare à se battre. Qui est là ? Identifie-toi !

– Ouriadnik Kaftanov. Anton, c'est toi ?

– Oui, Piotr Stepanovitch.

Les pas approchent, la lueur de la torche illumine la scène. Une grosse flaque de sang s'est formée sous le premier bandit ; l'autre est à moitié couché, le dos contre la clôture. Sa tête tombe à plat sur sa poitrine.

– Que s'est-il passé ? J'ai entendu un coup de feu. Qui a tiré ?

– Là-bas... Sivertsev fait un signe de tête vers le pistolet. Un de ceux-là... sur Akhmet.

– Ils l'ont tué ?!

– Il n'est pas encore mort... Il est blessé, mais il a perdu beaucoup de sang.

– Vaska, âme damnée, va chercher le médecin !, hurle l'ouriadnik sans se retourner.

– Tout de suite, Piotr Stepanovitch. Et il part aussitôt.

– Yegorka, va voir le commandant, présente-toi à l'officier de service. Nous devons envoyer un ordre pour le reste du groupe et les attraper pour meurtre, il est impossible qu'ils n'en sachent rien. Et un autre messager disparaît dans l'obscurité. Personne ne conteste l'autorité de Kaftanov.

– Tirez les branches de la clôture et faites une civière pour le porter à la taverne.

La clôture est démontée en un clin d'œil.

– Transportez-le avec soin !

Les cadavres des deux contrebandiers sont emmenés sans cérémonie. Le Cosaque se retourne, ramasse le pistolet et le met à sa ceinture.

– Eh bien, allons-y... Dites-moi tout, Votre Excellence. Il n'y a personne d'autre ici que nous deux. Le sous-lieutenant, qui se calme peu à peu après ce qui s'est passé, lui fait un bref récit de l'escarmouche.

– Alors il vous a jeté son pistolet ? L'ouriadnik hoche la tête. Je vois qu'il est allongé d'une manière étrange, et que les deux sont sérieusement entaillés, c'est bien. Il n'y a pas à tergiverser. Si l'ennemi lève la main, frappez-le et réfléchissez après. Si vous ne le faites pas, eux vous le feront. Dieu, dans sa miséricorde, jugera ensuite...

– Eh bien... Je ne réfléchissais pas. C'est arrivé comme ça.

– C'est donc votre première fois, Votre Excellence, devine Kaftanov. C'est fait, c'est ainsi. Il fouille dans les poches de son bechmet et en sort une petite flasque. Prenez-en une gorgée, Votre Excellence. Par Dieu, cela ira mieux !

Anton boit mécaniquement une gorgée et tousse.

– L'alcool est fort ? C'est parfait. Après tout, vous n'êtes pas le premier. Cela arrive à beaucoup de gens, sans vouloir vous offenser, Votre Excellence. Les choses sont toujours plus faciles pour les Cosaques ordinaires, mais quand quelqu'un de sang noble se présente, il a toutes sortes de pensées... Comme : *Comment* et *Pourquoi* ? Je pense qu'il n'y a pas besoin de toutes ces balivernes. Qu'est-il pour toi ? Un ami ? Non. Un ennemi, donc je parie qu'il ne t'aurait pas épargné. Tu as abattu ton ennemi, alors pourquoi devrais-tu souffrir ? Sinon, lui aurait essuyé sa lame sur tes vêtements... et il ne l'aurait même pas regretté. Kaftanov fait une pause, puis ajoute : « Si vous aviez une jolie fille dans les bras, vous vous sentiriez immédiatement mieux ! »

– Oui... Merci, Stepanovitch, je le surmonterai sans. Cela va passer... Et tu peux m'appeler par mon prénom et mon patronyme, si tu veux.

– C'est impossible, Votre Excellence, répond l'ouriadnik. Nos frères doivent avoir du respect et de l'estime pour l'officier. Laissez-nous faire ce que nous voulons et nous ne tolérerons personne au-dessus de nous, ici nous sommes tous des vauriens. Un commandant doit avoir de l'autorité, c'est sûr !

– Tu es leur commandant... Je vois comment ils te traitent. De quel autre commandant auriez-vous besoin ?

– Oh, Votre Excellence ! Nous avons avalé beaucoup de sel ensemble et nous nous sommes tirés de divers problèmes, c'est pourquoi il en est ainsi. Son Excellence le lieutenant-colonel Rakov a également parcouru beaucoup de kilomètres à nos côtés, et il n'était pas seulement respecté pour ses épaulettes d'officier. Pourtant, en public, je ne l'appelais que « Votre Excellence ». L'ordre est ainsi fait dans l'armée, nous ne l'avons pas établi, et nous ne pouvons pas le changer.

– En public...

– Je vous remercie pour cette faveur, Anton Ivanovitch. Qu'il en soit ainsi, mais seulement quand personne d'autre n'est là. Et en public, vous êtes un officier, je suis un ouriadnik.

La taverne apparaît dans le virage.

– Le docteur ne doit pas être encore arrivé. Le Cosaque presse sa lèvre. Jonah Mitritch connaît parfaitement son métier, mais quand il arrive... Attendez ici pour l'instant, je vais voir Akhmet.

– Nous irons ensemble. Sivertsev hausse les épaules. Le sang me ferait-il peur ?

* * *

L'homme blessé est allongé sur une table, et deux jeunes femmes s'occupent de lui.

– Comment va-t-il ? Kaftanov le désigne d'un signe de tête.

– Pas bien... Il ne vivra pas longtemps. Nous avons bandé la blessure avec un tissu propre et lui avons offert du vin, mais il n'a pas encore repris conscience.

– Piotr, tu es là ?, peut-on entendre du côté des tables déplacées. Viens ici...

D'un geste de la main, l'ouriadnik écarte les jeunes femmes et s'approche du blessé. Anton le suit.

Akhmet est vraiment dans un sale état. La balle l'a touché juste en dessous de l'épaule droite et le bandage qu'elles ont confectionné est maintenant couvert d'une tache cramoisie.

– Akhmet, n'aie pas peur, Mitritch sera là d'un instant à l'autre. Le Cosaque essaie de calmer le blessé.

– Non, Piotr... Je ne survivrai pas, cette fois. Le froid dans mes jambes s'insinue... Ah... Et ton gars, là... C'est un bon combattant, il ira loin.

– Je suis arrivé trop tard, dit Sivertsev avec culpabilité.

– Personne n'aurait pu arriver à temps... Il a tiré d'une douzaine et demie de pas, répond l'homme blessé. Il faisait sombre, je ne l'ai pas vu non plus... Il tourne la tête vers Kaftanov. Écoute, Piotr... tu pars pour une mission dangereuse. Je ne t'ai rien dit avant, je pensais que je rêvais...

– De quoi parles-tu ?

– Rauf... Fais attention à lui ! Nos anciens disent qu'il a changé... Ce doit être Iblis[26] lui-même qui se tient derrière lui. Tu sais... Beaucoup de gens ne vous aiment pas... Akhmet tousse. Même eux ont dit dernièrement qu'ils préféraient être du côté du Roi blanc plutôt que du côté d'Iblis. Et tu sais que personne ne dit rien de tel par ici...

– Ne t'inquiète pas, tu vas récupérer, et nous parlerons.

– Tu ne comprends pas... J'ai vu Rauf.

– Quand ?!

– Il y a sept jours. Il est... Il est différent... Noir... Je ne me suis pas approché de lui. Tu sais que c'est difficile de me faire peur, mais même moi, je ne pouvais pas... Le blessé se tait, et ferme les yeux. Il perd connaissance et ne dira plus rien. Le médecin, qui arrive sur ces entrefaites, ne peut plus que lui tenir la main.

– Stepanovitch, je ne suis pas notre Seigneur tout-puissant, je ne peux réaliser des miracles... Comment a-t-il survécu jusque-là... Survivre... Eh bien, c'est un euphémisme.

Ils se présentent chez le commandant et ne trouvent rien de réconfortant là non plus. Aucun des contrebandiers de la taverne n'a pu être attrapé, ils ont dû s'enfuir immédiatement.

– Eh bien... Kaftanov hausse les épaules. Nous n'avons plus rien à faire ici. Rentrons. L'aubergiste s'occupera d'Akhmet et de son

---

26. NdT : Iblis est une entité citée dans le Coran, qui refuse de se prosterner devant Adam, et se retrouve ainsi chassé du paradis. Il passe alors un marché avec Allah, qui lui permet de soumettre les hommes à la tentation jusqu'au Jugement dernier. C'est lui qui aurait fait chuter Adam.

enterrement. Nous lui en avons déjà parlé, il se chargera de tout. Il est sérieux, nous pouvons compter sur lui pour ce genre de situation.

À cent cinquante pas de la taverne, Sivertsev interroge l'ouriadnik :
– Et cet Akhmet... J'ai compris que c'était lui que nous attendions. Qui est-il ?
– C'était un hors-la-loi, répond simplement le Cosaque.
– Que veux-tu dire ? Un assassin ou quelque chose comme ça ?
– C'est un abrek. Ici, Votre Excellence, ce n'est pas comme chez vous... Un homme ne pense peut-être pas à commettre des crimes, mais la vie est parfois si dure... Akhmet était un berger. Il avait son propre troupeau, une famille, mais il s'est disputé avec un de leurs anciens. Je ne sais pas ce qui s'est passé exactement, et il ne m'a rien dit, mais il a tout perdu du jour au lendemain : sa cabane a été brûlée, sa femme tuée et le troupeau emmené. La seule voie qui reste alors est de devenir un abrek. Maintenant, les montagnes sont sa maison, et le ciel est le toit au-dessus de sa tête. D'ailleurs, la population locale les comprend et même les soutient à l'occasion.
– Combien y en a-t-il ?
– Beaucoup. Et ils se comportent de manière différente : certains deviennent des meurtriers, d'autres vivent seuls. Ils peuvent même se mettre au service de quelqu'un. Encore une fois, personne ne voit de mal à ce qu'un homme devienne un abrek. Aujourd'hui, il est un abrek, et demain, peut-être se calmera-t-il. C'est la famille qui compte. Ils soutiendront toujours les leurs, qu'il soit un abrek ou non.
– Et tu le connaissais depuis longtemps ?
– Depuis environ cinq ans.
– Il a dit avoir vu Rauf... Cela signifie-t-il qu'ils se connaissaient ?
– Ce méchant Turc est connu de beaucoup ici, c'est un visiteur régulier.
Le sous-lieutenant lève les mains.

– Alors pourquoi ne l'ont-ils pas encore attrapé ? Je pensais qu'il était venu ici en secret, mais il...

– C'est la coutume, Votre Excellence. Une fois qu'un invité entre dans la cabane, c'est fini. Vous ne pouvez plus le toucher, c'est la loi. Même si c'est un meurtrier, vous devez l'accepter avec tout le respect qui lui est dû, et le protéger de tous ceux qui ont de mauvaises intentions à son égard. Encore une fois : Rauf n'est pas un étranger pour eux, c'est un coreligionnaire. Et il n'est pas radin, il paie bien pour ses services. De plus, il ne se promène pas tout seul, il y a toujours une bande de bachi-bouzouks autour. Vous y réfléchiriez à deux fois...

– Et les princes locaux ? Certains d'entre eux nous ont prêté serment. Ils devraient l'attacher et nous l'amener.

– Ils devraient, Votre Excellence, mais ils n'y sont pas obligés. Le Caucase, c'est compliqué...

– Et que Rauf est devenu noir, que voulait dire Akhmet ?

L'ouriadnik s'assombrit.

– Ça, Votre Excellence, ce n'est pas bon du tout. J'en ai entendu parler, mais je n'avais aucune foi en ceux qui l'ont raconté. Akhmet, c'est une autre affaire, je crois ce qu'il dit. Si ce maudit bey est mêlé au Mal, c'est mauvais.

– Eh bien, le Mal n'existe pas, sourit Sivertsev. Nous ne vivons pas à une époque arriérée. Les Lumières... Tu pourrais tout aussi bien mentionner le Diable ! On ne sait jamais ce qu'un abrek non éduqué pourrait voir, mais sommes-nous supposés croire tout ce qu'ils racontent ?

– Non, Votre Excellence. Je serai moi-même heureux si ce n'est pas le cas, mais il faut avancer avec beaucoup de précautions maintenant. Retenez bien mes mots.

Devant la maison, l'ouriadnik remet au sous-lieutenant le pistolet qu'il a ramassé sur les lieux de l'escarmouche.

– Il est à vous maintenant, c'est un trophée légitime. Un bon pistolet, d'ailleurs, de fabrication allemande.

– J'en ai déjà deux...

– Et alors ? Cela vous en fera un troisième. Un de secours n'étirera pas votre poche. Et ce qui est pris dans la bataille est sacré. Encore une fois, sans vouloir vous offenser, ce pistolet est meilleur que les deux vôtres.

– J'ai des français, des Montgery.

– Quel Français, si je puis dire, peut tenir tête à un maître allemand ? Et ne discutez pas, Votre Excellence, vous feriez mieux de le tester vous-même.

Kaftanov a raison, le pistolet est excellent. La balle atteint la cible avec précision, et de vingt pas plus loin que tous les pistolets de Sivertsev.

Anton confectionne un harnais afin de pouvoir porter les trois armes à la fois, comme dans la marine pour les abordages. L'ouriadnik apprécie le résultat et demande à ses hommes d'en faire autant.

* * *

À son poste d'observation, Sivertsev se retourne sur le dos et soupire... Ce n'est pas ainsi qu'il imaginait les raids. Il s'attendait aux poursuites incessantes d'un ennemi battant en retraite, aux combats de sabre enflammés et aux corps à corps brutaux. Bien sûr, il en sortirait toujours victorieux, avec seulement une légère blessure quelque part sur l'avant-bras. Comment pourrait-il en être autrement ? Tandis qu'il serait assis sur une souche pour écouter les rapports de ses subordonnés, sa belle compagne lui panserait le bras. Cependant, il est incapable d'imaginer d'où elle pourrait bien provenir. Cependant, le rôle de cette dernière est toujours joué par Varenka Afanassieva, dont les parents sont amis avec sa famille depuis longtemps. En partant pour l'armée, Anton avait promis de lui écrire aussi souvent que possible et il essayait de tenir sa promesse. Jusqu'ici, il y était parvenu... mais là, il est allongé dans la forêt, à observer... des cabanes pendant des heures ! Ces observations ne mènent à rien d'intéressant, si ce n'est que les Cosaques connaissent par cœur la routine des habitants du village et peuvent annoncer à l'avance que, par exemple, les femmes sortent de telle habitation le matin et vont à la rivière, tandis que les hommes les suivent dans la forêt pour trouver du bois de chauffage. Les anciens s'asseyent dans la rue – il y a des bancs à cet effet –, et discutent tranquillement. Rien de nouveau ne se produit jamais, et pourquoi cela devrait-il être le cas ? La vie elle-même, semble-t-il, est déjà planifiée depuis longtemps.

– Qu'attendons-nous, Stepanovitch ?, demande le sous-lieutenant à Kaftanov le troisième jour.

– Rauf a un guide originaire de ce village, c'est lui que nous attendons... Il doit venir ici, pour sûr, afin de donner de l'argent à ses proches. Nous le suivrons à ce moment-là.

– Comment le savons-nous ?

– C'est ce qu'Akhmet a dit. Ils voulaient que ce soit lui, mais il a refusé. Il a proposé un autre homme, que Rauf a accepté après lui avoir parlé.

– Et s'il ne laisse pas partir le guide ? S'il doit se rendre ailleurs ? Je ne pense pas qu'il connaisse tous les chemins d'ici.

– Il en connaît certains... Ce n'est pas la première fois qu'il vient, mais il a besoin d'un guide. Et quand il arrivera au lieu de rendez-vous avec tous les autres brigands, il n'aura plus besoin de lui pendant un certain temps. Alors il le laissera s'absenter... L'ouriadnik s'arrête, puis ajoute à contrecœur : une chose m'inquiète.

– Quoi ?

– Ces contrebandiers... Ceux qui ont abattu Akhmet sont venus à la taverne plus tôt, comme s'ils l'attendaient. Et voici ce que je pense, Votre Excellence : ils auraient pu l'éliminer avant, mais ne l'ont pas fait. Pourquoi ? Qu'est-ce qui les en a empêchés ?

– Ils voulaient voir qui il allait rencontrer.

– Donc, ils ont vu... Le Cosaque hoche la tête. Et je n'aime pas beaucoup ça...

– Pourquoi, Stepanovitch ?

– Eh bien... le Cosaque hésite. Je continue à penser à Rakov... Si j'ai raison, on lui a aussi tiré dessus... Et quelque chose, Votre

Excellence, qui me plaît de moins en moins, est qu'ils m'ont vu...
Pourquoi n'ont-ils pas pris le risque de m'attaquer ? Qui sait de
quel genre d'affaire je pouvais parler avec Akhmet...

– Je ne pense pas que ce soit aussi simple, Stepanovitch. Tu es
connu, tout le monde dit du bien de toi. Comment peut-on ne
pas connaître Piotr Stepanovitch ? Un homme respecté, riche et
en charge des affaires de transport. Tu peux obtenir beaucoup de
choses ici. Si quelqu'un qui s'assied pour boire avec toi se fait tirer
dessus et poignarder... peut-être n'est-ce qu'une coïncidence.

L'ouriadnik regarde son compagnon avec intérêt.

– Votre Excellence, je suis du même avis... mais tout de même,
quelque chose cloche, même si je ne sais pas encore quoi. Je ne
peux m'enlever de l'esprit qu'ils n'ont pas tiré sur Akhmet après
notre conversation simplement par hasard... Il y a une autre raison.

Des coups de feu retentissent soudain dans le village, chassant le
silence. Le sous-lieutenant porte instantanément la longue-vue à
ses yeux. Elle est d'une très grande qualité, un cadeau précieux de
son père. Ah, des cavaliers apparaissent entre les maisons, mais
ils ne sont pas des ennemis, car les villageois les accueillent avec
enthousiasme.

– Votre Excellence, des visiteurs sont arrivés ?

Anton se retourne et l'ouriadnik s'approche silencieusement par
derrière et se couche à côté de lui. À proximité d'eux, se trouve le
gros chat. Il est réapparu ce matin, lorsque les Cosaques s'arrêtèrent
pour se signer devant la croix au bord de la route, juste après avoir
quitté les faubourgs. Personne ne sait où il était passé. Et Kaftanov,
tapant sur le pommeau de sa selle, l'invita à le rejoindre, où il sauta
d'un seul bond. Le cheval de l'ouriadnik ne bougea pas d'une oreille
– il devait y être habitué depuis longtemps –, et aucun des Cosaques
ne fut surpris. Il faut croire que le gros chat était leur compagnon
fidèle depuis longtemps. Dès que Kaftanov s'installa pour la nuit,
le chat disparut quelque part, sans que quiconque s'en aperçoive.
Il ne revint qu'au matin, mangeant avidement la nourriture offerte
par les Cosaques. Comme toujours, il demeura ensuite près de

l'ouriadnik, qu'il distingue pour une raison inconnue. Tout le monde s'y est habitué.

Anton essaya de jouer avec lui, de le caresser et, finalement, il réussit : Barsik l'accepte gentiment, mais ne se transforme jamais en un animal de compagnie « ronronnant ». Il reste une bête de proie qui ne se tient auprès des hommes que pour des raisons connues de lui seul. Alors, Sivertsev n'insista pas. Et maintenant, le chat est couché en silence près des Cosaques, indifférent en apparence. Seul le frémissement de ses oreilles trahit son attention à ce qui se passe autour de lui.

– Oui... acquiesce le sous-lieutenant. Il semble que des amis soient arrivés.

Il tend sa lunette à l'ouriadnik.

– Voyons, dit-il en regardant au loin. Le cheval est noir... Et l'arme du cavalier est plus longue que les autres... On dirait qu'Ilias rentre chez lui.

– Est-ce lui le guide de Rauf ?

– Oui... J'aimerais voir son visage... S'il porte une cicatrice sur la joue gauche, alors nous serons sûrs.

– On ne peut le voir d'ici... Que faisons-nous, maintenant ?

– Nous attendons, répond nonchalamment le Cosaque. Ils vont festoyer pendant trois ou quatre heures, se félicitant les uns les autres, et nous leur rendrons visite.

* * *

L'ouriadnik avait exactement prédit ce qui se passa. Le soir, ils commencèrent à se rassembler dans l'une des maisons et jouèrent de la musique.

– Au programme, danses, chansons... toutes sortes de plats..., explique Matveï, un des Cosaques de Kaftanov.

– Ils peuvent rester ainsi toute la nuit ?

– Bien sûr, mais ce ne sera pas le cas, car ils se lèvent à l'aurore.

Quelques heures plus tard, Stepanovitch sélectionne les hommes qui vont l'accompagner lors du raid.

– Ne soyez pas fâché, Votre Excellence, mais je ne vous emmène pas. La situation requiert des compétences et de l'expérience... Avez-vous souvent rampé ?

– Seulement quand j'étais adolescent, mais, je suppose qu'il est possible d'apprendre cette science ?

– Quand on en a le temps et que l'ennemi ne se tient pas au-dessus de vous avec un fusil, pourquoi pas ? Il y a au moins cinquante hommes dans le village, tous armés et connaissant les lieux. Nous, nous sommes une douzaine. Voulez-vous vous battre dans ces conditions ? Tout sera terminé dans une heure et nous devrons fuir à bride abattue. Les chevaux doivent être prêts. Qui est le meilleur pour cela ? Je vous demande aussi de surveiller la route, car nous ne pouvons nous permettre que quelqu'un d'autre arrive.

Sivertsev comprend qu'il est « mis de côté » avec tact, mais il sait ne pouvoir entrer dans ce nid de frelons sans expérience au combat. Et quelle est la sienne ? À part avoir entendu des tirs et vu un boulet de canon tomber à cent cinquante brasses de lui ? C'est bien peu... Et où trouver une compagnie de soldats pouvant être commandés selon le règlement ?

L'avantage des salves est que l'unité qui tire est entre les mains de son commandant. Grâce à ces propriétés, les salves peuvent être utilisées : à longue distance contre des cibles importantes et de grande taille ; pour poursuivre l'adversaire avec des tirs ; pour repousser une attaque de nuit ; et pour l'entraînement au tir.[27]

La nuit est presque tombée. Le règlement énonce que les tirs de volée sont parfaits, mais quel genre de tir de volée pourrait être mené ici avec cinq fusils, puisque quatre hommes partent avec Kaftanov et deux restent à cheval ? Et quels ordres donner ?

---

27. *Règles de la formation mobile, ou Instruction sur l'action mobile de l'infanterie*, État-major général de la 1ère armée, 1819.

Les fantassins ouvrent le feu lorsqu'ils en reçoivent l'ordre de leurs commandants directs, à moins qu'ils n'en reçoivent l'ordre de leurs supérieurs.[28]

Où sont ces supérieurs ? Les instructions sur de tels raids ne sont pas encore écrites.

L'ouriadnik et ses compagnons disparaissent silencieusement dans la nuit. Après avoir vérifié ses armes, le sous-lieutenant descend vers les chevaux. Il a une brève conversation avec ceux qui s'en occupent, vérifie la sangle de son cheval, serre une fois de plus celles qui fixent la charge à la selle. Il n'y a rien d'autre à faire ici, les Cosaques se débrouillent parfaitement sans lui. En se souvenant des exhortations de Stepanovitch, Sivertsev essaie de rester calme et de ne pas montrer son inquiétude. Au fait, où est passé le chat ? Ce serait un malheur s'ils se sauvaient tous et que la bête soit quelque part à chasser les souris. Anton appelle Matveï et lui en fait part.

– Ne vous inquiétez pas, Votre Excellence. Barsik ne sera pas un obstacle, il est toujours avec Stepanovitch.

– Même maintenant ?

– Tout le temps, Votre Excellence. Surtout maintenant. Il courait devant tout le monde. Quand il sent quelque chose, ses poils se dressent immédiatement, et son sens de l'odorat est meilleur que le nôtre. En regardant l'animal, nous serons tous avertis.

– Bien... Sivertsev secoue la tête, oubliant que dans l'obscurité, son compagnon ne peut le voir.

– C'est vrai, Votre Excellence, c'est extraordinaire ! Je l'ai constaté moi-même plus d'une fois.

* * *

Le sous-lieutenant n'a ni vu ni entendu les Cosaques s'approcher, à l'exception d'un faible grognement, la façon habituelle du chat de Kaftanov d'annoncer sa présence.

---

28. *Ibidem.*

– Narva !, appelle l'un d'eux à voix basse.

– Pskov ! répond Sivertsev. Venez par ici.

Il garde néanmoins sa main sur le pistolet. Cependant, tout se déroule comme prévu : le groupe revient au complet, et même avec un bénéfice, puisqu'il y a un cheval de plus. Un examen plus attentif révèle un homme aux mains et aux pieds liés, attaché à sa selle afin qu'il n'en tombe pas. Il semble inconscient. Anton ne peut voir son visage, car un sac de toile lui a été enfoncé sur la tête. Les rênes de sa monture sont fixés à la selle d'un des Cosaques. Ils vont chevaucher ainsi.

– Et les chevaux ?, demande l'ouriadnik.

– Tous sellés, nous pouvons partir immédiatement, répond un des Cosaques dans l'obscurité.

Et c'est ce qu'ils font. L'aube les rattrape assez loin du village. Anton s'étonne qu'un des Cosaques ait un long fusil turc. Il doit appartenir au prisonnier, de même que l'épée courbe, sans doute un trophée, que porte l'ouriadnik sur son épaule. En chemin, le prisonnier reprend connaissance, sans pouvoir s'échapper, car c'est difficile les mains liées dans le dos et un sac sur la tête. Étrangement, il semble dans un état de... stupéfaction ou d'ivresse ? Est-ce possible ?

La brise se lève de son côté et apporte toutes sortes d'odeurs, dont une en particulier qu'Anton ne reconnaît pas. Face à sa perplexité, Kaftanov indique d'un signe de tête le sac en cuir attaché à la selle.

– C'est là que réside la ruse, Votre Excellence.

– Que veux-tu dire ?

– Il y a de la poussière de tabac dans ce sac, une bonne quantité. Du très mauvais tabac, j'ose le dire, Votre Excellence. Si vous jetez un tel sac sur la tête de l'ennemi, il ne respirera que cette poussière et manquera d'air. Quelques respirations supplémentaires et il ne pourra plus se battre, sa tête tournera et ses jambes seront faibles.

– Voyez-vous cela ! Le sous-lieutenant est ravi.

– Il ne reviendra pas à lui tout de suite. Regardez-le : respirer est difficile dans n'importe quel sac, mais après le tabac... C'est bon, faisons une pause maintenant, il va reprendre son souffle.

Les chevaux sont abreuvés puis commencent à paître sans être dessellés, au cas où. Le prisonnier est descendu à terre. Le sac lui est ôté de la tête, puis ses jambes sont déliées. Il s'avère relativement jeune, environ vingt-cinq ans, avec des cicatrices sur un visage renfrogné. Regardant autour de lui, il crache rageusement sur le sol et maugrée dans une langue qu'Anton n'identifie pas.

– Ne fais pas l'idiot, Ilias, tu connais notre langue, sourit l'ouriadnik. Tu as dû me reconnaître...

– Oui ! dit le prisonnier avec un défi dans la voix. Tu es Kaftanov, le Loup blanc.

– Tout juste. Je pense que peu d'entre vous n'ont pas entendu parler de moi.

– Pourquoi es-tu venu chez moi ? Il n'y a pas de sang entre nous, tu aurais pu entrer, de toute façon.

– Combien de temps aurais-je vécu après une telle visite ? Nous ne serions pas allés à deux verstes[29] du village, n'est-ce pas ? Entrer dans la maison, peut-être, mais votre hospitalité se termine au-delà de la clôture, et il n'y a rien qui puisse faire obstacle à qui que ce soit. Je connais vos coutumes... C'est pour cela que je suis encore en vie.

Le prisonnier se penche et reste silencieux pendant un moment. Puis il relève la tête.

– Que veux-tu ?

– Où Rauf Bey rencontre-t-il les chefs des montagnards hostiles à la paix ?

– Je ne te le dirai pas, tu peux me torturer.

Le Cosaque se contente de sourire.

– Eh bien... non, je ne te brûlerai pas sur le feu, pourquoi ? Je me fiche de savoir si cela viendra de toi ou de quelqu'un d'autre, mais nous le découvrirons. Cependant... Kaftanov fait une pause, tout le monde pensera que c'est toi.

---

29. NdT : La verste est une ancienne mesure de distance russe, qui équivaut à 1 067 m.

– Cela ne marchera pas, déclare Ilias. J'ai été enlevé et, sous la torture, on peut dire n'importe quoi. On peut même incriminer un homme innocent. Il n'y a pas de honte à cela.

– Allons... Tu n'as pas été enlevé, en réalité, voilà ton cheval, et voilà... l'ouriadnik se tapote la cuisse, ton sabre. Sur le pommeau de la selle est accroché un fusil familier. Tu es parti à cheval, tout seul, sans rien dire à personne. Quel genre d'affaires peux-tu alors avoir ? D'ailleurs, qui a vu quelqu'un se faire enlever ? Et je m'assurerai que tous ceux se souciant de savoir obtiennent la bonne information sur qui a tout révélé sur Rauf.

– Tu vas me tuer ?

– Je vais te garder ici quelques jours pendant que nous nous occuperons de ce Turc, puis je te laisserai partir. Je te rendrai même tes armes et ton cheval, mais où iras-tu après ?

Ilias esquisse un geste, mais le Cosaque qui se tient à proximité l'empêche de l'achever.

– N'espère pas, personne ne te permettra de mourir. Du moins, pour l'instant. Tu vivras jusqu'à ce que...

Le montagnard serre les dents.

– Tu mens ! Personne ne croira la parole d'un kafir ![30]

– Alors qu'est-ce qui t'inquiète tant ? D'ailleurs, je ne t'accuserai pas directement... Pourquoi faire du mal à un homme utile ? C'est juste que je ne vais pas trop le nier. Les plus intelligents comprendront.

L'ouriadnik se penche vers le prisonnier et lui tapote l'épaule.

Réfléchis-y... Mikhaïl garde un œil sur toi, n'essaye rien d'autre.

Après les mots de Kaftanov, le sous-lieutenant s'approche de lui. Ce n'est pas tant l'interrogatoire du prisonnier qui le laisse perplexe, mais le procédé consistant à faire passer un innocent pour un traître devant son entourage. Cela déplaît à Sivertsev et il le manifeste à l'ouriadnik.

– Oui, Votre Excellence, vu de l'extérieur, ce n'est pas très joli. Qu'allons-nous faire alors, le brûler ? Les autres sont en train d'allumer le feu.

---

30. NdT : Un kafir est un infidèle du point de vue d'un musulman.

– Pour quoi faire ?

– Ilias est un meurtrier, Votre Excellence. Il a tiré sur nos soldats et les a abattus. Je devrais l'embrasser sur la bouche ?

– C'était au combat.

– Non, Votre Excellence, pas seulement au combat. Il a aussi tranché la tête de prisonniers. Nous le savons avec certitude. Je suis désolé, je ne le poursuivrai pas en justice. Personne n'a été engagé pour attraper des meurtriers dans les montagnes. Nous le tuerons et le laisserons ici, dans le ravin. Une mort de chien pour un chien ! Encore une fois... Rauf est responsable de la mort de tant des nôtres que n'importe quel péché serait pardonnable tant que c'est pour l'empêcher de continuer.

– Eh bien... je ne sais pas...

– C'est un sale boulot que de parler à des meurtriers comme lui. Ce n'est pas une affaire de gentleman, il faut quelqu'un d'aussi froid que nous.

– Mais Rakov a travaillé avec vous, n'est-ce pas ?

– Rakov, Votre Excellence, est un cas particulier. Il est très respecté ici, et pour de bonnes raisons. Son Excellence le général Bogdanov en sait beaucoup aussi.

– Pourquoi ne me l'a-t-il pas dit ?

– Je ne saurais dire, Votre Excellence, répond-il en haussant les épaules. Il se peut qu'il n'ait pas voulu vous embarrasser. Oui, la vie nous réserve des surprises.

Le sous-lieutenant ne sait comment se positionner face à cette situation : « Ilias est un ennemi, c'est indiscutable. Si l'on peut respecter un soldat qui tire depuis une tranchée et se bat loyalement, alors comment doit-on traiter un homme qui coupe la tête de ses prisonniers ? Le tuer ? Est-ce un prisonnier non armé ? Détacher ses mains et lui donner un sabre ? Qui va trancher la tête de qui ? » Cette expédition n'a donc pour but que de punir un seul et unique scélérat ? Et ce Turc... Continuera-t-il ses mauvaises actions ?

Ayant pris sa décision, Ilias appelle l'ouriadnik. Absorbé dans ses pensées, Anton rate leur échange. Les mains du prisonnier

sont détachées, puis, assis sur une pierre, il tient un conciliabule avec Stepanovitch. Apparemment, ils parviennent à un accord.
« Étrange... », pense le sous-lieutenant. « Je voyais les montagnards d'un autre œil... Je pensais impossible de convaincre un tel homme de trahir les siens. Certes, Rauf n'est pas d'ici, c'est un Turc, mais les chefs des abreks sont tous de la région, même s'ils s'affrontent les uns les autres jusqu'à la mort. »
Selon le captif, le trajet n'est pas très long, juste une journée de voyage. Le village est déserté depuis longtemps, mais certaines maisons sont en bon état, et il est possible d'y séjourner. Ils ont réparé les toits et même amené un troupeau de moutons, de quoi tenir un certain temps. À l'écouter, le chef des troupes arrière de ces montagnards s'y est installé, d'où il organise tout, avec succès.
– Sont-il nombreux dans la maison de Rauf ?
– Ils sont cinq, ses plus proches assassins, et dix autres répartis dans différentes maisons. Une seule route y mène, avec un poste de garde et deux guerriers toujours présents. Il n'y a pas moyen de les contourner et ils peuvent voir très loin, explique le captif.
– Il faut y ajouter la centaine d'hommes, constate Kaftanov.
– Oui, et même plus d'une centaine. Ils veillent à ne pas attirer l'attention sur le village. La route passe à proximité, et des troupes l'empruntent souvent. Ils peuvent remarquer la fumée d'une cabane ou un cavalier... Une compagnie quitterait alors la route pour vérifier. Il n'y a qu'une seule entrée et personne ne sort, il faut ramper en silence. C'est intéressant...
Anton fait part de ses doutes à l'ouriadnik :
– Comment comptes-tu entrer ?
– C'est faisable, Votre Excellence. Ilias peut ouvrir la porte pour nous.
– Comment ?
– Les sentinelles le connaissent et le laisseront entrer tranquillement. Il les massacrera ensuite.
– Les siens ?!

– Les Turcs sont-ils les siens ? Il massacrerait les siens, par la croix, juste comme ça, mais pas pour rien : je lui ai promis cinq cents roubles en or, et une grâce signée par le général Bogdanov lui-même. Ce sera votre tâche, Votre Excellence. Pour obtenir un tel papier, il faut un homme plus important qu'un ouriadnik, pas n'importe quel officier, mais un officier du général, pour demander le pardon d'un meurtrier et d'un traître.

Le sous-lieutenant considère sa mission sous un jour différent, mais il ne discute pas avec Kaftanov, estimant que les vies des soldats ainsi sauvées en valent la peine.

Ils campent pour la nuit. Les mains d'Ilias ne sont plus attachées, bien que ses armes ne lui soient pas encore rendues. Et deux Cosaques montent la garde, de sorte qu'il ne puisse s'échapper. Peu importe ce qu'il a convenu avec l'ouriadnik, cela n'empêche pas la vigilance. La nuit se passe tranquillement, le montagnard n'ouvre pas même les yeux avant le matin. Il doit avoir confiance en Stepanovitch, c'est certain.

– Peux-tu voir les buissons sur la montagne ? Ceux à gauche – le prisonnier pointe de la main.

– Oui, l'ouriadnik hoche la tête.

– Ils ont une cabane là-bas, les sentinelles y font le guet pendant la journée. Ils restent dehors, mais descendent sur la route quand il fait sombre. Je m'y rendrai à la nuit tombée. Ils me verront de loin, mais n'apercevront pas mon visage, alors ils descendront plus bas. C'est là que nous nous retrouverons…

-– Comment saurons-nous si nous pouvons approcher ?

Au lieu de répondre, Ilias porte sa main à la bouche et laisse échapper une sorte de... Un cri ? Un son ? Un grincement ? Ce n'est pas clair, mais cela sonne de manière suffisamment sinistre pour donner la chair de poule. Et le chat gris, assis paisiblement sur le sol près des Cosaques, lève également la tête.

– Je pense que vous ne pourrez pas confondre. Le montagnard semble satisfait du succès obtenu.

Oui, on ne peut confondre.

Il monte en selle et lorsque son cheval disparaît derrière les buissons, Kaftanov, appelle sans tourner la tête :
– Matveï !
– Je suis là, Piotr Stepanovitch.
– Va immédiatement sur la route, trouve des soldats et amène-les ici. Votre Excellence, faites-moi une faveur : écrivez le papier nécessaire pour qu'aucun commandant de compagnie n'ait l'idée de le congédier.
– D'accord, dit Sivertsev, sautant à terre et fouillant dans sa sacoche.
– Un malfrat est toujours un malfrat... reprend l'ouriadnik. Peu importe comment vous l'habillez. Blanc ou gris, il est noir à l'intérieur. Il est mieux avec nous maintenant, mais qu'en sera-t-il demain ? Nous ne pouvons pas faire confiance à un homme comme lui. Le messager saute sur son cheval et disparaît en un éclair dans les buissons.
Le temps s'étire lentement. Stepanovitch est nerveux et son état ne passe pas inaperçu. Les Cosaques se lèvent tour à tour, vérifiant leurs armes et serrant les sangles des chevaux encore et encore. Le sous-lieutenant inspecte également les trois pistolets et le fusil, puis essaye le tranchant du sabre sur son ongle. Tout est en ordre.
– Vas-y, Mikhaïl !, ordonne l'ouriadnik. Si quelque chose cloche, reviens tout de suite.
– Compris, Piotr Stepanovitch, il hoche la tête. Ne vous inquiétez pas.
– Il est de ma famille... dit Kaftanov en le regardant partir.
Sivertsev lui lance un regard :
– N'y a-t-il pas une loi interdisant de prendre tous les hommes d'une même famille ? Je ne me souviens pas exactement, mais...
– C'est mon neveu. Et toute la compagnie est aussi ma famille, d'une manière ou d'une autre, car nous sommes tous du même village. Les plastounes, Votre Excellence, sont... eh bien... pas tout de suite... et tous les Cosaques ne peuvent pas le devenir. Certaines choses s'apprennent par héritage, dès l'enfance.
– Je l'ignorais, opine Anton.

– Eh bien... Ce n'est pas l'affaire d'un gentleman, Votre Excellence. Vous n'en aviez pas besoin, donc vous ne le saviez pas.

Le sous-lieutenant ne discute pas, ce n'est ni le moment ni le lieu. Il a déjà entendu parler des plastounes, mais il n'en avait jamais rencontré.

– C'est l'heure pour nous aussi. L'ouriadnik se tourne vers la troupe, fait un grand signe de croix sur eux. Que Dieu soit avec vous !

Ils partent à pied, vers l'endroit indiqué, là où Mikhaïl devrait attendre. Et il s'avère qu'il y est bien présent.

– Tout est calme... Pas un son, pas un bruissement.

– Ilias devrait donner le signal avec son cri, comme il l'a promis.

– Rien ne s'est produit pour l'instant.

Comme s'il n'attendait que ces mots, son étrange cri retentit dans l'obscurité.

– Kolka, prends trois hommes et contourne par la gauche, ordonne Kaftanov. Gardez les yeux ouverts, vous nous couvrez si quelque chose arrive. Tous les autres, avec moi. Votre Excellence, vous...

– Je viens avec vous, objecte le sous-lieutenant. Je ne suis pas une femme et ne vais pas rester assis.

– Très bien... Alors allez sur ma gauche, s'il vous plaît. Vous êtes bon tireur, vous me couvrirez contre les attaques à la lame...

– Pourquoi ? Anton est surpris.

– Excusez-moi, Votre Excellence, mais au sabre... vous ne faites pas partie des meilleurs. De plus, nous avons chacun deux coups de feu en réserve, vous en avez quatre. Il n'y a pas à discuter.

Ils font une centaine de pas sans rien rencontrer de suspect, puis une centaine de plus...

– Ilias !

– Je suis là, répond une voix venant de l'obscurité. Venez vers moi. L'abrek est assis sur un tronc d'arbre, les deux sentinelles gisant à ses pieds.

– Promesse tenue, dit-il en adressant un signe de tête à l'ouriadnik. Je ne te dois plus rien, maintenant.

Sivertsev est dégoûté par le geste négligent avec lequel il désigne les deux cadavres.

– Tu es un homme de parole, acquiesce le Cosaque.

Ilias se lève.

– Suivez-moi, je vais vous montrer la maison.

Le village n'est pas loin, ils l'atteignent rapidement. Ilias marche sans crainte.

– Les sentinelles ne sont changées que le matin, arrangez-vous pour tout faire sans bruit et partez, explique-t-il à Kaftanov. Il n'y a personne d'autre, tous sont endormis.

Les cabanes apparaissent de façon inattendue, comme poussées du sol.

– Vous devez aller là-bas en silence, prévient le guide. Je ne sais pas qui dort où, ils pourraient vous entendre.

Ils commencent à ramper prudemment, progressant de maison en maison. Le sous-lieutenant goûte guère les circonstances : on ne lui a pas appris à entrer dans un nid de frelons sans connaître leur position exacte. Tous les espoirs reposent sur les plastounes, dont ce n'est pas la première fois qu'ils pratiquent de tels raids.

– Ici... Ilias s'arrête. Vous voyez la maison là-bas ? Rauf y dort habituellement au premier étage, et ses guerriers les plus proches restent au rez-de-chaussée. Je ne sais comment est l'intérieur, nous ne sommes pas autorisés à y entrer. D'habitude, il sort toujours seul.

– Comment sais-tu qu'il dort au premier étage, puisque tu n'y as pas pénétré ?

– Il dit que c'est plus facile de respirer là-haut.

– Bien, si c'est le cas...

– C'est tout, Kaftanov, j'ai rempli mon contrat, déclare le montagnard en se levant. Nous ne devons pas être vus ensemble. Les sentinelles ne parleront plus, et personne ne m'a vu ici. Je viendrai moi-même chercher l'argent et la grâce, tu sais où...

– Et je tiendrai ma parole, tu me connais.

– Tout le monde te connaît, Loup blanc. Adieu ! Et il disparaît dans l'obscurité.

Aucun des Cosaques ne tente de l'arrêter.

– Mikhaïl, Vassiatko, couvrez nos arrières, ordonne l'ouriadnik.

Les deux Cosaques s'éclipsent en silence, comme s'ils n'avaient jamais été là. Tous les autres, sabres dégainés, suivent silencieusement l'ouriadnik. Voilà la porte de la maison. Verrouillée... Personne n'est surpris. Ils hissent le plus léger, qui se glisse par la fenêtre tel un serpent. Un autre avance jusqu'à la porte et, sortant une gourde, humidifie les charnières, puis retourne à sa place. Ils s'immobilisent tous. Après quelques instants, la porte s'ouvre en silence.

« L'eau, c'est pour que la porte ne grince pas... » jaillit dans la tête de Sivertsev. Le Cosaque sort et fait un geste d'invitation en chuchotant :

– Il y en avait deux ici, ils dormaient en bas.

« Il y en avait... » L'endroit où ils viennent de partir est clair et la dague dans sa main le confirme de manière éloquente. Ils se dispersent à pas de loup dans les trois chambres. Il n'y a personne d'autre que deux gardes, désormais endormis pour toujours aussi...

– En haut, pointe Kaftanov. Prenez-le vivant.

Les Cosaques glissent silencieusement telles des ombres vers le premier étage. Un peu en retrait, l'ouriadnik les suit. Une minute s'écoule.

– Il n'y a personne. Stepanovitch descend. Il n'est plus là depuis longtemps, le lit est froid.

– Ilias nous a menti ?

– C'est possible, mais le tapis est coûteux, et le narguilé n'est pas bon marché. Ce n'est certainement pas un bandit ordinaire qui dort ici.

Pan ! Un coup de feu retentit à l'extérieur.

– Aux fenêtres ! L'ouriadnik s'y tient immédiatement. Tenez la porte ! Des bruits de pas...

– Stepanovitch, ne tirez pas, c'est nous.

Les deux Cosaques de garde font irruption dans la pièce.

– Que se passe-t-il ?

– Ils nous encerclent, au moins vingt hommes. Mikhaïl prend une inspiration : j'en ai tué deux, et je crois que Vaska en a tué un, mais nous ne pouvions tenir plus longtemps

– R-r-r-ah !

Une volée de balles retentit depuis la route.

– Feu ! Tirez tous et bloquez la porte avec ce que vous trouvez !, ordonne Kaftanov.

Le sous-lieutenant s'en approche et lève son fusil. Les Cosaques poussent un meuble lourd de l'arrière de la pièce. « Sur qui tirer ? Je ne vois rien ! »

Malheureusement, un nuage cache la Lune et la visibilité devient mauvaise. Des bruits de pas.

– Allah !

Sans réfléchir, Anton fonce dans l'embrasure et un flash illumine la silhouette massive s'écroulant avant le seuil. Jetant le fusil déchargé, il sort un pistolet de son harnais et tire : l'homme qui accourt est projeté en arrière. Et un cri venant de l'obscurité confirme la réussite du tir suivant avec le deuxième pistolet.

– Écartez-vous, Votre Excellence !

Il s'exécute immédiatement. Une volée de trois pistolets en même temps, un grondement... Les Cosaques claquent la porte et la verrouillent, puis empilent tout ce qu'ils peuvent pour en interdire le passage. Les tirs fusent de tous les côtés, la fumée de la poudre noire emplit la pièce.

– Tout le monde en place pour recharger !, hurle Kaftanov, couvrant même pendant un instant le tonnerre des coups de feu.

Anton saisit son fusil sur le sol et cherche fébrilement la cartouchière à son côté. La voilà ! Il va désormais plus vite, ses mains entraînées effectuent les opérations habituelles de manière automatique. Prêt ! Maintenant, les pistolets, un, deux, trois... Sivertsev court vers une fenêtre près de laquelle se trouvent deux Cosaques pressés contre un mur.

– Écarte-toi, mon frère...

– Montez, Votre Excellence. Il n'y a de place que pour deux, et la vue y est meilleure...

En quelques bonds, le sous-lieutenant court jusqu'au premier étage et manque de se prendre les pieds dans le précieux tapis. Il se précipite vers la fenêtre. Prudemment, il lève légèrement la tête au-dessus du rebord. Le conseil est excellent : il voit vraiment mieux. Il détermine sans hésitation les positions de ses adversaires par les éclairs des tirs. La plupart des assaillants se cachent derrière les clôtures et les murs des maisons. Certains tirent depuis les fenêtres, il décide de garder ceux-là pour la fin : une balle ne peut traverser un mur, mais une clôture, en revanche... Et ici, ce sont de simples palissades tressées, donc une tout autre histoire... Certes, elles masquent les tireurs, mais, au clair de lune, leur ombre se distingue légèrement des objets environnants, qui plus est s'ils sont en mouvement. Alors...

Anton appuie son arme sur le rebord de la fenêtre, ne craignant pas d'être repéré, car la pièce n'est pas éclairée. La Lune brille au-dessus de l'arbre le plus proche, révélant une fine bande de métal. Bien... Retenant son souffle, il positionne le viseur à peu près au centre d'un des points, et appuie sur la gâchette.

Pan !

La tache sombre change immédiatement de forme et s'étire en longueur. Se cachant derrière le mur, Sivertsev prend une inspiration. Il l'a eu, car un cri a raisonné en réponse à son tir. Ce pourrait aussi être une coïncidence, car il n'est pas le seul à tirer. Non, il n'y a aucun doute : il vient de tuer un ennemi de plus. Certes, un ennemi, mais aussi un homme... « Il tirait sur toi et tes camarades... », proteste une voix intérieure. « Il voulait te tuer ! Tu as fait le bon choix. » Eh bien... plus de paroles inutiles ! Il recharge l'arme, regarde à nouveau par la fenêtre et trouve rapidement sa deuxième cible.

Après le tir, le mur autour de la fenêtre se met à vibrer sous les balles, car ils ont repéré le flash. Saisissant l'instant de répit pendant lequel ils rechargent, Anton regarde à nouveau par la fenêtre, tire et une autre tache sombre s'affaisse. Un bruit de pas au rez-de-chaussée.

– Qui va là ?, interpelle-t-il, en pointant son arme.

– Kaftanov, Votre Excellence ! C'est donc vous là-haut ?

– Oui, Stepanovitch !

– Et comment ça se passe ?

– J'ai déjà tué trois hommes... répond Sivertsev en essayant de paraître aussi indifférent que possible.

– Vous êtes un tireur d'élite, Votre Excellence ! Je comprends pourquoi ils ont soudainement commencé à tirer vers le haut. Je ne veux pas vous arrêter, mais faites attention, eux aussi ont de bons tireurs...

– Bien sûr.

Le sous-lieutenant réussit à en abattre un de plus. Soudain, une balle fait voler la papakha de sa tête. Quelques doigts plus bas et c'en était fini... Se jetant au sol, il soupire : cette fois, la Grande Faucheuse a raté son coup !

L'aube commence à poindre, et l'engagement dure depuis presque trois heures. Anton prépare son fusil, s'appuie prudemment contre le mur et regarde dehors. L'ayant appris à leurs dépens par quatre morts, les montagnards tirent désormais de loin, ne se cachant plus derrière des abris peu fiables. Logiquement, cela ne peut qu'affecter la précision de leurs tirs. En réalité, ils ne sont pas de très bons tireurs, et il leur est difficile de rivaliser avec les Cosaques. Il ne se passe rien pendant quelques instants, puis un fusil sort par l'une des fenêtres. Le tireur n'est pas visible, car il se cache derrière un morceau de tissu accroché à la fenêtre. « Une autruche ! » pense Anton en souriant. « Il imagine que si le tissu le masque aux humains, il le protégera aussi d'un coup de feu ? » Déplaçant son viseur vers la gauche, où il juge que la tête et le corps de l'ennemi se trouvent, Sivertsev appuie sur la gâchette.

Pan !

Le fusil tombe des mains du montagnard abattu. Dans la seconde suivante, une douzaine de balles criblent la fenêtre du premier étage. Le narguilé tinte pitoyablement, une balle ayant ricoché le met en lambeaux. Anton est couvert de débris et d'échardes, mais aucun des plombs n'a atteint sa cible. En jurant, il s'assied sur le sol et commence à recharger son fusil. On dirait qu'ils l'ont repéré et surveillent tous ses mouvements.

– Votre Excellence, vous allez bien ?, interroge anxieusement l'ouriadnik d'en bas.

– Oui, répond Sivertsev, en tripotant son arme. Ça va... Il semble que j'en aie abattu un autre.

– C'est le quatrième ?

– Non, le cinquième.

Les balles martèlent à nouveau les murs, il devient dangereux de rester à la même position. De toute façon, regarder par la fenêtre serait désormais suicidaire. Il prend son fusil et descend.

La situation paraît plutôt mauvaise : les murs sont endommagés et plusieurs Cosaques portent des bandages faits à la hâte, probablement touchés par le ricochet des balles.

– Baissez-vous, Votre Excellence, lui intime l'un des Cosaques. Ils tirent sans cesse, des débris volent à travers la pièce. Anton s'accroupit et s'approche de l'ouriadnik.

– Comment ça se passe ici, Stepanovitch ?

– Mikhaïl a été tué... D'autres sont blessés. La poudre à canon s'épuise, cela fait trois heures que nous tirons. J'ai ordonné de vérifier sur les morts, il leur reste peut-être encore quelques munitions. Et votre stock ?

– Je vous donne trente balles, car je ne tire pas beaucoup. Seulement quand j'en vois un...

– Vous êtes un homme riche et généreux !

Le sous-lieutenant se souvient soudainement :

– Stepanovitch... En courant à l'étage, je me suis pris les pieds dans le tapis et j'ai failli tomber. Il est enroulé mais, en dessous, il y a des sacoches. Peut-être contiennent-elles des choses utiles ?

– Vassiatko ! Il se tourne vers le Cosaque. Va en haut et rapporte les sacoches sous le tapis.

Il se précipite vers les escaliers. Le calme règne un instant, puis le Cosaque surgit déjà à côté d'eux et pose deux sacoches sur le sol.

– Qu'y a-t-il ? L'ouriadnik fait un signe de tête vers les sacs.

– De la poudre à canon, Piotr Stepanovitch. Plus d'un poud ![31] Et un cordon de retardateur de flamme va dans le mur... C'est une mine... Elle a dû être placée pour nous. Anton commence à avoir des sueurs froides : il était assis sur un baril de poudre !

– Mazette ! Kaftanov secoue la tête. Vous êtes béni, Votre Excellence ! Il y avait plus d'une balle là-haut, n'est-ce pas ?

– Tout le mur devant la fenêtre en est maculé, hoche Vassiatko de la tête. Pas un seul morceau intact ! Et les sacs étaient placés précisément sous la fenêtre.

Une balle perdue et toute la maison aurait été détruite.

– Hum... l'ouriadnik secoue la tête. On ne peut construire un tel système à la hâte... Ils nous attendaient ! Pourquoi ne se précipitent-ils pas maintenant ?

– Qui sait, avec ces mécréants ? Vassiatko hausse les épaules. Quelque chose a dû mal se passer, ou ils ne sont pas d'accord entre eux...

– Un plan de Rauf qui ne fonctionne pas ? Stepanovitch esquisse un sourire sceptique. Il n'est pas du genre à échouer. S'il n'a pas mis le feu à la charge, cela signifie qu'il a une bonne raison.

Il verse une poignée de poudre dans un bol en argile qui, par miracle, a survécu.

– Posez-le là. Et mettez le cordon à l'intérieur pour qu'il puisse exploser, mais de manière à ce que nous ne soyons pas blessés. Ainsi, nous saurons ce qu'ils préparent.

C'est maintenant limpide : il s'agissait d'un piège installé à l'avance. Qu'Ilias soit un traître ou non n'est plus important, il aurait pu être trompé dans l'obscurité. Et Anton qui pensait que de telles ruses n'existaient que dans les romans à la mode ! Il s'avère que la vie aussi peut jouer de sacrés tours.

– Stepanovitch, nous avons des meubles en bois... Pouvons-nous les monter ?

---

31. NdT : Le poud est une unité de masse utilisée dans l'Empire russe, qui équivaut à 16,38 kg.

– Nous pouvons, Votre Excellence, mais… pourquoi ?

– J'ai une idée…

Après les tirs mortels au premier étage, les assiégeants ont désormais la fenêtre en ligne de mire ; y passer la tête serait de la folie, car ils savent où se trouve le tireur à abattre, et vont probablement lui rendre la monnaie de sa pièce.

– Si tout ce bazar est empilé au fond de la pièce, nous pourrions grimper dessus et ainsi être plus haut que le rebord de la fenêtre. Ils ne nous verront pas de l'extérieur, puisqu'il fait sombre dans la pièce.

– Ah ah… Le Cosaque comprend. Vous pourrez alors leur tirer dessus sans qu'ils vous voient.

– Je pense que oui. Nous pouvons réussir quelques tirs de cette position avant qu'ils aient compris.

Les soldats montent rapidement à l'étage les lits cassés, et les recouvrent de tapis. Il est même confortable de s'y allonger. La visibilité, cependant, est limitée, mais cela ne gêne pas le sous-lieutenant. De toute façon, il n'y a pas d'autre moyen de tendre une embuscade. Pendant les premières minutes, rien ne se passe, aucune cible n'apparaît. Bientôt, au fond de la route, qui est visible jusque loin depuis cet endroit, arrive un groupe de cavaliers. Ils chevauchent à un rythme tranquille, confiants de ne pas être en danger à une telle distance. En effet, la vue au rez-de-chaussée est limitée à quelques dizaines de mètres, puis bloquée par les murs des maisons, les pierres et les clôtures, ce qui n'est pas le cas depuis la chambre du haut.

En visant soigneusement, Sivertsev appuie sur la gâchette : l'un des cavaliers lance ses bras et roule sur le dos de son cheval. Touché !

Ce qui est étrange, c'est qu'au lieu de se mettre à l'abri, ses camarades prennent leurs fusils et scrutent dans toutes les directions à la recherche du tireur. Or, le coup de feu a été inhabituellement sourd depuis le fond de la pièce, il est donc difficile de comprendre d'où il provient. Rechargeant frénétiquement son fusil, Anton vise de nouveau le groupe.

Pan !

Un deuxième homme tombe de cheval, et les autres se dispersent. Il les a eus ! Étonnamment, il n'y a pas de tir de riposte : ils n'ont pas détecté sa position. Toutefois, ils savent que le tireur invisible atteint sa cible à presque tous les coups, alors ils finissent par en tirer la bonne conclusion.

Peu de temps après...

– Ne tirez pas ! La voix de Kaftanov retentit fortement. Ils veulent parlementer, ils agitent un chiffon blanc.

Anton ne peut l'apercevoir de sa position, mais si le Cosaque le dit... Le sous-lieutenant prend son fusil et descend.

– Qu'y a-t-il, Stepanovitch ?

– Ils veulent probablement parlementer, répond l'ouriadnik en fixant son sabre.

En effet, non loin de la maison se tient un abrek levant un chiffon blanc.

– Pachka ! L'ouriadnik se tourne vers l'un de ses hommes. Va le voir. Laisse ton fusil ici, il n'a rien d'autre qu'une épée et une dague... mais mets ton pistolet dans la poche. On ne sait jamais...

Le Cosaque réajuste ses vêtements, regarde autour de lui, pose son arme dans un coin et enlève sa cartouchière.

– Ne vous souvenez pas de moi en mal. Il se signe et franchit la porte entrebâillée, ouverte par ses camarades et immédiatement barricadée après son passage.

Il marche entre les cadavres et s'approche de l'émissaire. Ils discutent brièvement, puis il revient.

– Stepanovitch, ils te réclament. Rauf veut te parler. Il sera là dans une minute.

– Rauf ? En personne ? Je dois y aller...

– Je viens aussi ! Le sous-lieutenant se lève de son siège. Au moins, je verrai ce scélérat.

– Cela en vaut-il la peine, Votre Excellence ?

– Bien sûr que oui ! Comment l'expliquerais-je au général s'il me le demandait ? Akhmet a dit qu'il avait vu cet ennemi dans les yeux et avait eu peur.

Kaftanov dodeline de la tête, mais n'objecte pas.

– Il arrive. Regardez cette belle oie, quelqu'un d'important...

Le sous-lieutenant ne remarque rien de particulièrement important chez le Turc. Un homme corpulent à la barbe noire, c'est tout. En revanche, il agit comme s'il estimait avoir le droit de vie ou de mort sur tous.

– Bonjour, Loup blanc ! Qui est avec toi ?

– Anton. C'est lui qui te grogne dessus de loin. Il veut te voir pour ne pas te rater la prochaine fois.

L'ouriadnik cherche un endroit confortable et s'assied. Il fait signe au sous-lieutenant d'en faire de même. Le Turc hoche la tête.

– C'est donc lui qui a tiré sur Ilias... Je me demandais qui l'avait abattu. Et d'où, car il n'y avait personne à proximité. Tu es un excellent tireur, Anton.

Rauf parle aisément russe, qu'il connaît manifestement bien.

– Alors, le bandit est mort ?, sourit l'ouriadnik.

– Un bandit pour certains, un héros pour d'autres. Tout le monde saura qu'il vous a retrouvés et m'en a informé.

Il en était donc ainsi : Ilias faisait seulement semblant d'être effrayé et brisé, mais en fait... Eh bien, justice est rendue ! Une balle tirée au hasard – presque au hasard –, et qui l'a rencontré précisément. Anton triomphe en son for intérieur.

– Je ne l'ai pas cru complètement, le Cosaque hausse les épaules.

– Que tu l'aies cru ou non n'est désormais plus important. Il t'a attiré en remplissant parfaitement sa mission : toi et ton détachement êtes bloqués ici.

– Vous nous attendiez ?

– Tu ne le croiras pas... mais oui, et depuis un bon moment. J'ai eu du mal à faire passer l'information sur mon guide, de manière à ce qu'elle arrive à tes oreilles et, surtout, pour que tu y croies.

– Alors, Akhmet...

– Oui, il a été tué pour te faire comprendre que tu ne pourrais pas obtenir plus de renseignements sur moi par quelqu'un d'autre. Tu ne pouvais faire autrement que de venir, et vous êtes tous là. Vous n'irez plus nulle part.

– As-tu déjà entendu l'histoire de l'ours ?

Rauf incline sa tête sur le côté.

– Laquelle ?

– Le chasseur crie depuis les buissons : « J'ai attrapé un ours ! » Et ses amis répondent : « Amène-le-nous ! » Il dit : « L'ours ne viendra pas. » Alors ils disent : « Viens... » Et il répond : « Je ne peux pas, l'ours ne me laissera pas faire ! »

– Tu plaisantes, Kaftanov ? Le Turc adresse un sourire peu aimable. Ose une autre plaisanterie, pour voir...

– Que veux-tu ?

– Vous êtes encerclés, vous manquez de poudre, vous n'avez pas d'eau, sans parler de la nourriture, et vous ne recevrez pas d'aide.

– Ce n'est pas la première fois... L'ouriadnik hausse les épaules. Dieu ne nous abandonnera pas, le cochon ne nous mangera pas.

– Nous sommes plus nombreux, rétorque le Turc. Contre chacun de tes hommes, j'en aligne dix.

– Que veux-tu ?

– Tu vas sur la place, juste là, où je vais te tuer, pour que tous mes hommes puissent le voir. Ainsi, tout le monde saura que le Loup blanc est mort et Rauf Bey lui-même l'a découpé à mort. Et tu n'entreras plus dans leur cabane la nuit, personne ne te croisera plus sur un chemin sombre, ils n'auront plus à avoir peur de toi.

– Ils ont pourtant raison de me craindre, hoche l'ouriadnik de la tête. Qu'il est haut jusqu'à Dieu, qu'il est loin jusqu'au Tsar... et me voilà !

– Tu es... Rauf sourit. Tout cela fait partie du passé maintenant, ton escouade ne fera plus peur à personne.

– Qu'est-ce qui te fait penser que je consentirai à ta demande ?

– Nous laisserons partir tes hommes. Et même emporter ton cadavre, pour te donner un enterrement décent. Sinon... nous apporterons un canon et tout sera fini.

– Es-tu sûr de sortir vainqueur ?

– Oui. Il en est toujours ainsi et en sera toujours ainsi. Tu es un bon guerrier, sans aucun doute. C'est d'autant plus d'honneur de vaincre un tel adversaire ! Alors ne doute pas que je vais te tuer.

– Nous verrons bien... Le Cosaque se lève. Quand commencerons-nous ?

– Lorsque le Soleil sera haut dans le ciel, mes hommes viendront ici. Ils débarrasseront tout et feront place nette... Il n'est pas bon que l'œil soit distrait. Et alors, je sortirai seul.

– Bien, Kaftanov acquiesce. Je serai là aussi.

– Désolé, je ne peux pas inviter votre pope, sourit le Turc. Néanmoins, je pense qu'après ils te chanteront une chanson, selon vos coutumes.

Kaftanov réfléchit un instant, fixant quelque chose sur le sol, avant de regarder son interlocuteur.

– Eh bien... Supposons que tu sois si bon que tu puisses me battre. Alors, qu'arriverait-il à mes hommes ?

– Je jure que je ne poserai pas un doigt sur eux. Tu veux que je jure sur le Coran ?, répond le Turc avec ferveur.

– Et si Dieu tout-puissant ne le permet pas et je te vaincs ? Que se passera-t-il ensuite ?

Rauf se contente de sourire.

– Alors, toi aussi tu pourras t'échapper, personne ne se mettra en travers de ton chemin. Tu réalises toutefois que cela n'arrivera pas, n'est-ce pas ?

– Très bien. L'ouriadnik regarde autour de lui et fait la moue : Nous nous battrons ici ?

– Oui. As-tu une objection contre cet endroit ?

– Comment dire... C'est à découvert, nous pourrions nous faire tirer dessus si les choses ne vont pas comme tu le souhaites.

– Kaftanov... le Turc secoue la tête de manière réprobatrice. Qu'est-ce qui m'empêche d'attendre le canon, puisque vous êtes piégés ? À ton avis ?

– Rien, convient le Cosaque, mais ce ne sera pas d'un grand mérite pour toi, car pas une seule troupe ennemie de ce type ne vous affronte ici, et ton prestige personnel ne vaudra pas grand-chose si nous périssons tous ici.

– Ne m'en parle pas !, sourit Rauf. Il n'y a qu'une seule compagnie de ce type et plus aucun loup blanc par ici, il n'en existe pas deux comme toi.

– Et je ne connais qu'un seul Rauf Bey.

– Et tu as raison. Il n'y en a pas d'autre comme moi, et il ne peut pas y en avoir. Alors ? Es-tu d'accord ?

– Faisons comme tu veux. Quand l'ombre de cet arbre atteindra le dôme, je sortirai, seul, avec un sabre.

– Et tous mes cavaliers s'éloigneront de deux cents pas, de sorte que même ton tireur ne pourra nous atteindre, et réciproquement. Fais néanmoins attention : ne laisse aucun de tes Cosaques tirer sur mes hommes quand ils sortiront de leur maison.

– Ne t'inquiète pas, l'ouriadnik incline la tête. Une promesse est une promesse.

Rauf fait trois pas en arrière et se retourne.

– Prends-le avec toi, il désigne Anton. Ce sera plus sûr pour tous si votre tireur est à l'air libre et pas caché quelque part.

En entrant dans la maison, le sous-lieutenant se tourne vers l'ouriadnik :

– Pouvons-nous le croire sur parole ?

– Non, bien sûr... Il hausse les épaules. Vous voyez, il jure de ne pas lever le petit doigt contre nous, n'est-ce pas ?

– Oui. Vous pensez qu'il le fera ?

– Votre Excellence, même s'il jure sur le Coran, qui pour eux est comme les Saintes Écritures pour nous.

– Mais... c'est...

– Qu'y est-il écrit sur le fait de jurer à un infidèle ?

– Euh... Sivertsev se gratte l'arrière de la tête. Je ne sais pas, je ne l'ai pas lu, malheureusement.

– Pour faire court, un tel serment ne devrait pas être prononcé. Et même si lui le respecte, ses bachi-bouzouks n'ont rien promis.

– Alors pourquoi le fait-il ?

– Pour la gloire, l'amour de Dieu ! C'est un étranger ici, il n'est pas connu pour ses exploits. Il donne de l'argent, il apporte des armes, mais ils peuvent les obtenir sans lui, c'est de cela dont il s'agit. Un de leurs coreligionnaires, certes, mais c'est insuffisant. Il y a beaucoup d'hommes fiers comme lui à chaque coin de rue. Alors que s'il me bat en public, la chanson sera différente. Je suis un homme connu ici, beaucoup ont peur de moi.

Anton secoue la tête, perplexe. Il ne comprend pas la subtilité : si Kaftanov sait que le Turc n'est pas digne de confiance, pourquoi accepter ce combat ?

– Qu'est-ce qui n'est pas clair, Votre Excellence ? Ici, il reste moins de dix d'entre nous et plus de la moitié sont blessés. Ils vont entrer en trombe, donc nous n'aurons le temps de tirer que deux fois, et avec les sabres, nous en tuerons quelques-uns, bien sûr... mais ils nous écraseront néanmoins comme de la viande, ils sont trop nombreux. Nous ne tiendrons pas une heure. Là, j'ai négocié avec lui pendant une heure et demie, et notre combat ne sera pas non plus terminé en une minute, ce qui nous laisse du répit. Lorsque je l'abattrai, sa bande sera un peu déstabilisée. À nous d'en profiter. L'ouriadnik reste silencieux pendant un instant, puis ajoute : Je l'ai déjà vu... en une occasion... Nous ne pouvions pas tirer à l'époque, mais si nous bondissions avec un sabre, il était trop fort.

– Et alors ?

– Akhmet avait raison, il a changé. Extérieurement, il est tel qu'avant : le même homme, deux bras, deux jambes, mais je sens qu'il y a un piège. C'est comme si je parlais à quelqu'un d'autre, comme si je ne m'adressais pas à Rauf.

– Je n'ai rien remarqué de tel. Certes, il se comporte avec cette attitude caractéristique de tout Turc de haut rang. Je les ai vus à Saint-Pétersbourg... Ils sont tous comme ça, objecte le sous-lieutenant.

– Comme ça, oui... mais pas comme ça. Le Cosaque secoue la tête. Je ne suis pas doué pour les mots savants, mais, croyez-moi, Votre Excellence, quelque chose ne va pas. Mes grands-pères diraient qu'il est de mèche avec le Diable.

– Quels diables peut-il y avoir ici, Piotr Stepanovitch ? Nous vivons
dans un âge éclairé, devons-nous nous soumettre à des superstitions de vieillards ?! Vous allez me dire aussi... le sous-lieutenant
écarte les mains, mais l'ouriadnik l'interrompt :
– Vous n'avez peut-être pas de diables à Saint-Pétersbourg...
mais ici, toutes sortes se promènent dans les campagnes. Faites
attention et regardez autour de vous.

En attendant le combat singulier, les Cosaques continuent de fortifier leur position. Après avoir brisé une partie des murs intérieurs et
arraché les restes des meubles, ils empilent une étrange barricade
devant l'entrée, de sorte que toute personne se précipitant à
l'intérieur devra inévitablement ralentir pour contourner l'obstacle.
De plus, de manière astucieuse, ils le façonnent en forme de L, avec
l'extrémité courte à proximité du mur. Il est difficile de sauter ou
de grimper par-dessus, à cause des pointes hérissées. Ainsi, après
avoir réussi à atteindre la porte, encore faut-il tourner à gauche,
donc présenter son dos et son côté à l'ennemi... Sur le conseil de
l'un des Cosaques, des cordes sont fixées sur les fenêtres. Elles ne
constituent pas un barrage insurmontable, puisqu'il suffit d'un coup
de poignard ou de sabre pour les trancher, mais elles ralentiront
les assaillants. Or, chaque seconde est précieuse au cœur de la
bataille : si l'ennemi tarde à les couper, vous le tailladez ou lui tirez
dessus.
– Stepanovitch ! Viens jeter un coup d'œil, demande la sentinelle.
Plusieurs abreks s'affairent sur la petite place où le duel aura lieu.
Ils débarrassent ce qui gêne, en mettant de côté des pierres et
quelques branches.
– Quel est le problème ? Rauf a dit qu'ils nettoieraient l'endroit,
n'est-ce pas ce qu'ils font ?
L'homme hausse les épaules.
– Oui, mais regarde, ils tracent un chemin là-bas, de l'autre côté.
Pour quoi faire ? Ils détruisent l'enceinte en briques, qui gêne-t-
elle ? Pour passer plus facilement ? Qui attendent-ils ?

– Peut-être que Rauf lui-même viendra à cheval... Après tout, c'est un bey ! Sinon, ce serait honteux pour lui...

– Qui l'a empêché de le faire tout à l'heure ? Ce chien n'est-il pas venu à pied ?

– Hum... Kaftanov se gratte l'arrière de la tête. C'est vrai, il faut surveiller ce qui se trame de ce côté.

Et Anton remarque autre chose : aucun des abreks ne se dirige dans cette direction en quittant l'espace ouvert, ce qui est très étrange... non, ils préfèrent faire un détour, pour éviter le lieu, en suivant un grand arc. Cette observation le pousse à aller à la fenêtre et regarder la voie de plus près. Avant, l'accès à la maison n'était pas très pratique depuis cet endroit, car il fallait contourner les autres constructions. Maintenant, l'enceinte détruite ne bloque plus le chemin, on peut passer par la cour voisine. Il constate aussi que la clôture à l'arrière a également été démantelée. Donc, si les cavaliers chevauchent à partir de là... Non, ils ne le pourront pas, à cause du rocher. Il est impossible de mener les chevaux ici sans se faire remarquer... Ou alors, il faudrait abattre d'autres maisons, puisque les chevaux ne peuvent pas encore traverser les murs. En fait, tout est possible de ce côté, sauf une attaque de cavalerie. Et cette clôture ne sera pas un gros obstacle pour un fantassin, car elle n'est pas difficile à franchir. Elle permet même de se cacher pour échapper aux tirs. Donc non, ce passage n'est pas préparé pour la cavalerie. Il a un autre but, mais lequel ?

Le sous-lieutenant examine la situation sous tous les angles, mais ne parvient à aucune conclusion. Une chose est sûre : de là, on a une meilleure vue du lieu du futur combat. Quelqu'un va-t-il tirer depuis cette position ? Il pose son fusil et évalue la situation : une centaine de pas au moins... Il est possible de toucher une cible en mouvement à cette distance, mais pourquoi de tels efforts, alors qu'il y a d'autres points plus proches encore ? Quels sont les avantages de ce lieu précis ? Il y a quelques buissons à l'arrière, même s'ils ne sont pas trop denses : on peut s'approcher et repartir furtivement.

Il vérifie une nouvelle fois le fusil et les pistolets, et essaie son sabre. Si l'on en croit l'ouriadnik, il est probable que cette bataille sera leur dernière. Dommage... Il aurait aimé vivre plus longtemps. Toutefois, en tant que titulaire de cette mission, il ne salira pas l'honneur de la famille Sivertsev ! De plus, il a déjà plusieurs adversaires à son actif, dont Ilias. Ce traître n'a pas eu le temps de profiter de son forfait. Ce sera une leçon pour les autres. Désormais, ils y réfléchiront à deux fois.

– Miaou... le chat gris apparaît soudainement près du sous-lieutenant. Ça alors !

Dans le feu de l'action, Anton avait oublié son existence. Il avait complètement disparu, ce qui n'est pas étonnant, puisque les coups de feu et les cris effrayent n'importe quel animal, même un chien de chasse. Alors, un chat... aussi intelligent et loyal soit-il envers son maître...

– Quoi de neuf, Moustache ?

Le sous-lieutenant lui tapote la tête, mais l'animal n'est pas venu chercher de l'affection. D'un seul mouvement, il grimpe sur le rebord de la fenêtre et s'assied, fixant quelque part. Bon sang ! Sivertsev pourrait jurer qu'il regarde dans la même direction que lui auparavant. Mais... un chat... À quoi pourrait-il bien penser ? Oui, Barsik regarde précisément dans cette direction. De plus, il se crispe et ses muscles deviennent visibles sous son épaisse fourrure. Pas de doute, il se prépare à se battre.

– Votre Excellence, l'appelle d'en bas Kaftanov, il est l'heure d'y aller.

En fait, les abreks ont fini de nettoyer et sont repartis. Anton n'a pas même remarqué quand et comment. Il prend son arme et descend.

– Je suis prêt.

– Alors que Dieu soit avec nous. Tout le monde garde les yeux ouverts ! Attendez-vous à n'importe quel tour de passe-passe de leur part.

– Ne t'inquiète pas, Stepanovitch, s'incline Vassiatko. Nous serons extrêmement vigilants et ne tolérerons aucune entourloupe.

– Je vous préviens : que personne ne touche à Rauf ! Nous nous couvririons de honte jusqu'à la mort. Donnez-leur juste une raison, et ils se répandront dans toute la province en un rien de temps. Son Excellence est avec moi, il surveillera.

Après avoir fait quelques pas, le sous-lieutenant l'interroge sur le genre de surveillance qu'il attend.

– Ce n'est pas la première fois que Rauf propose un duel, et il a toujours avec lui l'un de ses bachi-bouzouks pour veiller à ce que tout soit en ordre.

– Selon le code du duel, une telle personne est appelée « témoin », explique Anton. Dans notre jargon, il est le « second ». Il doit veiller à ce que tout soit juste et sans tromperie, mais je ne pensais pas que de telles coutumes étaient respectées ici. Cet homme doit inspecter les armes des concurrents de chaque camp pour s'assurer qu'elles sont les mêmes et ne donnent aucun avantage particulier à quiconque.

– Eh bien, je n'ai jamais entendu dire que quelqu'un vérifiait les sabres avant le combat. Le Cosaque hausse les épaules. Ce que tu as, utilise-le. Et si tu es un imbécile, c'est de ta faute !

– Et comment ont fini les duels du Turc ?

– Eh bien, s'il est encore en vie, il est clair que c'est lui qui a eu le dessus.

Un énorme bachi-bouzouk, avec une barbe noire qui lui monte presque jusqu'aux yeux, est déjà arrivé sur la place du combat. Il marmonne quelque chose tandis qu'ils approchent.

– Quel coupe-jarret ! Il nous enterre déjà. L'ouriadnik secoue la tête.
– Pourquoi ?
– Il a dit : « Aujourd'hui, les corbeaux seront rassasiés. »

Se tournant vers lui, le Cosaque répond : *Kim hızlı koşarsa – yüksek sesle düşer!*[32] L'homme saisit la poignée de son épée, mais un cri impérieux lui fait desserrer les doigts. Rauf s'approche d'un pas presque silencieux, agitant négligemment dans l'air une brindille fraîchement coupée.

---

32. « Qui court vite tombe fort ! » (en turc).

– Tu vois comme je l'ai coupée proprement ? Il la lance à Kaftanov.
Ton cou va bientôt sentir le tranchant de ma lame.
– Nous verrons... Si j'étais toi, j'écrirais un mot d'esprit à l'avance,
pendant qu'il en est encore temps.
– Tu es un drôle ! Nous commençons ?
– Jure une fois de plus que mes hommes pourront quitter cet endroit
sans aucun mal ni affront.
– Très bien. Le Turc sourit. Je le jure.
– Pas ainsi, fais-le comme il faut.
Bey regarde son interlocuteur avec intérêt.
– Tu n'es pas facile... Très bien. Il lève la main avec une sorte
d'expression hautaine. Je le jure par le mont Sinaï, par le livre
transcrit sur un parchemin déployé, par le temple vénéré, par la voûte
élevée et la mer en furie. En vérité, le châtiment de Ton Seigneur
est inéluctable et nul ne saurait l'écarter ![33] Si tu succombes par
ma main, tes hommes pourront partir d'ici sans encombre. Es-tu
satisfait ?
– Tout à fait, acquiesce l'ouriadnik.

* * *

Il n'y a pas de rituel ou de préparation spéciale avant le combat :
Rauf sort immédiatement son épée et attaque de toutes ses forces.
Cling ! Des étincelles jaillissent, la lame du Cosaque repousse
l'assaut. Les deux duellistes tournent sur place, chacun sondant
la défense de l'autre par des coups prudents, mais néanmoins
dangereux. La victoire ne sera pas facile pour le Turc. « Il est en train
de faire tourner l'ouriadnik », remarque Sivertsev. « Il essaye de le
mettre de dos à l'endroit où les abreks ont dégagé le passage...
J'aurais dû lui en parler... »
Il prend alors une décision qu'il ne peut expliquer sur l'instant : il va
se positionner entre cet endroit et les combattants. Les deux Turcs

---

33. La formule du serment telle qu'elle est consignée dans le Coran, sou-
rate 52.

réagissent immédiatement : Bey grimace et le bachi-bouzouk crie quelque chose. « Tu peux t'arracher la gorge ! » sourit Anton. « Je ne te comprends toujours pas. Viens plutôt ici, tu verras mieux », pense-t-il, tout en restant silencieux. Il lui adresse un geste l'invitant à se placer à côté de lui. L'homme ne bouge pas, répondant juste par un air menaçant.

Un cri ! Rauf fait un bond en arrière, du sang coule sur sa joue.

– Tu es fort, crie-t-il à l'ouriadnik, mais je t'aurai !

Et la riposte fait déjà reculer le Cosaque. Fente, fente, fente ! Le son de l'acier, les étincelles...

– *Bana gel!*,[34] crie soudainement le Turc.

Alors, comme une forme de linceul invisible recouvre les yeux du sous-lieutenant, les sons deviennent assourdis, le monde paraît flotter au loin. « Diable... Que se passe-t-il ? » Il lui semble que des pensées s'insinuent dans sa tête contre sa volonté. Il recule en titubant.

Le combat se poursuit avec la même fureur. Le Cosaque agit avec prudence, essayant de ne pas dévier directement les coups de son adversaire, mais plutôt de tirer son arme sur le côté, avec succès, car du sang coule de l'épaule gauche de Rauf. L'ouriadnik profite magistralement de la situation.

« Mes jambes se dérobent... Je ne peux plus tenir debout... », Anton chancelle. « Que m'arrive-t-il ? »

– *Çıkarın onu oradan!*,[35] crie Rauf en parant un autre coup de son adversaire.

« À qui s'adresse-t-il ? » pense le sous-lieutenant dans un état second. « Que veut-il ? » La réponse arrive sans attendre : le bachi-bouzouk sort un pistolet de derrière sa ceinture. « Il va tirer sur Kaftanov ! Comment l'en empêcher ? »

– Mia-a-a-aou !

Le cri du chat vient de quelque part de la maison derrière, avec pour effet immédiat de déchirer le « linceul ». Tandis que l'homme de main

---

34. « Viens à moi ! » (en turc, comme l'expression suivante)
35. « Sors-le de là ! »

de Rauf rate son tir, Anton se jette au sol, tout en faisant mouche avec son fusil : le scélérat lâche son arme et porte les mains à son ventre. Puis, le sous-lieutenant se retourne en saisissant ses deux pistolets. Il ne peut voir l'ennemi dans la maison, mais il est guidé par le regard de Barsik : il tire dans sa direction, au-dessus de la tête. Le chat bondit ensuite à l'intérieur. Quelques instants plus tard, il ré-apparaît, le visage ensanglanté, avant de s'enfuir. Tirant son sabre du fourreau, Anton pénètre résolument dans la maison et... en ressort une poignée de secondes plus tard, pâle et secoué. Un tel spectacle est... Il se ressaisit et fonce vers les duellistes après avoir ramassé son fusil.

Les affaires du Turc sont mal engagées : du sang coule sur ses bras et son visage. Il peut encore repousser certains coups, mais n'a plus la force d'attaquer. Le Cosaque mène clairement le combat, l'acculant progressivement dans un coin.

« Pourquoi joue-t-il avec lui ? », pense le sous-lieutenant en rechargeant son arme. « Je l'aurais déjà haché menu. »

La situation critique de Rauf n'échappe pas à ses hommes, qui s'agitent. Leur problème est que, sur son ordre, ils se sont éloignés à deux cents pas de la place. La distance leur permet de suivre le combat, mais pas de soutenir leur chef. La situation est limpide : s'ils interviennent, ils seront à découvert et les Cosaques ouvriront immédiatement le feu sur eux.

Soudain, le Turc entrevoit son dernier espoir : s'échapper, puisque son adversaire ne lui bloque pas le passage. Certes, les règles du duel exigent de terminer le combat, mais ses chances de victoire sont désormais quasiment nulles. Sa tête pourrait donc finir... à terre. Mourir avec honneur ou fuir ? Il choisit...

Il n'a pas le temps de courir plus de quelques pas qu'une attaque habile l'atteint sous les genoux. Le Turc fait tournoyer ses bras dans une vaine tentative de retrouver son équilibre, mais il lâche son arme et s'affale de toute sa longueur. La pointe du sabre du Cosaque lui pique déjà le dos.

– Je devrais te tuer... mais je ne tue pas les hommes désarmés. Abandonnes-tu, sale chien ?!

– Je... je... me rends. Pitié !

– Lève-toi et marche vers la maison. Et ne fais pas de bêtise, sinon... Je n'ai plus de patience pour tes manigances. Anton, surveillez nos arrières.

Le sous-lieutenant ne quitte pas des yeux leurs ennemis, même lorsqu'il ramasse le sac de munitions et les pistolets du bachi-bouzouk étendu raide mort. L'un d'eux, encore chargé, témoigne qu'il n'a pas eu le temps de s'en servir une seconde fois. Il marche à reculons avec son fusil prêt à tirer, mais personne en face ne prend la moindre initiative fâcheuse.

* * *

Ce n'est que lorsque la porte d'entrée se referme derrière lui qu'Anton s'appuie, sans force, contre le mur. C'était moins une ! Les Cosaques sont déjà occupés à panser les blessures de leur commandant. Les mains du captif sont attachées sans ménagement et il est jeté dans un coin.

– Dieu était avec toi, Stepanovitch !, déclare l'un des soldats. Pour l'avoir attrapé, ton prestige sera grand désormais.

– Le mérite ne m'en revient pas entièrement. Je serai éternellement redevable à Son Excellence : parce qu'il s'est déplacé de l'autre côté, il a absorbé le maléfice qui m'était destiné en me couvrant de son corps. Puis, s'il n'avait pas tué le bachi-bouzouk et la créature, c'est moi qui serais étendu là-bas.

L'ouriadnik se lève et vient vers Sivertsev en s'inclinant profondément :

– Merci, Votre Excellence, je m'en souviendrai jusqu'à ma mort.

– Piotr Stepanovitch... Merci, mais... vraiment, qu'ai-je fait ? C'est vous qui avez vaincu Rauf Bey.

– Oui, mais sans vous... D'ailleurs, lorsque vous avez été touché, je me suis souvenu que nos grands-pères nous parlaient de cette bête. Et toutes les rumeurs sur notre Turc ne sortaient pas de nulle part non plus. C'est sur ce coup sournois que pariait ce mécréant.

110

– En fait, je n'ai pas exactement compris ce qui s'est passé...

– Cette créature ne peut nuire à un homme sans le voir. C'est pourquoi ils ont détruit la clôture, afin de dégager la perspective. Sauf qu'ils n'avaient pas prévu que vous vous interposeriez. Je comprends mieux aussi pourquoi tous les bachi-bouzouks sont restés à distance : un homme normal ne peut s'en approcher, ce serait fatal pour lui.

– Et... quel genre de créature est-ce ?

– Vous l'avez vue, non ?

Anton en a encore des frissons.

– Oui... Et que Dieu fasse que je ne la revoie jamais plus, même en rêve !

Tous les Cosaques se signent. Kaftanov hoche la tête et se tourne vers Rauf :

– Prie maintenant tes dieux ou celui qu'il te reste, afin que tu sois seulement jugé par le tribunal de la garnison. Si je t'avais attrapé au milieu de la forêt...

Vassiatko plisse les yeux de façon peu aimable :

– Procédons ainsi, Piotr Stepanovitch, même si ce n'est pas la forêt...

– Non, nos commandants ont besoin de ce diable cornu.

Sivertsev se frappe le front :

– J'avais complètement oublié ! Il se retourne et ramasse le sabre du Turc, qu'il a récupéré sur la scène de combat. Voici votre trophée.

L'ouriadnik soupèse le sabre entre ses mains.

– Une bonne lame... Quel dommage qu'il en ait fait un tel usage ! C'est le meilleur acier, je vous le garantis, de l'acier de Damas. Apportez le fourreau.

Un des Cosaques va le prendre sur le Turc et le tend au commandant. Il y range la lame, puis remet le sabre au sous-lieutenant.

– Voilà, Votre Excellence, en remerciement de votre contribution éternelle. Si vous ne m'aviez pas protégé avec votre corps, je serais couché sur cette place. N'ayez pas honte de l'arme ensanglantée du Turc, aucune souillure ne colle au bon acier.

– Eh bien... Stepanovitch, c'est votre trophée...

– Et c'est mon droit d'en disposer comme je l'entends.

– Ils arrivent ! La sentinelle interrompt la conversation.

– Voilà ce que vaut le serment d'un tel individu, soupire le Cosaque. Tous à vos places ! Pachka, tu répondras personnellement de la vie du Turc, car nous avons besoin de lui vivant.

Sivertsev prend le sabre offert et se précipite vers son ancienne position. Un sifflement résonne derrière lui, un choc, puis de la fumée s'élève du bol de poudre à canon.

« Ah... ah... Alors c'est ça le plan ? Garder cette ruse pour la dernière minute ? Pourquoi... Rauf bat « équitablement » Kaftanov en duel, puis, ne voulant pas se rendre, les Cosaques assiégés se font exploser ? Cela pourrait paraître crédible, mais ce ne peut pas être l'idée », pense le sous-lieutenant. Une minute plus tard, un autre abrek mord la poussière. Heureusement que le sac pris au bachi-bouzouk est plein, les Cosaques ont désormais des munitions. Au rez-de-chaussée, les fenêtres volent en éclats sous l'intensité des tirs. Le premier assaut est repoussé, l'attaque, mal organisée et précipitée, ne réussit pas. Les assaillants échouent à s'approcher à moins de deux cents pas de la maison. Incapables de résister aux tirs, ils se replient sous le couvert des murs et des clôtures. Le sous-lieutenant prend le temps d'en ajouter un autre à son tableau de chasse. Après s'être mis à l'abri, ils commencent à tirer sur la maison à feu nourri. Deux Cosaques sont blessés, la papakha d'Anton est arrachée, et sa joue légèrement entaillée. En réponse, un autre tireur tombe de la fenêtre d'une maison proche.

Sivertsev, ayant perdu la notion du temps, se concentre sur le nombre de tirs qu'il lui reste : dix-huit... « Depuis combien de temps suis-je assis ici ? Et combien de balles ont atteint leur cible ? Pourtant, ils sont toujours là. Combien sont-ils ? » Recharger le fusil, le pointer vers la cible, viser, appuyer sur la gâchette... Bingo ! Un de plus ! Anton pense amèrement : « Onze ! Il ne me reste que onze coups en réserve. C'est vrai, il y a trois charges supplémentaires dans les pistolets, mais elles ne peuvent être tirées qu'à bout portant... »

– Regardez tous ! La voix de l'ouriadnik vient d'en bas. Les abreks préparent quelque chose.

« Dix... »

Extrait de lettre

[...] et pour terminer mon récit, ma très chère Varenka, je m'empresse de vous annoncer une nouvelle qui, je l'espère, vous ravira.

Conformément à l'ordre du commandant de notre régiment, nous partîmes avec tout l'escadron vers un endroit connu. Cependant, un Cosaque nous rattrapa avec une lettre adressée à tout commandant qu'il rencontrerait en chemin. Et ce message était écrit par notre bon ami – Anton Sivertsev, qui sert maintenant sous le quartier-maître général, le général Bogdanov.

Se référant à l'ordre du haut commandement, Anton demandait une aide immédiate par tous les moyens possibles, car la situation l'exigeait.

J'arrêtai l'escadron et le fis tourner pour suivre le messager. J'envoyai également dans la même direction la compagnie d'infanterie qui nous suivait. Dans ce but, ayant stoppé un convoi, j'ordonnai de libérer tous les chariots et d'y faire monter nos fantassins, afin d'accélérer le mouvement.

Nous arrivâmes au village peu après. En approchant, nous entendîmes des coups de feu et aussi les cris de rage que les montagnards ont l'habitude de pousser dans les combats.

Nous fîmes le tour et les attaquâmes par surprise et à revers, car ils n'avaient pas prévu de postes de garde.

Le combat ne dura guère, car ils jetèrent leurs armes et se rendirent à notre merci. Puis nous vîmes ce qu'ils assaillaient depuis si longtemps : une maison, la plus grande de toutes, qui se détachait des autres. De nombreux cadavres d'abreks gisaient tout autour, et elle était encore tenue par cinq Cosaques, gravement blessés, et notre ami Anton. Les autres étaient tombés dans une bataille inégale.

Ils avaient capturé un Turc, dont je ne puis mentionner le nom pour des raisons de service, mais je dirais que la captivité de cet homme joua un rôle important dans les événements qui suivirent. Je fus donc présenté par mes commandants pour une décoration militaire, que je devrais recevoir bientôt.

P. S. : Je dois mentionner un détail étonnant. À côté de notre connaissance commune se tenait un énorme chat gris. Selon les Cosaques survivants, cet animal appartenait auparavant à leur supérieur, l'ouriadnik Kaftanov. Grièvement blessé au cours du combat, il fut transporté inconscient à l'hôpital. Je ne sais rien de son sort, mais ce chat, selon les témoins, prit part au combat, avertissant les Cosaques du danger. Je ne l'aurais jamais cru, mais Sivertsev me le confirma personnellement. Il ajouta que, sans cet animal, lui et tous ses compagnons seraient morts avant notre arrivée.

Extrait de lettre

Je transmets ci-joint, pour examen par Votre Excellence, le rapport officiel du lieutenant-colonel Sivertsev, ainsi que d'autres documents rédigés par le lieutenant-colonel Rakov. J'ose dire que les événements auxquels ces documents se rapportent devraient être placés dans un dossier spécial de votre ministère sous la lettre A-5. Je considère qu'ils sont directement liés aux affaires qui sont sous votre supervision directe. De même, si je découvre tout autre incident de ce genre, je ne manquerai pas de vous le soumettre dans les plus brefs délais, sans passer par toutes les instances et sans impliquer personne d'autre dans ces affaires.

* * *

Anton Sivertsev continua de servir sous les ordres du quartier-maître général. Il fut promu au grade de lieutenant et décoré. À la fin de la guerre, il épousa Varenka à Saint-Pétersbourg et termina son service avec le grade de lieutenant-général. Aucune information ne fut divulguée sur ses activités, mais, à en juger par les récompenses prestigieuses reçues, qui ne sont pas liées à l'ancienneté, elles furent couronnées de succès.

Kaftanov se remit de ses blessures, mais ne reprit pas le service, car il choisit de vivre dans son village. Au fil du temps, il en devint l'ataman. Il se maria et eut cinq enfants. Une amitié forte, bien qu'étrange en apparence, se développa entre lui et Sivertsev. Il visita Saint-Pétersbourg à plusieurs reprises et fut toujours chaleureusement accueilli dans la maison du lieutenant-général.

De grands chats gris vivaient dans les cours des deux amis, jouant avec leurs enfants, courant dans la maison, attrapant des souris. Et ils attendaient...

Chapitre 3

Rome

Il n'y a pas de lieu de divertissement dans le quartier, la rue est presque toujours quasiment déserte. L'une des villas est ancienne, personne ne peut dire quand elle fut construite, certainement plus de cent voire deux cents ans. Entourée d'un mur en pierre blanche, elle ne semble pas avoir été affectée par les événements survenus à Rome, que ce soient les cortèges aux flambeaux des chemises noires ou toutes sortes de rassemblements, d'organisations et de partis divers qui se pressèrent dans les rues. Rien n'ébranle sa tranquillité, elle vit selon ses propres lois. Aucun voleur n'y pénètre jamais, les chefs criminels locaux semblent conspirer pour ignorer son existence. La police ne prend pas non plus la peine de s'y arrêter, puisqu'il n'y a jamais la moindre raison de s'y déplacer. Il est peu probable que quelqu'un soit capable de nommer le propriétaire de la villa : « Signor... Comment s'appelle-t-il ? Non, je ne pense pas pouvoir le dire... » Et ainsi passent les années.

Parfois, les lourdes portes en chêne s'ouvrent lentement et la carrosserie sombre d'une voiture s'y glisse. Il ne s'y produit jamais ni festivités ni réceptions, comme si elle existait hors du temps. On n'y aperçoit pas non plus de dame mystérieuse, un verre de vin à la main, à travers les fenêtres à lancettes. De toute façon, elles ne sont jamais ouvertes. Les rares invités de la villa arrivent généralement en taxi, qui se gare à proximité. Ils marchent lentement vers les portes sombres. Elles s'ouvrent en silence, comme par magie, avant de se refermer sur eux. Il n'est pas nécessaire de sonner ou de frapper, car personne ne se rend ici à l'improviste. Et il n'y a pas de bouton de sonnerie où appuyer.

Aujourd'hui, la porte cède le passage à un homme en costume sombre.

– Tout droit, chuchote la voix du portier derrière lui. Entrez, on va vous accueillir.

Sans se retourner, le visiteur prend la direction indiquée. « Ne vous retournez jamais ! », l'avertissement lui revient à l'esprit. « Peu importe ce qui se passe derrière vous. »

– Ou sinon ? Je serai dévoré ?, avait-il demandé, l'air narquois.

– Vous ne devriez pas rire au sujet de la villa... L'homme est des plus sérieux. En tout cas, vous n'y seriez certainement plus invité, je peux vous le garantir.

À présent, il n'a plus envie de plaisanter, car l'atmosphère est pesante. Il n'y a ni photos ni décorations sur les murs. Les meubles sont banalement fonctionnels : une chaise n'y est qu'un objet sur lequel s'asseoir, rien de plus, sans aucun style. Tout est purement utilitaire, impersonnel. Les armoires et les commodes dans les couloirs sont exemptes de toute vaisselle ou d'autres objets. Il n'y a pas même un livre. Quelqu'un vit-il ici ?

L'éclairage... pas de lustre, juste des appliques, avec des ampoules à incandescence démodées depuis longtemps. Ce n'est tout de même pas par avarice... Les rideaux des fenêtres sont tirés, de sorte que le soleil n'est quasiment jamais invité. Et le silence... Perturbé seulement par le bruit des pas du visiteur. C'est la bonne porte...

– M. Bogatchenko ?

Il ne remarque pas tout de suite son interlocuteur, qui se tient immobile et ne s'anime que lorsque le visiteur s'approche suffisamment.

– C'est moi.

– S'il vous plaît, veuillez me suivre. Monseigneur Caparelli va vous recevoir.

Monseigneur... Une figure énigmatique qui n'apparaît jamais en public. Curieusement, il n'y a guère de rumeurs à son sujet. Il est connu comme le sponsor de quelques... hum... institutions éducatives particulières. Dans l'ancien temps, on les aurait appelées « écoles monastiques », mais elles n'ont rien à voir avec des monastères ou l'Église d'aujourd'hui. Certes, y sont enseignées les bases des religions et des croyances du monde, et même des mouvements sectaires, auxquels est consacré beaucoup de temps. Cela l'a surpris au début.

– Vous ne devriez pas l'être (il secouait la tête lors de la séance d'introduction). Il y a des sectaires presque partout, et ils font partie des personnes avec lesquelles vous devrez travailler.

Un travail... Officiellement, l'Institut Meadow forme des cadres de haut niveau. Tout diplômé doit être autant à l'aise avec les patrons de Wall Street qu'avec les chefs de la fameuse tribu du Mumbo Jumbo, si elle existe. En plus de maîtriser au moins trois langues, sans compter sa langue maternelle, il a étudié toutes sortes de disciplines, dont la psychologie, l'administration d'un État, la gestion des affaires, les principes du management et du recrutement...

– Ne l'oubliez pas : vous êtes les premiers ! Ceux appelés à offrir un futur radieux aux pays détruits par les guerres et les conflits permanents. Vous, et vous seuls, saurez identifier les clés à utiliser pour y mettre fin et amener les parties à la table des négociations, leur avait expliqué l'un des orateurs.

Nikolaï Bogatchenko avait rejoint l'Institut sur la recommandation du chef du bureau de Kiev en 2013. Après quatre ans d'université, il avait travaillé en Autriche, en Serbie et au Monténégro. Du fait de ses résultats, il fut remarqué et invité à suivre des études de troisième cycle. Du moins, c'est ainsi qu'on les appelle dans les conversations, mais elles sont très particulières. Elles consistent à former des diplômés aptes à déblayer le terrain pour l'arrivée des multinationales, à n'importe quel prix – corruption, chantage... tout est bon pour atteindre l'objectif : affaiblir le pays hôte, car seul un bâtiment pourri peut s'effondrer d'une légère poussée. Et la guerre ? Elle n'est pas rentable, car reconstruire prend trop de temps, alors qu'il existe des méthodes plus rapides et expéditives.

Bien sûr, il ne faut pas être sujet aux remords ni autres lubies de ce genre, et les professeurs y contribuent avec efficacité. De toute façon, la présélection est stricte : un individu ordinaire ne peut être accepté au sein de l'Institut. Dans un premier temps, le candidat est quasiment « disséqué », en participant à des événements et des missions modestes. S'il fait ses preuves, un emploi peu lucratif lui est proposé. À ce stade, il s'agit de mesurer sa loyauté vis-à-vis de son futur employeur. Il ne se vend pas à plus offrant ? Alors, le processus continue : pendant plus d'un an, il est testé, provoqué, scruté. L'étape suivante consiste à occuper un poste mineur de gestionnaire, toujours dans ce même souci d'évaluation et de vérification. S'il réussit, il rejoint le Saint des saints : l'Institut. C'est toutefois la fin du processus pour la plupart des diplômés, car moins d'un sur vingt deviendra un post-gradué. Nikolaï a donc toutes les raisons d'être fier d'avoir réussi le parcours jusque-là.

La porte massive s'ouvre en silence.

– Entrez et asseyez-vous... lui intime une voix métallique.

La porte, silencieusement fermée, sépare le bureau du couloir. Comme au confessionnal, il n'y a qu'une seule chaise, donc il est impossible de se tromper. Il ne peut distinguer les traits de son interlocuteur, car il est à contre-jour.

– Bonjour, Monseigneur.

– Bonjour...

Une pause...

– J'ai étudié votre dossier, vous êtes d'un intérêt particulier pour nous.

– J'en suis flatté, Monseigneur.

– Que pouvez-vous nous dire sur le matériel qui vous a été remis avant-hier ?

– Vraiment, Monseigneur... Je ne sais pas, mais... Nous parlons bien de chats ordinaires, n'est-ce pas ?

– Non, ils ne sont pas des chats *ordinaires*. Pensez-vous que je prêterais attention à des choses futiles ?

Méprise... Nikolaï commence à suer. « Ces documents ne m'ont manifestement pas été donnés pour tester ma capacité à distinguer la fiction de la réalité. Que dois-je faire ? »

– Je n'en doute pas, Monseigneur. Vous pouvez compter sur moi pour réussir la tâche que vous envisagez de me confier.

– Quel que soit votre avis personnel sur le sujet ?

Un léger courant d'air rafraîchit l'arrière de la tête de Bogatchenko, malgré l'épais rideau. Une porte a-t-elle été ouverte ? Probablement. « Ne jamais se retourner ! »

– Il n'entre pas en ligne de compte, Monseigneur. La mission sera exécutée telle que vous l'avez définie, répond Nikolaï fermement.

– Je répète : à quel point prenez-vous cet ordre au sérieux ? Une légère irritation résonne dans la voix.

– Le plus sérieusement du monde, Monseigneur. Il ne peut en être autrement.

Il se sent soudainement... Quelque chose touche sa tête, comme des doigts caressant ses cheveux... jusqu'à pénétrer sous son crâne. Mon Dieu, qu'est-ce donc ?! « Ne jamais se retourner ! »

– Monseigneur, vous pouvez avoir confiance en moi. J'exécuterai vos ordres.

– Tous ?

– Bien sûr.

– Quelles que soient les conséquences ?

– Absolument, affirme le post-gradué, avec toute la ferveur dont il est capable.

L'ombre sur la chaise bouge.

– Même si... eh bien, tournez-vous.

– Plaît-il, Monseigneur ?

– Je vous demande de vous retourner.

Bogatchenko est instantanément couvert de sueurs froides : « Ne vous retournez jamais ! » La panique fuse, il est presque tétanisé sur place...

– Qu'attendez-vous ?

Nikolaï tourne lentement la tête.

– Monseigneur ? Le domestique à la porte incline la tête.

– Emmenez-le... ordonne-t-il en indiquant le corps immobile et recroquevillé de l'autre côté de la table.

Bogatchenko gît au pied de la chaise.

– Il est mort ?

– Oui. Enterrez-le quelque part. Vous savez où…

– Il ne s'en est pas sorti ?

– Hélas ! De nos jours, les jeunes sont faibles et incapables de faire face au monde réel. Pour eux, il se limite à McDonald's et CNN... Les enfants d'internet ! Ce qui n'y est pas écrit ne peut exister...

– Dommage, Monseigneur.

Tandis que la porte se referme derrière le domestique, Caparelli décroche le téléphone et compose un numéro.

– Jenkins ?

– Oui, Monseigneur.

– Envoyez le prochain candidat. Quel est son nom ? Garachenko ?

– Guerachenko, Monseigneur.

– Peu importe. Celui que vous nous avez envoyé aujourd'hui n'était pas assez bon. Il n'a pas réussi le test. Vous devez être plus strict sur le recrutement.

– À vos ordres, Monseigneur. Je le supprime donc de la liste...

– Bien entendu. Appliquez la procédure standard.

– Je comprends, Monseigneur. Le prochain arrivera demain à la même heure.

– Pensez à d'autres options en attendant. Je n'aime pas le fait qu'un seul individu travaille sur un sujet aussi grave. Un filet de sécurité est nécessaire.

– Je comprends. Tout sera arrangé en conséquence, Monseigneur.

Chapitre 4

Donetsk, 2024

Depuis cet été, Anton a son propre léopard, ramené de l'ancien aéroport par le chat de Mikhaïl, son meilleur ami. Le garçon et le félin apprennent à s'habituer l'un à l'autre, en essayant de se comprendre d'un seul regard. En fait, la tâche n'est pas si facile, c'est pourquoi se produisent parfois quelques malentendus, bien qu'un seul incident dangereux soit arrivé, mais quel incident !

Fin août, Andreï, un camarade de classe d'Anton, et ses amis le persuadent de se faufiler dans un bâtiment de cinq étages à moitié détruit par un obus. Les adultes ayant l'habitude de compter sur les protecteurs à quatre pattes, personne ne s'alarme en voyant la joyeuse bande investir les lieux : un léopard les escorte, les enfants sont donc en sécurité.

Cette négligence faillit conduire à une tragédie lorsque le plancher délabré du cinquième étage s'effondra sous le poids d'Anton. Il serait sûrement mort sans le dévouement de son compagnon, qui, gravement blessé, fut sur le point de mourir. Pour tenter de le sauver, le garçon chercha l'aide d'un adulte. Il rencontra alors Ivan Sergueïevitch à l'endroit où tout avait commencé, c'est-à-dire à l'aéroport abandonné. Le vieil homme, à la grande joie du garçon, soigna l'animal et fit promettre à Anton de ne parler à personne de ce qui s'était passé.

* * *

Le début de la nouvelle année scolaire n'est pas différent de celui de la précédente : tout le monde s'ennuie et sommeille en classe. Pourtant, il est impossible d'échapper à l'école, donc une horde d'enfants grognons s'entasse chaque matin en cours. Dès que la sonnerie retentit, ils se précipitent dans la rue, en renversant presque tout sur leur passage. C'est alors que la vraie vie commence.

Anton est le seul de la classe à avoir son propre animal de compagnie, si bien que l'attention est concentrée sur lui et son protecteur poilu avant que les élèves s'y habituent. Il leur raconte succinctement l'incident survenu dans le vieux bâtiment en taisant l'implication d'Andreï. Néanmoins, les relations entre les deux garçons se tendent. La nouvelle venue, Nastia, regarde le chat avec une curiosité mal dissimulée, mais Anton n'y prête guère attention. Désormais, il ne se promène qu'après l'école et pas longtemps avec Mikhaïl, qui est déjà un élève de septième année,[36] presque un « vieux » selon les critères des cinquième année,[37] et a beaucoup plus de devoirs et moins de temps libre. Anton se sent mal à l'aise avec son ami du fait de ne pouvoir lui révéler ce qui s'est passé dans l'immeuble, ce qu'il trouve injuste. Mikhaïl ressent cette gêne et ne s'impose pas inutilement, mais cette situation ne peut durer. Ainsi, un jour où les deux garçons bricolent leur vélo dans la cour, Mikhaïl l'interroge à brûle-pourpoint :

– Anton, qu'est-il arrivé dans les ruines ?

– Je ne peux pas te le dire. Je... j'ai promis. Je suis désolé..., répond-il dans un marmonnement effrayé, avant d'ajouter, hésitant : « mais je ne manquerai pas de demander si je peux tout te dire. Vraiment. » Mikhaïl reste silencieux, puis rétorque froidement :

– Très bien, comme tu veux.

Tout est dit, les garçons rentrent chacun chez soi. Les jours suivants, ils ne se parlent plus, s'évitant soigneusement, ce qui n'est pas simple lorsque l'on vit dans deux immeubles voisins en allant à la même école aux mêmes horaires. Leurs léopards deviennent eux aussi mornes et léthargiques.

Anton tapote une fois de plus le cou de l'animal endormi et regarde avec amertume par la fenêtre : bien qu'il ait fini ses devoirs et qu'il

---

36. NdT : La septième année correspond dans le système scolaire français à un collégien en quatrième, soit 13 ans.
37. NdT : La cinquième année correspond dans le système scolaire français à un collégien en sixième, soit 11 ans.

fasse beau, il préfère rester entre quatre murs pour ne pas tomber sur Mikhaïl. Il a encore honte de croiser son regard. Il est mal à l'aise aussi face à Ivan Sergueïevitch, à cause de sa promesse. Que faire ?

Le garçon est arraché de ses pensées par le léopard, qui commence à aiguiser ses griffes sur la chaise.

– Arrête, elle sera bientôt en morceaux ! Tu es grand mais tu te comportes comme un chaton. Et puisque tu es mon protecteur, tu ferais mieux de trouver le moyen de me réconcilier avec Mikhaïl.

Comme s'il n'attendait que cette remarque, l'animal s'arrête immédiatement, avant de se diriger vers la porte et de regarder Anton, faisant mine de vouloir l'entraîner quelque part.

– Où veux-tu m'emmener ?

Il n'est manifestement pas pressé de répondre...

– Très bien, j'arrive, je mets juste mes chaussures.

Barsik regarde le garçon avec impatience pendant qu'il se prépare, puis le pousse hors de l'appartement. Anton sort de l'immeuble en véritable éclaireur : il scrute autour de lui et avance à petits pas, afin d'éviter Mikhaïl. Le léopard se glisse silencieusement près de lui, suivant le rythme et appréciant visiblement ce jeu étrange. Il semble même s'amuser à jouer à cache-cache avec des ennemis imaginaires. C'est hilarant.

Pour la deuxième fois de la journée, Anton se surprend à penser que son compagnon se comporte comme un chat domestique ordinaire, s'attaquant à des fantômes qui se seraient aventurés près de son bien le plus précieux : son bol de nourriture. Au début, ce comportement était amusant, mais, avec le temps, il devient moins drôle : quel genre de défenseur est-il devenu ?

Il secoue la tête, repoussant ces sombres pensées, d'autant plus qu'il n'oublie pas avoir été sauvé par lui. Peut-être que les léopards se comportent ainsi en grandissant ? Tout en s'amusant, il ne cesse de montrer le chemin à Anton, poussant parfois le garçon distrait, qui a néanmoins compris qu'ils se dirigent chez Ivan Sergueïevitch. Il a à peine le temps d'ouvrir la porte que Barsik se précipite dans l'appartement.

– Bonjour !, s'exclame le garçon, qui cherche à reprendre son souffle après avoir monté les étages quasiment en courant.

Le vieil homme sourit et l'invite à entrer.

– Pendant que je prépare du thé, respire un peu. Le chat t'accompagne toujours, je vois. Tu t'es enfui ?

– Non, nous avons marché tranquillement, puis il a décidé d'accélérer au bas de votre immeuble. J'ai dû le suivre, car j'avais oublié votre numéro d'appartement.

– Tu ne devrais pas t'inquiéter, il ne te laissera jamais seul. De toute façon, vous aurez du temps pour apprendre à vous connaître... Assieds-toi.

Ivan Sergueïevitch disparaît dans la cuisine, pendant que le garçon s'approche du panier avec les... chatons et Barsik. Lorsque le vieil homme revient avec du thé et des biscuits, Anton l'interroge :

– Je peux jouer avec eux ? L'un des chatons lui donne alors un coup de patte sur le bras. Oh ! Ils sont forts, même les plus petits !

– Et à quoi t'attendais-tu ? Comment pourraient-ils défendre quelqu'un s'ils étaient faibles ?

– C'est... Je ne sais pas... Ils semblent juste un peu différents, ou quelque chose comme ça. J'ai passé beaucoup de temps avec le mien pendant l'été, mais il paraît si adulte, si sérieux... Je trouve même dommage de ne pouvoir jouer avec lui. Et aujourd'hui, j'ai constaté qu'il peut se comporter comme un chat ordinaire...

– Ah...

– Oui, lorsqu'il a commencé à aiguiser ses griffes sur la chaise, tandis que j'étais distrait.

Le vieil homme sourit et l'interroge :

– C'est tout ce qui te surprend dans son comportement ? Certes, les léopards ont un caractère différent, et certains aiment faire des bêtises, mais c'est normal. En revanche, je n'ai encore jamais vu ou entendu dire qu'ils détérioraient les meubles. Tu viens de dire que tu étais distrait, peut-être essayait-il d'attirer ton attention ? N'oublie pas qu'ils ne peuvent pas parler.

– Je n'y avais pas pensé...

Anton est embarrassé de n'avoir pas compris, mais plus encore de ne pas oser demander au sujet de Mikhaïl. Alors il gagne du temps en prenant une tasse de thé et en bavardant, car il est tracassé par la réponse à sa question : et si Ivan Sergueïevitch lui interdisait de le dire ? Il ne veut pas perdre son ami, mais il ne souhaite pas non plus trahir sa promesse. Le garçon est tiré de ses pensées par la voix légèrement inquiète de son hôte :

– Anton, je vois que quelque chose te préoccupe. De quoi s'agit-il ?

– C'est... puis-je parler à mon ami de ce jour dans les ruines et... et de vous ? Nous ne le répéterons à personne, promis ! Je ne veux pas lui mentir. Or, Mikhaïl m'a aidé à rentrer à la maison ce jour-là, donc il sait que j'y étais et que je suis revenu sans mon léopard.

Après réflexion, Ivan Sergueïevitch répond :

– Es-tu sûr de lui ? Réfléchis-y à deux fois, car il y aura toujours des individus qui voudront nuire à vos défenseurs ou les utiliser à leurs propres fins.

– Je suis sûr de lui ! Personne n'en saura rien.

– Bien, alors venez demain, tous les deux. Et n'oublie pas que la responsabilité des conséquences reposera sur toi, et non sur ton ami ou quelqu'un d'autre.

Anton et son léopard prennent congé. Ivan Sergueïevitch passe le reste de la soirée à réfléchir.

Le lendemain, Anton attend Mikhaïl à la fin des cours et l'entraîne chez le vieil homme, ne lui disant quasiment rien en chemin, si ce n'est « Tu vas savoir. »

Après avoir fait connaissance, il est attentif à chaque mot d'Ivan Sergueïevitch et essaie de tout comprendre.

– Avez-vous remarqué qu'ils ont commencé à se comporter différemment par rapport à avant ? Leur est-il arrivé quelque chose ?, lâche Mikhaïl dès que le vieil homme se tait.

Ce dernier semble soulagé, comme s'il espérait la question :

– Donc tu l'as remarqué aussi, mon garçon... Je ne sais pas ce qui se passe, mais je n'aime pas ça. Même ces petits, le vieil homme hoche la tête vers le panier, apprennent déjà à se battre avant d'être matures. Les chats adultes ont l'air encore plus nerveux et ne quittent plus les enfants, y compris lorsqu'il y a beaucoup de monde. Ils n'entrent quand même pas dans les salles de classe avec vous, n'est-ce pas ?

– Non... car les professeurs l'interdiraient certainement.

– Tout est possible... Puis-je vous demander de garder l'œil ouvert et de surveiller les léopards, notamment sur ce qui se passe à l'école ?

Anton, un peu décontenancé par la demande, interroge avec perplexité :

– Y a-t-il un problème ? Le mien m'a laissé seul dans l'entrée hier. Puis rien. Il n'a même pas honte de ne pas m'avoir attendu.

– C'est qu'il ne sentait aucun danger, coupe Ivan Sergueïevitch.

Anton veut ajouter autre chose, mais Mikhaïl l'interrompt :

– S'il y a quelque évolution que ce soit, nous vous le ferons savoir. Et maintenant, nous devons rentrer. Merci pour votre accueil et vos explications. Au revoir.

Mikhaïl traîne son ami vers la sortie, suivi par leurs compagnons à quatre pattes. Dès qu'ils ont franchi le seuil, le plus âgé se montre sceptique :

– Le crois-tu vraiment ? Peut-être ment-il ?

– C'est... Eh bien, il a sauvé mon léopard, après « les ruines ».

– Et alors ? N'importe quel vétérinaire aurait pu s'en occuper tout aussi bien.

– Les léopards n'ont pas peur de lui.

– Oui, bon... Et si c'était une sorte de maniaque prétendant être gentil et qu'ils ne savent pas qui il est vraiment ? Pourquoi dois-tu aller jusqu'ici, au milieu de nulle part ?

– Tu y vas bien, toi aussi...

– Oui, c'est vrai. Le grand-père a raison sur un point : les léopards sont toujours sur leurs gardes. C'est bizarre et un peu inquiétant.

– Qu'est-ce qui te fait dire ça ?

– Anton, tu devrais parfois ouvrir les yeux. Mon père me répète toujours de les garder ouverts plutôt que la bouche, mais toi tu fais le contraire. En plus, tu as failli faire toi-même tuer ton léopard et, maintenant, tu nous emmènes chez un grand-père bizarre !

– Oui... je suis stupide... Et tu es comme ma grand-mère. Je dois t'appeler « mamie » ?

Les garçons rient de bon cœur, heureux de leur complicité retrouvée.

– Crois-tu tout ce qu'Ivan Sergueïevitch a raconté ?, reprend Anton.

– Je ne sais pas, mais cela semble trop délirant. Bien que, peut-être, il y a du vrai là-dedans. Au moins, je sais maintenant avec certitude que je n'imaginais pas certaines choses sur les léopards et que le grand-père ignore aussi.

– En tout cas, nous ne le dirons à personne, n'est-ce pas ?

– Zut, Anton ! Est-ce que j'ai l'air d'un idiot ? Tu veux qu'on nous envoie dans un asile et qu'on nous déclare comme... Comment ça s'appelle, déjà ? Euh... j'ai oublié.

Les garçons rejoignent tranquillement leur domicile, en discutant et en plaisantant. Chacun d'eux aura beaucoup de choses à penser ce soir.

Communication opérationnelle. Cote « A 5 »

Selon nos informations, un représentant spécial devrait bientôt arriver dans la région pour coordonner tous les travaux de la structure dans une direction précise. La situation est difficile pour eux, c'est-à-dire que beaucoup de ceux sur lesquels ils auraient pu compter pour leurs tâches ont quitté la ville en raison des récents événements. L'un des défis sera de recruter le bon contingent.

Oleg

* * *

Les jours suivants, les garçons observent leurs compagnons à quatre pattes. Anton comprend de quoi Ivan Sergueïevitch parlait. En effet, selon les plus anciens, les léopards se contentaient auparavant de rester tranquillement assis près de l'école, en attendant que les enfants terminent leurs cours, mais, désormais, les plus jeunes suivent leur « propriétaire » jusqu'en classe. Bizarrement, les professeurs ne semblent pas trop s'en soucier, malgré la distraction que cela provoque chez les élèves. En revanche, les animaux adultes n'entrent pas encore dans le bâtiment, en attendant à l'extérieur. Et lorsqu'un enfant est retardé pour une raison ou une autre, ils le rejoignent, retrouvant immanquablement l'étage et la classe. Anton et Mikhaïl en parlent peu, mais même des phrases superficielles en apparence suffisent pour qu'ils se sentent de plus en plus mal à l'aise sans la présence de leurs compagnons à quatre pattes. Les adultes deviennent silencieux, comme si c'était plus facile que d'inventer une excuse insignifiante pour tout ce qu'ils ne peuvent expliquer. Une habitude étrange qu'Anton n'a jamais comprise chez ses parents, ni chez les « grandes personnes » en général.

* * *

Il est à peine à cent pas de l'école lorsqu'un étranger surgit devant lui, presque sorti de terre. Mikhaïl s'arrête brusquement pour ne pas le percuter. Puis il attrape instantanément son léopard et le serre dans les bras.

– Excusez-moi, marmonne-t-il, avant de poursuivre sa route.

– Excuse-moi aussi. J'entends beaucoup de choses sur les chats locaux, c'est l'un d'entre eux dans tes bras, n'est-ce pas ? Je dois écrire un article sur ce miracle pour un magazine, et je ne sais rien d'eux. Accepterais-tu de m'en parler ?

– Je n'en sais pas plus non plus. Mikhaïl n'aime pas son interlocuteur, et le léopard feule sur lui, ce qui ne s'est jamais produit auparavant.

– Comment est-ce possible ? Pourtant, c'est ton animal de compagnie ?

– Ce n'est pas un animal de compagnie. C'est un... il... Mikhaïl bégaye, se surprenant à penser qu'il a presque tout déballé... c'est mon ami.

– Oh, même ainsi... Et comment fais-tu pour avoir un tel ami ? Sais-tu d'où il vient ?

– Désolé, je suis en retard. J'ai un... cours de musique. Mon professeur sera en colère si je suis en retard. Demandez à quelqu'un d'autre.

Le garçon s'éloigne rapidement, berçant le léopard dans ses bras. Mentir, bien sûr, n'est pas bien, mais comment faire autrement pour échapper à cet importun ?

Mikhaïl ose se retourner, l'individu a disparu. Le garçon lâche son compagnon et lui caresse la tête. Il cesse alors de feuler, mais remue toujours la queue.

– Tu ne l'aimes pas non plus, hein ? Il est bizarre... Il ne nous suit pas, rentrons vite à la maison.

Barsik reste sur place.

– Qu'y a-t-il ?

Il donne un léger coup de tête sur la jambe de Mikhaïl, indiquant qu'il faut le suivre.

– Nous ne rentrons pas maintenant ? Tu me traînes chez ce grand-père, donc tu penses que je devrais lui raconter ?

* * *

Quand Ivan Sergueïevitch ouvre la porte, il voit un Mikhaïl haletant et rougi, tenant son léopard dans les bras. Il l'entraîne à l'intérieur et le fait asseoir dans un fauteuil.

– Que se passe-t-il ?

– Je... C'est... Il y a un homme près de l'école... murmure le garçon, essayant de reprendre son souffle. Il est très étrange. Mon chat lui a feulé dessus, il a failli l'attaquer.

– Tout va bien ? Tes parents sont au courant ?

– Quoi ? Oui...

Ivan Sergueïevitch pâlit...

– Eh bien, je veux dire... Je vais bien, mais j'ai couru directement chez vous. Cet homme a commencé à poser des questions sur les léopards.

– Ah... C'est par là que tu aurais dû commencer pour ne pas me donner de crise cardiaque... Un journaliste ? C'est bizarre que le léopard réagisse ainsi... Tu en es sûr ?

– Oui. Il est toujours calme. Mikhaïl désigne l'animal assis à côté de lui. Il a commencé à feuler sur lui... Ça n'était jamais arrivé auparavant ! Et l'homme a dit qu'il était journaliste. Sauf que... il y a quelque chose qui cloche.

– Le léopard d'Anton se comporte-t-il de la même façon ? Ton ami est-il rentré directement chez lui ?

– Je l'ignore, il n'est pas venu à l'école, car il est tombé malade.

Ivan Sergueïevitch semble réfléchir et reste silencieux un long moment, si bien que Mikhaïl ne se sent pas à sa place. Il se prend à regarder autour de lui, attendant que le vieil homme livre le fruit de ses réflexions.

– Les léopards sont tous bizarres, comme s'ils se préparaient à quelque chose, non ? Si une seule personne représentait un danger, seuls les compagnons des enfants menacés s'agiteraient. Ce ne peut donc être la cause du changement de comportement de tous les léopards. Qu'en penses-tu ?

– Je ne sais pas, mais ils... Mikhaïl hoche de nouveau la tête vers son chat : ils ne feulent pas sur n'importe qui, ça, c'est sûr.

– Tu as raison, mon garçon. Procédons ainsi : avertis les élèves de ton école de faire attention et, de préférence, de ne pas rentrer seuls chez eux. Ne parlez pas aux inconnus, quels qu'ils soient. Et raconte à ton professeur l'incident d'aujourd'hui pour qu'il puisse aussi leur recommander d'être prudents. Nous ne pouvons rien faire de plus pour le moment. Il n'y a pas lieu de paniquer, mais il ne faut pas non plus être négligent.

Mikhaïl rentre chez lui un peu nerveux, regardant constamment autour de lui et fuyant chaque bruissement ou ombre. Même si le Soleil n'est pas prêt à se cacher à l'horizon, l'étranger lui a fait une belle frayeur.

Message crypté

Monseigneur,

Je tiens à vous informer que certaines des personnes figurant sur cette liste ne sont pas présentes dans leur ancien lieu de résidence, donc il n'est pas possible de les faire participer à la coopération. Après des entretiens personnels, j'ai décidé de ne pas renouveler la coopération avec trois d'entre elles qui m'avaient été recommandées, en raison de leur faible loyauté. Néanmoins, les autres semblent suffire pour commencer la mission.

Après avoir examiné attentivement les actions de l'équipe précédente, je n'ai pas jugé nécessaire de capturer et transporter les animaux, car l'expérience en a démontré l'inutilité. Un animal obtenu de cette manière, convaincu de l'impossibilité de s'échapper, cesse de s'alimenter et meurt en peu de temps. Il devient donc impossible d'étudier le phénomène dans ces conditions.

En même temps, après avoir examiné minutieusement les données disponibles, je tiens à souligner que l'apparition d'animaux à cet endroit ne me semble pas accidentelle. Il y a sans doute une raison pour laquelle leur population a augmenté si fortement en peu de temps.

Par conséquent, je vous demande d'approuver une enquête approfondie sur la cause susmentionnée...

* * *

Le lendemain matin, Mikhaïl traîne au lit avant de se précipiter à l'école, mais la cloche traîtresse sonne dès qu'il franchit le seuil, ne lui laissant aucune chance d'échapper à l'avertissement de retard et, en prime, à la réprimande de ses parents.

Le désespoir laisse place à la jubilation lorsque le surveillant lui intime de monter en salle de réunion afin de rencontrer un visiteur, ce qui le prive du cours et donc lui épargne la sanction. Mikhaïl entre dans la pièce, où sont déjà installés le directeur et d'autres élèves avec leur animal, dont Anton. Il reconnaît son « sauveur » du jour : l'étranger de la veille. Ce dernier s'adresse à lui après qu'il se soit assis :

– Bonjour. Quel est ton nom ?

– Mikhaïl.

– Bien que je n'aie pas l'intention de faire du mal à qui que ce soit, apparemment les léopards ne m'aiment pas et semblent même prêts à me déchirer en lambeaux. C'est d'ailleurs une raison supplémentaire de mon intérêt pour eux, en plus des instructions de ma rédaction.

Un adolescent l'apostrophe :

– Parlerez-vous de moi dans votre article si je vous aide à trouver des informations sur eux ?

– Bien sûr ! Le pays doit connaître le visage de ses héros... Le journaliste regarde sa montre. Eh bien, les enfants, j'espère que nous nous reparlerons, mais, maintenant, je dois partir. Si vous voulez témoigner pour aider le monde à comprendre ce à quoi nous avons affaire, prenez mon numéro de téléphone auprès de votre directeur. Merci pour votre temps. Pouvez-vous tenir vos animaux pendant que je vais à ma voiture ? Après tout, ils sont nombreux, et je suis seul. L'étranger sourit de sa remarque, avant de partir.

Mikhaïl attend Anton, qui marche tranquillement. N'ayant pas assisté au début de la réunion, il l'interroge :

– Qui est-ce ?

– Comment le saurais-je ? Son nom est inhabituel, mais je ne m'en souviens pas. En ai-je besoin ? L'essentiel est qu'il n'y a pas algèbre aujourd'hui, donc il peut venir tous les jours. De toute façon, je ne comprends rien à cette histoire et à ce qu'il veut.

– Il ne t'a pas paru étrange ?

Au moment où Anton s'apprête à répondre, Nastia apparaît de nulle part et intervient dans la conversation :

– C'est un journaliste, comme mon père. Enver est son nom. Hier, il est venu à l'école et a convenu avec le directeur de nous rencontrer. C'est vous qui êtes bizarres, pas lui...

– Personne ne te demande ton avis, la nouvelle, lâche Anton. Quelle Mlle Je-sais-tout !

– Mon nom est Nastia.

Elle les quitte. Mikhaïl adresse un reproche à son ami :

– Tu devrais être plus gentil... Si le père de la fille est journaliste, elle peut être utile. Oui, elle semble avoir une idée derrière la tête, mais elle n'est pas stupide.

Pendant les deux semaines suivantes, le journaliste ne se montre pas. Certains enfants chassent la réunion de leur esprit, tandis que d'autres l'utilisent comme prétexte pour inventer toutes sortes d'histoires sur une invasion extraterrestre par de méchants chats martiens. La passion soudaine des léopards pour les jeux en extérieur contribue à la propagation de ces rumeurs dans l'école.

Mikhaïl propose ensuite à Nastia de la raccompagner chez elle, avec Anton. Elle résiste un peu, puis accepte. Les garçons n'expriment pas leur inquiétude quant au fait qu'elle n'ait pas de léopard pour la protéger. Naturellement, la plupart des discussions portent sur ces animaux étranges. C'est leur nouvelle camarade qui, la première, attire leur attention sur le fait que les enfants en reçoivent plus souvent et beaucoup plus jeunes qu'auparavant.

– Nastia, en as-tu parlé à quelqu'un ?, demande Mikhaïl.

– Tu veux dire à ce journaliste ? Non. S'il est bon, il le découvrira par lui-même. Et je n'ai pas de raison de l'aider. Tu le trouves toujours étrange ?

Gêné, Mikhaïl détourne le regard, avant de répondre :

– Je ne sais pas. Tout semble comme d'habitude. Peut-être ne devrais-je pas parler de lui.

Le week-end tant attendu est un soulagement pour Mikhaïl, qui en profite pour faire la grasse matinée. Il est toutefois tiré de son sommeil par les tentatives insistantes de son léopard, qui va jusqu'à lui griffer légèrement la main.

– Hé, tu fais mal !

Le garçon jette un coup d'œil à sa montre, il est onze heures passées.

– Que se passe-t-il ? Est-ce que moi je t'empêche de dormir ? Alors pourquoi me joues-tu des tours si tôt le matin ?

Barsik persiste à pousser son propriétaire hors du lit, alors Mikhaïl se lève.

– Quelque chose ne va pas, n'est-ce pas ? Je dois aller quelque part ?

Le chat regarde attentivement le garçon et penche légèrement la tête sur le côté. Tandis qu'il enfile à la hâte son jean et son T-shirt, son compagnon moustachu se précipite vers la porte et remue impatiemment la queue d'un côté à l'autre.

« Impossible de prendre le petit-déjeuner... », pense Mikhaïl avec regret.

* * *

Le chat sort de l'immeuble et court en direction de l'aéroport, suivi du garçon, qui a du mal à le suivre et doit faire des pauses pour reprendre son souffle. Le bâtiment abandonné de cinq étages est déjà derrière eux.

– Oui, nous allons bien en direction de l'aéroport, c'est sûr, car il n'y a rien d'autre après.

Le garçon essaie de comprendre ce qui se passe et pourquoi est-ce si urgent. Quelque chose est-il arrivé aux chatons ? Ou au vieil homme ?

Le grand terrain vague de l'aéroport apparaît, toujours envahi par les mauvaises herbes. Barsik attend Mikhaïl, et lui bloque le passage.

– Je dois rester ici ?

Le chat frotte légèrement son museau sur son jean, ronronne et se dresse sur ses pattes arrière. Le garçon lui caresse la tête, sourit, mais demande avec anxiété :

– Qu'y a-t-il ?

Barsik se dirige vers le fourré, puis se retourne avant de disparaître dans l'herbe. Anton pousse un cri derrière lui :

– Mikhaïl, que se passe-t-il ? Je pensais que j'allais mourir à force de courir. Nous t'avons suivi tout le long du chemin.

Mikhaïl est sur le point de répondre qu'il ne sait pas lorsque retentit une violente explosion.

Message crypté

Nous exigeons l'accélération immédiate des travaux sur le projet. Les ressources nécessaires vous seront allouées dans les meilleurs délais.

Je vous transmets un fragment du rapport de notre équipe de recherche scientifique.

Extrait du rapport de l'équipe de recherche

Les sujets de test ne sont pas physiologiquement très différents de la plupart des représentants de la race. La seule exception à cette règle concerne le développement physique : les muscles sont bien développés et les animaux plus robustes et forts. Cependant, ce n'est pas suffisant pour les classer comme une nouvelle espèce. [...] Ce qui est inquiétant, c'est leur capacité encore inexpliquée à communiquer entre eux d'une manière inconnue. Ainsi, expérimentalement, il est constaté que l'information connue par l'un d'entre eux, dans le temps le plus court, le devient par tous les sujets étudiés dans son voisinage.

[...] Malheureusement, en raison de l'impossibilité de garder des animaux de laboratoire pendant une longue période, il n'est pas possible de procéder à une étude plus détaillée des phénomènes identifiés.

Communication opérationnelle

Il y a une augmentation spectaculaire des communications entre la cellule locale et la direction. De la correspondance partiellement décryptée, nous pouvons conclure que, dans un avenir très proche, nous devons nous attendre à une augmentation de l'activité des groupes identifiés...
À cet égard, je vous demande de renforcer notre unité par des spécialistes appropriés.

Oleg

Chapitre 5

Donetsk – suite

Mikhaïl et Anton, désemparés, essayent de comprendre ce qui s'est passé. Une explosion ? Ils pensaient que l'endroit avait été totalement déminé... N'est-ce pas le cas ? Non... Non ! C'est juste leur imagination, juste un rêve, juste un mauvais rêve. Que disaient leurs grand-mères quand ils étaient petits : « Où va la nuit, va le rêve » ? Oui, c'est cela, c'est cela...

Quelqu'un crie... C'est lui qui crie dans son sommeil ? Mikhaïl serre les mains contre sa tête, se couche sur l'asphalte. Un cauchemar... Il ne peut en être autrement. Il reprend ses esprits parce qu'Anton le secoue fortement par l'épaule et lui crie quelque chose à l'oreille. « J'aimerais savoir... », pense-t-il d'un air plutôt indifférent. Les cris désespérés ne cessent pas.

Non, ce n'est certainement pas lui et Anton, Mikhaïl en est sûr. Il y a quelqu'un d'autre là-bas, dans le fourré entrecoupé d'un mince bosquet de jeunes pousses.

Barsik ! C'est là que le chat se dirigeait. Mikhaïl se lève d'un bond et y court aussi vite qu'il le peut. Son compagnon à quatre pattes doit se trouver quelque part. Son ami fidèle !

Anton se précipite à la suite de Mikhaïl, mais son léopard lui barre la route, lui faisant comprendre qu'il doit rester ici. S'assurant qu'Anton ne bouge pas, il rattrape Mikhaïl et emprunte un chemin sûr, en évitant tout obstacle. Les secondes interminables s'écoulent comme des tortues endormies refusant le réveil forcé. Le temps ne s'est jamais étiré aussi lentement. Néanmoins, les pleurs deviennent de plus en plus distincts. Des pleurs ?

Lorsque Mikhaïl parvient à leur source, il est horrifié : Nastia sanglote devant lui, couverte d'écorchures et de coupures superficielles, tandis qu'un léopard ensanglanté gît à ses côtés. Son léopard à... lui.

Le garçon ferme les yeux et répète la phrase familière qui l'a sauvé des cauchemars durant toute son enfance, mais celui-ci ne se termine pas, peu importe la force avec laquelle il veut y mettre fin. Alors il ouvre les yeux, la scène reste la même. Si ses pieds le portaient il y a quelques instants encore, chaque pas maintenant semble peser le poids du plomb. Il s'agenouille, enlève son T-shirt, l'enroule autour de son chat, puis caresse sa tête et le serre contre lui. Il ronronne faiblement de ses dernières forces.

– Qu'attends-tu ? Emmène-nous chez le vieil homme, qui va le sauver !, crie Mikhaïl au léopard d'Anton.

Il se lève, serre le corps chaud contre lui et s'éloigne d'un pas rapide en suivant l'animal, qui, d'abord, bouscule légèrement Nastia, pour lui faire comprendre qu'elle ne peut les suivre. Les deux garçons partent en courant.

* * *

Ivan Sergueïevitch ouvre la porte.

– Sauvez-le !, est tout ce qu'il entend.

En jetant un coup d'œil au chat, le vieil homme s'assombrit :

– Mon garçon, je suis désolé...

– Non ! Regardez, il est vivant, il est juste blessé.

La boule de poils est toujours serrée contre sa poitrine.

– Mikhaïl, laisse-le. Ton léopard est mort, je ne suis pas Dieu, il ne peut être ressuscité.

Il essaie de retirer doucement le corps de l'animal des bras du garçon, mais celui-ci ne fait que le serrer plus fort contre lui.

– Tu as sauvé le chaton d'Anton... Pourquoi ne veux-tu pas sauver le mien ? De grosses larmes coulent lentement de ses yeux. Pourquoi ? Il ronronnait... À l'aéroport... Quand je l'ai trouvé... Il ronronnait... Dans mes bras...

– C'est trop tard. Je suis désolé.

Mikhaïl s'effondre, pleurant doucement.

Le vieil homme s'assied en silence à côté de lui.

– Mon garçon, tu ne peux pas les traiter comme des personnes, tu ne peux pas. J'ai fait la même erreur en mon temps, et cela ne donne rien de bon. Ils sont différents, crois-moi, tu ne peux pas te consumer de chagrin à cause d'eux, tente-t-il pour calmer le garçon.

– Je me fiche de savoir qui sont les léopards. C'est mon ami !

* * *

L'événement est très médiatisé, toute la ville en parle. Chacun cherche un coupable en fonction de ses propres convictions. Quoi qu'il en soit, les écoles reçoivent à nouveau des cours sur la manière de se comporter en cas de détection d'objets explosifs. Les démineurs arpentent la zone de l'aéroport et concluent de façon catégorique : le chat a sauvé la jeune fille. S'il n'avait pas arraché le fil du piège avec son corps, ce qui a déclenché l'explosion avant qu'elle ne s'approche, elle aurait été grièvement blessée, et il est quasiment certain qu'elle n'aurait pas survécu. Comme le fait remarquer le chef de l'équipe de déminage, le léopard n'a pu agir ainsi par hasard, car le fil était tendu à une hauteur supérieure à la sienne. Il a probablement sauté dessus, sinon il n'aurait pas pu l'atteindre.

À plusieurs reprises, Anton tente de consoler son ami, de lui parler, de le distraire d'une manière ou d'une autre, mais sans succès. Il se sent responsable du fait que son chat ait survécu au détriment de celui de Mikhaïl. Pourtant, ce n'est pas sa faute, et quelle faute pourrait-il y avoir, d'ailleurs ? C'est surtout Nastia qui a honte de croiser ses amis, car elle se sent coupable.

Mikhaïl se réfugie dans la solitude, car les regards compatissants le mettent en colère.

Tandis qu'il se balance seul sur une balançoire dans la cour, la nuit commence à tomber. Étonnamment, il n'y a personne dans la cour, mais il sent une présence derrière lui. Il se retourne.

– Ah, c'est vous... Que voulez-vous, cette fois ? Évidemment, c'est à propos des léopards ? Je n'en ai plus, je ne suis donc d'aucune aide.

– Je sais, c'est ce dont tout le monde parle.

Le garçon esquisse un sourire. Comment supposer qu'un journaliste ne serait pas au courant ?

– Alors, qu'attendez-vous ? Pourquoi maintenant ? Je ne vous connais même pas.

– Oh, tu es toujours en retard... Enver. Je m'appelle Enver.

Message crypté

On enregistre le cas d'une jeune fille sauvée par l'un des animaux étudiés. Il s'est lui-même précipité sur le fil d'un piège pour la sauver. Je pense que cet événement mérite une étude approfondie. Et si ce n'est pas un accident, les résultats de l'étude pourraient jouer un rôle majeur dans la pratique quotidienne du dressage des animaux de service.

Message crypté

Nous vous rappelons que le but principal de votre mission n'est pas de promouvoir l'utilisation de ces pseudo-chats, mais de trouver la méthode la plus efficace pour arrêter leur propagation. L'existence même de ces animaux est un défi envers la nature et doit être supprimée de toutes les façons possibles. À cette fin, toutes les approches brutales de la mission sont absolument justifiées.

[...] Les spécialistes envoyés à votre secours sont prêts à vous aider par tous les moyens pour résoudre les problèmes auxquels vous êtes confrontés. Ne vous laissez pas décourager par des idéaux erronés d'humanisme. La solution à ce problème par les moyens nécessaires revêt une priorité inconditionnelle sur tout le reste.

Nous avons enregistré l'arrivée de plusieurs personnes dans la région, dépêchées pour aider la cellule locale. Une liste des arrivées est jointe.

[...] Jusqu'à présent, trois d'entre elles ont été identifiées. Les recherches sur les autres sont en cours.

Oleg

* * *

– Et alors ? Dois-je me confesser à vous et vous donner le numéro de carte bancaire de mes parents comme preuve de confiance éternelle ?

Le journaliste sourit.

– Tu n'étais pas si sûr de toi la dernière fois que nous nous sommes rencontrés...

Mikhaïl sent la colère le gagner. Ce type désagréable depuis le début paraît douteux et à éviter. Autant en finir le plus vite possible :

– Que voulez-vous de moi ?

Enver sourit à nouveau, de son sourire désarmant, comme il paraît le penser, en fait très irritant pour son interlocuteur.

– Ah, enfin ! J'ai juste besoin d'informations sur les léopards pour un article, et ton histoire est unique : ton chat te trahit en sauvant une autre enfant, et toi tu souffres parce qu'il t'a abandonné. Où sont les gens que tu appelais « amis », alors que tu es assis là tout seul ? Les vrais amis ne font pas ça.

Mikhaïl écarquille les yeux. Le journaliste n'a pas vraiment tort : c'était *son* léopard. Le sien ! Pas celui de Nastia, ni de personne d'autre. Et il a quitté son maître et ami pour... une... Elle n'est pas même venue dire qu'elle était désolée, ou au moins le remercier d'avoir laissé partir son protecteur. Rien... Comme si rien ne s'était passé. Comme s'il était son... Probablement... Et Anton ? Lui aussi a disparu, vivant sans se soucier des autres, de son « ami »...

– Si tu veux en savoir plus, viens. Tu peux amener tes parents si tu le souhaites. Je n'ai rien à cacher et ils pourraient être intéressés.

Le journaliste met sa carte de visite dans les mains de Mikhaïl, puis il sort de l'aire de jeu éclairée par la rue avant de disparaître dans l'obscurité.

– Et dans quel but ?, crie le garçon.

– Je veux la vérité, comme tout le monde.

La voix semble l'entourer de toutes parts. Un écho trompeur résonne sur les murs froids des nombreux blocs d'appartements identiques. Mikhaïl frissonne. La rencontre a été désagréable, comme s'il s'agissait d'un fantôme plutôt que d'un être humain. Il regarde la carte, puis la froisse, mais la met dans sa poche et rentre chez lui.

Enfermé dans sa chambre, il réfléchit aux mots du journaliste. D'un côté, tout est explicable, mais de l'autre... Cela en vaut-il la peine ? Anton et Nastia l'ont-ils vraiment abandonné, ou c'est lui qui a préféré s'isoler ? Et *son* léopard ? Pourquoi devait-il mourir ? Pourquoi lui ? Pourquoi Nastia est-elle allée à ce terrain vague ? Qu'y faisait-elle ? Qu'essayait-elle de trouver ou de prouver ?

Il se souvient des premiers jours après l'arrivée de son léopard : toute la classe posait des questions insignifiantes, sur des bêtises mêmes. Seuls ceux ayant déjà leur propre défenseur à poils faisaient preuve de maturité, comme s'ils apprenaient la vie autrement... L'étrange étranger aurait-il raison ?

Mikhaïl saute du lit, enfile à la hâte ses vêtements et au cri de sa mère : « Où vas-tu en plein milieu de la nuit ? », quitte l'appartement en courant sans répondre. Le carton froissé est toujours là, et le garçon pousse un soupir de soulagement. Peu importe qui est cet homme, il peut l'aider à trouver la vérité.

Le bâtiment ressemble à un immeuble gris ordinaire, du genre de ceux abritant habituellement les sociétés inconnues. Au moins, l'ascenseur fonctionne, c'est déjà ça. Il trouve le bon bureau presque immédiatement et frappe à la porte. Personne n'ouvre, alors il y met un peu plus de conviction. Silence à nouveau. Sur le point de partir, il donne un coup de pied dans la malheureuse porte en signe d'agacement.

– Eh bien, c'était à prévoir...

Il y a un bruit derrière lui, puis la voix d'Enver :

– Oh, c'est toi... Tu es venu sans tes parents... C'est dommage.

Il le fait entrer dans un bureau lumineux.

– Vous avez dit chercher la vérité sur les léopards.

– Tu peux me tutoyer.

– Oui ou non ?

Il répète sa question, un peu agacé :

– Oui ou non ?

Enver se dirige vers la table, prend quelques dossiers et les tend au jeune garçon :

– Tu n'es pas stupide, alors vois par toi-même.

Mikhaïl parcourt plusieurs pages, examine les photos. Des histoires similaires, sauf que l'époque, le lieu et les gens sont différents. À chaque fois, les léopards sont présents, puis disparaissent après les tragédies.

– Qu'y a-t-il de mal ? Tout le monde le sait. C'est pourquoi on les appelle des « protecteurs » : tant qu'ils sont là, les enfants ne sont pas en danger. Même le mien... Il l'a sauvée.

– Mais sont-ils vraiment en danger ?

Le garçon fixe le journaliste, ne sachant pas trop ce qu'il veut dire.

– Eh bien...

– « Eh bien », quoi ? Tout le monde a l'habitude de penser que s'il y a un bébé léopard avec eux, ils seront en sécurité. Mais combien de fois un enfant moyen est-il en danger ? Penses-tu qu'avant que vous ayez ces chats, seuls quelques-uns atteignaient l'âge adulte ? Je suis plus intéressé par le fait que lorsque vos protecteurs disparaissent, les enfants ont de vrais problèmes. Leurs parents ont l'habitude de compter sur une baby-sitter. N'importe quel adulte ici, s'il voit un garnement avec un chat, se moque quasiment de ce que fait l'enfant : « Il est protégé, non ? » Par qui ? Un chat qui ne peut pas appeler à l'aide ? Un chien d'aveugle serait plus utile ! Au moins, il pourrait aboyer contre un agresseur. As-tu remarqué que les léopards font, des enfants qu'ils sont censés protéger, des parias auprès de leurs pairs ? Les heureux propriétaires de chat sont en fait laissés seuls, sans ami, à cause de la jalousie, soigneusement dissimulée ou non, des autres enfants. Ce n'est qu'avec l'arrivée de ces animaux de compagnie étranges que tu entres dans la caste des élus. Le problème, c'est que personne ne veut de toi là-bas ni t'attend à bras ouverts, de sorte que tu finis toujours par te retrouver solitaire. Ou plutôt, ton chat remplace tous les autres. Et ensuite ? Mignon, il est facile de discuter avec lui s'il n'y a personne d'autre à qui parler. Et il est plus ou moins raisonnable. N'est-il pas le parfait baby-sitter, et même ami ? De plus, il est entouré d'un halo de mystère. Sauf que ton protecteur n'a aucun problème à te quitter, et à n'importe quel moment. As-tu oublié ce qui est arrivé au tien ? Il a sauvé ton amie, hein ? Bien joué ! Et toi, trahi, te laissant sans défense dans le monde, où chacun est guidé par l'opinion du chat : « Ne va pas là », « Ne communique pas avec celui-là », etc. Eh bien vas-y, j'attends ton commentaire.

Mikhaïl ne sait quoi répondre. Il a une boule dans la gorge et les larmes lui montent aux yeux. Il pleure, pour la première fois depuis la mort de son petit léopard.

– Je suis désolé. C'est forcément dur à entendre pour toi. C'est pourquoi je ne suis pas heureux de votre obsession pour ces « chats », poursuit Enver plus doucement. Ils n'apportent que des larmes, tu le vois bien. Et, d'après ce que je comprends, ils sont de plus en plus nombreux. Vers quel genre de société nous conduisent-ils ? Voilà ce que je veux dire. Nous devons réagir. J'ai donc une question pour toi : veux-tu changer la situation ?

– Je... je ne sais pas.

Le journaliste sourit légèrement, avec moins d'arrogance et d'irritation que Mikhaïl ne le pensait au début.

– Personne ne te bouscule. Penses-y par toi-même.

– Bien. Je rentre à la maison, d'accord ?

Sans attendre la réponse, il se retourne et s'éloigne, fuyant ses propres peurs et son besoin de choisir, incarné par un étrange individu qui a mis tout sens dessus dessous quasiment en un clin d'œil. Qui croire ? Un vieil homme qui lance des affirmations sans preuve ? Ou un étranger qui énonce quelque chose ressemblant à la vérité, mais de celles que vous ne voulez pas entendre ?

* * *

La caméra du drone diffuse sur l'écran de l'ordinateur portable le transfert d'armes du coffre d'une des deux voitures à l'habitacle de l'autre.
– Je vais déplacer le drone vers la gauche... Ha... ha... Maintenant, nous pouvons distinguer très clairement les visages. La technologie dernier cri vaut cher, mais elle change tout.
Ceux qu'ils observent finissent de charger, se serrent la main et montent dans leur véhicule.
– Bord à Faucon, le premier interlocuteur appuie sur le bouton de l'émetteur.
– Faucon en ligne.
– La réunion est terminée, prenez les clients sous surveillance.
– Bien compris, Bord. Nous nous mettons au travail.
Le conducteur appuie sur le bouton.
– C'est tout. Prends ta Coccinelle et allons-y.
– Hum.... Pourquoi perdons-nous notre temps avec eux ? Cela fait dix ans que nous avons recueilli les preuves.
– Il y a plus que ce que l'on croit. Et regarde, ils ont des voitures et des appartements déjà loués. Quelqu'un ici fait du bon travail, nous devons donc encore creuser pour savoir qui.
Le drone, habilement camouflé en oiseau, descend du ciel comme une ombre silencieuse et se pose à terre. L'opérateur le ramasse et le range dans le coffre.
– C'est bon, nous pouvons y aller.
La voiture démarre et disparaît.

Message crypté

D'une manière générale, tout en approuvant votre politique à l'égard des propriétaires de ces animaux, je tiens à souligner qu'en travaillant avec eux, en tenant compte de leurs caractéristiques psychologiques et comportementales, vous ne devez pas restreindre vos actions les concernant. Quel que soit leur âge, tous, sans exception, sont déjà porteurs d'une idéologie qui nous est étrangère. Donc ils peuvent et doivent être considérés comme hostiles, sans tenir compte de leur jeunesse ou de leur inconscience.

[...] Vos ressources financières ne sont pas limitées, mais vous devez tenir une comptabilité rigoureuse de tout l'argent dépensé.

* * *

Peu importe ce qui se passe, peu importe l'humeur, l'école apparaît toujours à l'horizon comme une tache sombre. De même que les papillons de nuit se dirigent vers la lumière, les enfants se jettent dans l'obscurité le matin. Et chaque jour qui passe, le chemin de Mikhaïl s'assombrit à cause de la difficulté du choix qui l'attend.

Dans la cour, il aperçoit un garçon qu'il connaît entouré par une foule d'élèves, dont Anton, qui fait semblant de ne pas le voir. En s'approchant, la raison de cet intérêt devient claire : un nouveau léopard. Le problème qui l'obnubile depuis tant de jours se résout soudainement : le journaliste a raison. Même si le grand-père dit la vérité, cela ne change rien : au final, les léopards font plus de mal que de bien, il est temps de regarder la vérité en face.

Mikhaïl s'éloigne pour prendre littéralement d'assaut le bureau d'Enver, sans invitation, ni appel téléphonique, ni piétinement hésitant devant sa porte. Il entre. Le journaliste est au téléphone, et la conversation ne semble pas bien se dérouler :

– Ne me dites pas comment travailler ! Avec tout le respect que je vous dois, soit je fais les choses correctement, soit je les bâcle rapidement sans garantie de résultat. Il est dans notre intérêt de choisir la première option. Il raccroche et jette quasiment le téléphone contre la table avant de remarquer son visiteur.

Mikhaïl s'est figé en constatant à quel point cet homme peut montrer une autre image de lui.

– Désolé, mon garçon, mais mon patron... C'est ainsi que sont les patrons. Ils veulent toujours tout, tout de suite. Aucune compréhension de la façon dont les choses fonctionnent. Je suppose qu'il pense que j'ai une lampe magique ou un objet miracle. Il ne reste plus qu'à décider dans quel genre de conte de fées nous sommes.

– Je suis d'accord avec vous. Peu importe ce qui se passera, ce qui se produit maintenant est mauvais et doit changer. Mikhaïl est plus confiant que jamais.

– Alors, bienvenue dans l'équipe, petit !

Le garçon a l'air un peu confus.

– Euh... C'est tout ?

– Tu t'attendais à un discours pompeux sur le sens de la vie et le devoir sacré ? Oublie cela, ce n'est pas mon truc. C'est beaucoup plus terre-à-terre et sale ici, ajoute Enver. Beaucoup de travail nous attend, et pas le plus agréable.

* * *

Anton constate les changements survenus en Mikhaïl, qui le laissent perplexe. Depuis la tragédie du terrain vague, il est impossible de l'approcher. Ne comprenant pas ce qui se passe, il ose aller le voir pour lui demander des explications. Après l'école, il prend son sac à dos et court avec son léopard jusqu'à la maison de Mikhaïl. Personne ne leur ouvre. De son écriture maladroite, il griffonne un mot sur un bout de papier disant qu'il est passé. C'est étrange... Où est-il ? Il n'est pas dans la cour, pas chez lui... Il n'est pas non plus du genre « bon élève » passant son temps libre avec des professeurs particuliers, c'est même le seul qui ne le soit pas. Ses parents sont désespérés qu'il devienne un étudiant assidu, bien qu'il y ait toujours la possibilité de « faire un homme d'un cul paresseux ».

Ce qui aggrave la situation est que leur fils unique soit tombé à une moyenne générale de 3[38] et ne semble pas disposé à étudier.

Une idée traverse l'esprit d'Anton, qui lui semble ridicule : se rendre chez Nastia. Très vite impopulaire, elle est devenue une quasi-paria ne communiquant avec personne. Elle s'assoit dans un coin et reste immobile. Il s'est vite lassé d'elle, avec la conscience tranquille. Ignorée par les élèves et les professeurs, ses parents ne la laissent jamais sans surveillance depuis l'accident. Anton se souvient vaguement du chemin jusqu'à leur maison, mais il fait confiance à son léopard. C'est une chance qu'ils l'aient raccompagnée après l'explosion.

Anton sonne. Le père ouvre.

– Bonjour, monsieur. Je... C'est... ce n'est pas pour longtemps. Je veux juste demander...

– Tu peux demander à l'intérieur, répond sèchement le père de la jeune fille. Entre, tu es justement celui que je cherchais. J'ai beaucoup de questions à te poser.

En franchissant le seuil, le garçon se dit qu'aujourd'hui n'est pas son jour.

– Nastia ! Viens ici !

Les sourcils froncés, elle sort de sa chambre, marche jusqu'à une chaise et s'assied en silence.

– Eh bien, j'attends une explication, enchaîne le père.

– C'est... je... commence Anton, ne saisissant pas ce qu'il attend de lui.

– J'aimerais connaître le rôle de chacun dans ce qui s'est passé, sa voix irritée ne présageant rien de bon.

– Je... C'est... je n'ignore pas Nastia, elle-même ne veut parler à personne.

– Au moins, quelqu'un parle, mais ce n'est pas le sujet.

– Papa... Je t'ai tout dit, murmure-t-elle en pouvant à peine retenir ses larmes. Anton et Mikhaïl me raccompagnaient à la maison, et puis...

---

38. Dans le Donbass, comme en Russie, les élèves sont notés de 1 à 5.

Le père de Nastia roule des yeux et l'interrompt :

– ... c'est parti... Je sais, tu me l'as déjà dit. Il est impossible d'avoir une discussion constructive avec toi. Maintenant, tu vas devoir t'en sortir pour deux... annonce-t-il en se tournant vers Anton.

– Eh... que voulez-vous entendre ? Je... C'est... Je voulais demander... Peut-être que Nastia sait quelque chose sur l'endroit où est Mikhaïl. Nous ne parlons pas beaucoup depuis... après... Peut-être que Nastia lui a parlé...

– Je peux répondre pour elle : elle ne sait rien, ils ne communiquent pas. Pourquoi avez-vous raccompagné ma fille ?

Anton ne sait pas à quoi ressemble un véritable interrogatoire, mais il saura désormais ce qu'est se sentir dans la peau d'un criminel. Il se demande combien cela coûterait d'engager pour sa défense le père de Mikhaïl, un avocat réputé ? Probablement beaucoup... Y a-t-il des fenêtres en prison ? Les films montrent qu'il n'y en a pas. Et la nourriture est mauvaise, il paraît que l'on y mange du porridge à l'orge perlé. Autant mourir de faim ! Cependant, on n'est pas obligé d'aller à l'école. C'est un plus, même un énorme avantage, sauf qu'on ne peut voir ses parents.

– Dois-je répéter la question ?

Le garçon continue de s'imaginer en prison : ses parents pleureraient, sa grand-mère se lamenterait en répétant que tout cela est dû au fait qu'ils n'ont pas écouté ses conseils en matière d'éducation.

– Alors ?

– Il y a... C'est... Bref, un type est venu à l'école. Tous les léopards feulaient sur lui. Et Mikhaïl l'avait déjà vu. Il est un peu bizarre, alors nous avons décidé de raccompagner Nastia, car elle n'a pas de compagnon à moustache.

Anton déballe tout, une confession réduit la punition, d'après ce qu'ils disent tous... Peut-être sera-t-il nourri avec autre chose que de l'orge perlé et ne mourra pas de faim ? Puis ils le laisseront partir et il fera des câlins à ses parents et au léopard. Et sa grand-mère lui tricotera des chaussettes et les lui donnera quand il sortira de prison. Ensuite, toute la famille fêtera l'événement et mangera un gros gâteau avec du thé. Non, avec des jus de fruit, grand-mère en prépare de délicieux.

– Eh bien, nous y voilà... Ce type, qui est-il ?

– Je ne sais pas. Il écrit sur les léopards ou quelque chose comme ça.

C'est tout. Il a révélé tout ce qu'il sait, et ne sera donc pas accusé d'avoir tenté quoi que ce soit contre Nastia, n'ira pas en prison et n'aura pas à manger de l'orge perlé. La faim est passée.

– Je le savais. Restez loin de ce... le père de Nastia hésite et serre les poings.

– Un de ces vilains mots que les élèves de deuxième année aiment tant ?

– Euh... ? Oui, je suppose. Tenez-vous loin de lui.

Et... ? C'est tout ? L'interrogatoire est terminé ? Vive la liberté ?

– La situation est grave, et tu... Au fait, je ne me suis pas présenté.

– Vous êtes, euh... le père de Nastia.

– Maxime Alexandrovitch. Enver a-t-il dit ou fait autre chose ? Je veux dire, quelque chose dont vous ne m'avez pas parlé ? Nastia ?

La jeune fille reste toujours silencieuse et regarde son père et son camarade en fronçant les sourcils.

– Donc c'est tout. Est-il une sorte de maniaque ?

Les deux enfants demeurent muets.

– Eh bien, ma fille, brise ton vœu de silence, dis-lui pourquoi tu es allée à l'ancien aéroport. Maxime Alexandrovitch est en colère contre elle et ne le cache pas, mais on peut aussi ressentir son inquiétude.

Les yeux d'Anton s'illuminent dans l'attente de la réponse.

– Je voulais juste savoir d'où venaient les léopards. Je ne savais pas que c'était si...

Son père l'interrompt :

– Elle ne savait pas ! Pourquoi as-tu une tête sur les épaules ?

Il se calme et poursuit l'histoire :

– Enver est venu ici avant l'accident, pour collecter des informations sur les chats. J'avais déjà effectué des recherches quand j'étais jeune, mais personne n'en avait jamais rien su. Alors je n'ai aucune idée de comment il nous a trouvés, mais le fait est qu'il est venu chez nous. Et le lendemain, ma pauvre petite fille... il hoche la tête vers Nastia, est partie sur leurs traces. Il a fallu que *Mademoiselle* joue au détective ! Je ne crois pas à ce genre de coïncidence. L'expérience montre que... Bref, si tu croises cet individu, fais-le moi savoir, j'aimerais m'occuper de lui.

Anton jette furtivement un coup d'œil à sa montre pour trouver l'excuse pour s'échapper :

– D'accord. Je vais... rentrer chez moi, il est tard. Allez, Barsik, allons-y, sinon maman et papa vont s'inquiéter.

Anton s'incline presque en guise d'adieu, affichant un sourire exagéré, au point que Nastia et son père se regardent et lui demandent avec tact s'il va bien et a besoin de leur aide. Et il s'en va en courant.

Extrait des archives du bureau spécial
de Sa Majesté impériale

Les créatures qu'ils appellent « Barseg » devraient être considérées comme utiles à notre cause, et dans cet esprit, continuer à l'être à l'avenir. Ne pas leur faire de mal, ni à ceux qui leur assurent une existence confortable. En effet, sans entrer dans des arguments qui ne devraient être avancés que par des personnes expertes en la matière, il est possible et nécessaire de noter seulement que la coopération avec eux n'a pas donné lieu à la moindre mauvaise action. Au contraire, de très nombreux témoignages prouvent que ces créatures sans paroles ont toujours une prédilection pour les hommes justes et honnêtes, en les assistant et les protégeant de toutes les manières possibles, dans la mesure de leurs capacités.

Laissant à nos descendants la possibilité de déterminer l'origine de ces animaux particuliers, nous mettons en garde quiconque tenterait de les soumettre à sa volonté et de les utiliser selon sa propre compréhension, car de telles tentatives furent faites plus d'une fois et ne donnèrent aucun résultat positif. Et le seul résultat obtenu fut que l'homme ayant fait cette tentative se retrouva au moment crucial face aux forces du Mal, qui sont toujours hostiles à la race humaine.

Bien qu'il ne faille pas uniquement compter sur l'aide de ces « Barseg », il convient de noter que même le Saint-Synode a prononcé l'approbation d'une telle coopération. Elle n'a, bien sûr, pas été rendue publique, afin de ne pas embrouiller l'esprit de ceux enclins à toutes sortes d'interprétations vagues. L'assistance de tout homme qui n'occupe pas sa place par simple vanité mais pour l'accomplissement de son devoir, des ordres de ses supérieurs et de la volonté de Dieu, ne peut qu'être bénéfique.

Extrait d'une lettre du chef adjoint du NKVD

[...] Je vous envoie par la présente des documents extrêmement fascinants, qui nous ont été aimablement fournis par un ancien colonel de l'état-major général, P. F. Ilovaïski.

Ayant accepté de coopérer, il nous a remis une partie des archives de l'état-major général, qui, pour des raisons inconnues d'Ilovaïski, avaient jusqu'alors été conservées dans un lieu secret, connu seulement de quelques membres dignes de confiance de l'unité.

Au cours de l'examen des archives, ces dossiers ont été trouvés avec la page de titre estampillée « Affaires catégorie A 5 ». Jusqu'à présent, nous n'avions pas rencontré ce code, bien qu'il y ait eu des références occasionnelles dans les mémoires de certains membres de l'état-major. Il est généralement admis que cette désignation faisait référence aux affaires de contre-espionnage. Une confirmation indirecte peut en être donnée par le fait que des documents précédemment trouvés avec la cote « A 2 » et « A 3 » ont été transmis au département du contre-espionnage. Ils y sont clairement et directement liés, comme ils le sont à des événements connus antérieurement.

Un examen attentif des documents joints a conduit à plusieurs questions auxquelles il n'a pas été possible de répondre, faute de formation professionnelle appropriée. Par conséquent, je vous demande instamment de vous assurer que les documents que vous remettez sont examinés de manière approfondie par des personnes possédant les qualifications adéquates.

Dans ce cadre, je vous demande de répondre aux questions suivantes :

1) Les faits exposés dans les documents sont-ils corroborés par d'autres sources ?

2) Dans quelle mesure les événements décrits dans ces documents peuvent-ils être réels ?

3) Avez-vous connaissance d'événements ou de faits similaires à l'étranger ?

4) Devons-nous considérer ces documents comme de la désinformation, ou devons-nous les prendre au sérieux ?

Bien entendu, nous souhaiterions que votre personnel effectue autant de recherches que possible sur ces faits – y compris dans des domaines qui, pour une raison ou une autre, n'ont pas été portés à notre connaissance.

Moscou
Direction générale de la sécurité d'État

– Asseyez-vous, Oleg Petrovitch, l'invite le commissaire à la sécurité d'État Pletniov.

Ils prennent place dans de grands fauteuils en cuir, près de la petite table sur laquelle se trouvent deux tasses de thé et une coupelle de biscuits.

– Pourquoi ne pas commencer par une bonne tasse de thé ?

– Eh bien... Oui, mais...

– Le thé d'abord. En Orient, on dit : « Si tu ne bois pas de thé, où puises-tu ta force ? »

L'invité sourit, puis le silence règne dans le bureau, interrompu par le tintement des cuillères et le craquement des biscuits. Les deux interlocuteurs se connaissent depuis de nombreuses années déjà, le professeur Oleg Petrovitch Karpov étant un historien distingué et un analyste réputé.

– Votre thé est délicieux. Quelle est votre recette ?

– Nous avons tous nos petits secrets... sourit le commissaire Pletniov. Quel est donc l'objet de votre visite ?

– Je viens à vous avec de curieuses informations.

– Lesquelles ?

– Regardez... Il dépose un dossier avec des dessins sur la table. Jetez un coup d'œil au premier.

Après avoir pris la feuille dans ses mains :

– Hum... Il s'agit d'une icône, si je comprends bien ?

– Exactement. Le professeur hoche la tête. Et que pouvez-vous en dire ?

– Eh bien... la manière d'écrire n'est pas russe, je dirais même qu'elle n'est pas grecque. Et les inscriptions... C'est du latin, n'est-ce pas ?

– Tout à fait ! C'est une icône du VIIIe siècle représentant sainte Gertrude de Nivelles. Qui se tient à côté d'elle ?

– Des chats... Et alors ?

– Lorsque vous nous avez envoyé les documents sur ces chats insolites, j'ai, bien sûr, mobilisé toute mon équipe de recherche. Lialia Chabelskaya, une jeune femme brillante, a trouvé quelque chose d'intéressant... Je vous laisse le dossier, tout y est. Le professeur prend une gorgée de thé et pose sa tasse sur la table. Oralement, voici ce que j'ai à ajouter : Gertrude de Nivelles vécut au VIIe siècle, donc bien avant la division des chrétiens en catholiques et orthodoxes en 1054. Comme vous le savez, nous étudions les méthodes de travail de l'Église auprès de la population, qui obtint des résultats souvent significatifs.

– C'est sûr... En plus, avec des siècles de pratique...

– Ainsi, jusqu'au schisme, l'attitude de l'Église envers les chats était plutôt équilibrée. D'une part, ils étaient aimés, de l'autre, pas tant que ça. Le meilleur exemple en est cette icône. Gertrude était considérée comme la patronne des animaux de compagnie, des chats en particulier. Après 1054, les choses changent : les chats deviennent soudainement des créatures de l'enfer et des serviteurs du Diable, et sont même persécutés, voire exterminés.

– Partout ?

– Dans presque tous les pays catholiques d'Europe, et à travers les âges aussi. C'était toutefois moins prononcé chez les protestants. En revanche, il n'y a rien de tel chez les musulmans. Ils ont même une attitude respectueuse à leur égard. Souvenez-vous de Muezza, le chat du prophète Mahomet. Selon la légende, le Prophète, allant prier, coupa la manche de sa robe de chambre pour ne pas déranger l'animal endormi.

– Et dans la Rus' ?

– Rien de tout cela. Dans l'Église orthodoxe, les chats ont leur propre saint patron, saint Blaise. Et ils ne sont jamais persécutés, en aucune manière. De plus, que ce soit dans une église orthodoxe ou une mosquée, ils peuvent entrer librement.

– C'est intéressant, bien sûr, mais quel est le rapport ?

– Depuis quand les chroniques européennes cessent-elles de mentionner ces... animaux étranges ?

– Eh bien... le commissaire hausse les épaules. Je ne sais pas, c'est vous l'expert.

– La dernière mention remonte au VIIe siècle.

– Et dans les textes de la Rus' aussi ?

– Non. Jusqu'au XIIIe siècle, principalement dans les chroniques de Novgorod, où ils apparaissent plus d'une fois sous différents noms, mais la description générale est similaire. Dans les textes de l'époque des troubles de 1612,[39] il est fait mention de bandes de « voyous » gérées par leurs atamans avec l'aide de « bêtes étranges et primitives ». Le professeur prend les papiers et tourne plusieurs pages. Voici des exemples : « Ils avaient une apparence vile et dégoûtante, qu'un homme ordinaire ne pouvait supporter, leur voix était terrible et pouvait sidérer, enlever la volonté et faire qu'un homme, qui entendait ces mots étranges, obéisse pour toujours... » Qu'en pensez-vous ?

– C'est comme l'hypnose.

– L'hypnose ? Regardez ces dessins.

Pletniov observe attentivement.

– Si je comprends bien, ce sont des voïvodes russes.

– Il y a plus de détails dans le texte. Ce sont les mêmes « guerriers » qui poursuivaient les voleurs. Comme vous le faisiez avec les Basmatchis.[40] Regardez bien : qu'ont-ils en commun ? Je veux dire à l'intérieur...

Le commissaire étudie les dessins, puis relève la tête.

– Presque partout, les chats sont présents d'une façon ou d'une autre ?

– Oui. Ils sont assis tout près, et même lorsque nous ne voyons qu'une partie de l'animal, ils sont presque présents partout. Pensez-vous que ce soit dû au hasard ? À la seule imagination du peintre ?

– Je ne sais quoi vous répondre.

– Il est plus probable qu'il ait immortalisé quelqu'un se tenant constamment auprès de la personne qu'il peignait.

– Comme s'il faisait partie des meubles ? Pletniov hoche la tête. Très probablement...

---

39. NdT : Le temps des troubles est une période d'instabilité politique en Russie d'une quinzaine d'années à la fin du XVIe au début du XVIIe siècle, durant laquelle plusieurs tsars se succèdent après l'extinction de la lignée des Riourikides, à la mort du dernier fils d'Ivan le terrible. Les Polonais essaient d'en profiter pour prendre le contrôle de la Russie, mais ils sont chassés de Moscou en 1612. Le temps des troubles se termine en 1613, par l'élection de Michel 1er, de la famille Romanov, comme nouveau tsar de Russie.
40. Peuples turcs d'Asie centrale qui se révoltent en 1916 et 1920 contre la domination de l'Empire russe, puis de l'URSS.

– Mais il n'y a pas de portraits d'autres personnalités de l'époque. Pourquoi ? Et le décret de Pierre Ier qui stipule : « [...] que dans tous les établissements », il y ait des chats en nombre suffisant pour les protéger des souris et autres mauvaises intentions. Quelle sorte de « mauvaises intentions » avait-il en tête ?
Le commissaire se contente de hausser les épaules.
– C'est ce qu'on aurait dû lui demander !
– Au XIVe siècle en Europe, dans certaines sociétés secrètes, on pratiquait un rite de « procès par l'obscurité ». Un homme devait entrer dans une pièce, où il rencontrait le « seigneur de l'obscurité ».
– Le Diable ?
– Non, lui, c'est le « Prince des Ténèbres ». Il n'est pas un seigneur, et les ténèbres ne sont pas l'obscurité. Dans de telles descriptions, les erreurs ne sont généralement pas permises... Il faut être précis. Eh bien, tout le monde ne survivait pas à une telle épreuve : *Leur cœur était devenu pierre*, c'est écrit explicitement. Et le caractère indésirable des chats dans le voisinage est particulièrement souligné. Quel que soit leur nombre, et pour n'importe quel prétexte.
– Et de nos jours ?
– Existe-t-il encore un tel rite, voulez-vous dire ?
– Oui, acquiesce Pletniov.
– Oui, en Italie et en Allemagne, d'après les informations dont nous disposons.
– Vos recherches sont précieuses, professeur.

Message opérationnel

Le transfert d'armes et de munitions vers les sites « Nez » et « Pointu » a été enregistré. La transaction a été dûment documentée et filmée en vidéo. Les personnes qui ont reçu les armes et les munitions font l'objet d'une enquête.

Oleg

Chapitre 6

Donetsk, après la guerre

En apparence, rien n'a changé : la ville continue d'être paisible, il n'y a plus les bombardements ni les alarmes d'avant.[41] Les familles marchent dans les rues, les enfants font du bruit dans les parcs, tout est calme.

Il y a beaucoup d'immeubles standards de neuf étages, et leurs habitants changent souvent d'appartement. Certains, qui avaient fui la guerre, ne sont jamais revenus de l'étranger, mais louent leurs anciens logements. La ville et le pays se remettent lentement, pansant les plaies et relançant les entreprises mises en sommeil, ce qui attire toutes sortes de personnes. Il n'est donc pas surprenant qu'arrivent de nouveaux locataires dans l'immeuble dont il est question ici. Il s'agit principalement d'hommes de 25 à 40 ans environ. Ils vivent modestement, n'organisent ni fête ni soirée, partent le matin et rentrent le soir. Le travail...

Que pourrait-on en dire de plus ? Les vieilles femmes qui, omni-présentes, occupent leur « poste d'observation » favori sur les bancs sous les arbres, bavardent à leur sujet, puis finissent elles aussi par ne plus les remarquer. Ils deviennent un détail familier de la vie quotidienne. Il est vrai qu'ils ont attiré l'attention au début, mais ce n'était pas par choix.

Un jeune couple, un homme maigre et blond avec une jolie femme, emménage dans l'appartement de l'autre côté du mur. Lui est absent la plupart du temps, il doit travailler ; elle reste à la maison, montrant rarement son visage dans la rue. « Elle est un peu grosse... Elle doit

---

41. Depuis 2014, la ville de Donetsk, sur la ligne de front, est régulièrement bombardée par l'armée ukrainienne. Dans le roman, l'intrigue principale se déroule en 2024-2025, et la guerre n'est plus aux portes de Donetsk, qui a pu reprendre une vie normale. (NdÉ : le roman a néanmoins été écrit bien avant le 24 février 2022).

attendre un bébé », devinent les mamies omniscientes. Dès lors, chaque fois qu'elle sort, elles l'accueillent avec des hochements de tête bienveillants.

Un jour, une perceuse silencieuse à grande vitesse opère quelques trous « aveugles » dans le mur voisin, si soigneusement que le papier peint n'est pas touché. Cela ne perturbe pas les micros, qui peuvent parfaitement écouter ce qui se passe. De plus, le jeune couple a étudié à la perfection toutes les caractéristiques de cet immeuble, et sait où et quoi installer pour que la vie dans l'appartement voisin n'ait plus aucun secret pour eux. Et il y a beaucoup à entendre…

« … Dites-moi, pourquoi diable traînons-nous autour de l'aéroport ? Pour que les flics puissent nous prendre en photo ? » [...] « C'est la mission, il est nécessaire de mieux étudier ces lieux. » « Je suis déjà allé là-bas, il faut ramper sur le ventre. » « Non, pas depuis ce côté... Nous ne savons pas encore : d'où exactement faut-il s'approcher ? » [...] « Pour être honnête, je n'aimerais pas aller où que ce soit. Il y a tellement de choses dans le sol là-bas ! » « Hélas... Je ne peux pas vous aider. Je ne suis pas celui qui commande. » « Je sais, mais j'en ai marre de rester assis ici à regarder ces visages heureux. »

Voici le genre de discussion qui a lieu presque tous les jours. Vue la situation, il vaudrait mieux être patient et prudent, mais tout le monde ne l'est pas suffisamment.

– Hé, j'ai vu Le long hier !

– Qui ?

– Tu as dû entendre parler de lui. Il nous a examinés au poste de contrôle... Quand nous sommes entrés dans l'aéroport, un benêt a cru que nous avions plus que la quantité habituelle de munitions sur nous, ou je ne sais quoi. C'est lui qui nous a dit de laisser l'extra.

– Oh... Oui, j'ai entendu quelque chose comme ça... C'était quand ?

– Peu importe, mais il est toujours en vie. Nos frères sont tous morts là-bas, et cet homme vit et se réjouit, mais plus pour longtemps.

– De quoi parles-tu ?

– Je l'ai suivi et j'ai découvert où vit ce salaud. Alors, je lui rendrai bientôt visite.

Son interlocuteur commence à avoir peur :
– Pas question ! Nous allons tous nous faire jeter d'ici pour ce genre de choses. Si la direction découvre...
– Comment le découvriraient-ils ? Tu vas nous dénoncer ?
– Je le ferai, dit l'homme effrayé. Pas question d'être complice !
– Allons, ne t'inquiète pas. Personne ne tirera ou fera exploser quoi que ce soit, je vais juste utiliser un couteau. Ma mémoire est intacte et mes mains se souviennent de la façon dont il faut faire. Tout ira bien, ne t'inquiète pas.

* * *

La femme derrière le mur remonte l'écouteur et décroche son téléphone portable. Elle compose un numéro.
– Petia ? Il y a un problème. J'ai besoin de ton avis.
À la nuit tombée, une silhouette sombre se glisse par la porte de l'immeuble. Personne ne semble la remarquer. L'homme se plaque contre la façade, scrutant attentivement autour de lui et écoutant chaque bruissement. Il ne voit rien ni n'entend quoi que ce soit. La ville dort. Il se détache du mur et traverse la rue. Il n'est pas suivi. Son camarade ne l'a pas dénoncé.
Il marche d'un pas alerte. Grâce à la lueur verte de l'appareil de vision nocturne, il sait quelle rue prendre, puis il disparaît dans la nuit, comme s'il n'avait jamais existé.

* * *

– Allez, tout le monde au lit !
Il y a un grognement mécontent, un reniflement derrière le mur.
– C'est quoi, ce cirque ?!
– Où est Mikhaïlo ?!
– Il était ici y a un instant...
– « Il y a un instant », rétorque une voix inconnue d'un air moqueur, alors cherchez-le !

– Où chercher ?

– Qu'y a-t-il ?

– Ne cherchez plus, je viens de recevoir l'information que cet idiot s'est fait écraser par une voiture ! Une seule voiture dans la rue, de nuit, et il se fait écraser !

Il y a un grognement perplexe derrière le mur.

– Comment ?

– J'aimerais le savoir... Qui était de service ?

– Lui...

– Donc il avait les clés... Je vois...

Le Long dormit paisiblement cette nuit-là, comme toutes les nuits suivantes. Personne ne se rendit jamais chez lui. Et ce qui arriva à l'homme inconnu renversé fut classé dans la catégorie des accidents. Surtout qu'il était ivre... Cela n'éveilla pas les soupçons parmi ses associés. Pas encore, en tout cas...

* * *

Anton va à l'école avec de l'appréhension. Les événements de la veille paraissent trop pittoresques sur la toile de fond de la vie quotidienne grise et, pour une raison quelconque, il ne veut pas poursuivre cette vie bigarrée. Peu importe ce qu'on dit, la grisaille est parfois plus agréable et calme. Retournera-t-il chez Nastia ? Jamais de la vie !

Lorsqu'il aperçoit sa camarade de loin, il s'empresse de se fondre dans le décor. En classe, il ne dit rien, elle non plus. Nastia fait semblant de croire que la nouvelle plante immobile derrière l'énorme pot de fleurs ne ressemble en rien à son visiteur surprise de la veille. C'est un lâche, rien de plus.

Elle ne le regarde même pas, c'est le seul moyen de passer devant lui la tête haute, afin que cette gelée tremblante se rende compte de sa propre nullité. D'accord, le qualificatif « nullité » est un peu exagéré, mais elle n'a pas du tout envie de parler aux gens de cette espèce. Ils sont incapables de quoi que ce soit, et ne sont que monotonie. Anton n'a rien dont on puisse se souvenir. Il sue l'ennui, une sorte de boue visqueuse remplissant sa vie. Oh, c'est vrai, il a parlé d'une « ruine », aussi grise que lui, mais comment a-t-il osé se faufiler là-bas ? Elle n'arrive pas à imaginer que le léopard ait dû le sauver. À cette pensée, elle ressent un douloureux pincement quelque part en elle, et se sent honteuse, comme elle l'est devant son père, car elle n'est pas juste, elle qui n'a jamais été capable de dire le moindre mensonge.

Toute la journée, Nastia et Anton jouent et rejouent l'analogue du « voyeurisme » à l'envers : ils évitent soigneusement de jeter le moindre regard dans la direction de l'autre. Leur comportement suscite des chuchotements et des rires dans leur dos, ce qui les énerve tous les deux. Il est de plus en plus difficile de se retenir face aux sous-entendus et de ne pas chercher la bagarre. D'ailleurs, les camarades de classe savent s'y prendre en la matière, il faut le leur accorder. On se demande s'ils l'apprennent ou si c'est inné. Toute la classe ne peut avoir un talent aussi inutile, ils doivent l'apprendre. Où ? Où se trouve cet endroit secret qui prépare les gens à énerver autour d'eux ? Il faudrait le marquer sur une carte et le raser, afin de les empêcher de ruiner la vie des autres.

La dernière cloche de la journée sonne comme le signal de la fuite. Par une étrange coïncidence, c'est Nastia et Anton qui, décidant de s'échapper au plus vite, se heurtent l'un à l'autre à la sortie de la classe, provoquant une tempête d'émotions. Ainsi, après avoir maîtrisé l'envie irrésistible de le frapper sur la tête avec son sac à dos, Nastia lui demande avec retenue s'il a pu rencontrer Mikhaïl hier. Il répond non de la tête. Les deux se sentent mal à l'aise, mais la clarification à venir de leur relation reste dans leur esprit.

– Tu as peur d'aller le voir, ou... ? Oh, oui, où ai-je la tête ? C'est toi l'effrayé... De la gelée. De la gelée tremblante ! Ça me donne envie de te pousser avec une cuillère et de te regarder trembler pendant des heures.

– Ah oui ? C'est... Qui a pleuré toute la nuit dernière ? Vache mugissante ! Combien vends-tu ton lait ?

– Oh, toi !

L'altercation est sur le point de dégénérer, mais Mikhaïl sort de l'école. Nastia, sans réfléchir, pousse Anton hors de la porte derrière laquelle ils se trouvent, et il n'a d'autre choix que de s'adresser à son ami :

– Où étais-tu passé ? Tu n'as pas trouvé mon message ?

Pendant qu'il réfléchit à la réponse, le joyeux Andreï sort au galop dans la rue. Il tape légèrement sur l'épaule de Mikhaïl avec son poing et demande de manière conspiratrice à Anton :

– Depuis combien de temps êtes-vous ensemble ? Et il pointe la tête dans la direction de... la porte.

Soupçonner son ami d'avoir un attachement romantique pour la porte derrière laquelle se trouve Nastia ne tient pas debout, c'est donc elle dont il parle. Oui, il aurait dû s'en douter. Et il le considérait encore comme un ami ! « Celui qui a trahi une fois, trahira encore... » Il se demande s'il l'a lu ou juste entendu ? « Très bien, accroche-toi, petit morveux, elle va bientôt arrêter de te faire confiance ! Crois-moi, je ferai de mon mieux. »

Pendant qu'Anton se chamaille avec Andreï, les léopards s'approchent d'eux. Mikhaïl les regarde avec indifférence. Ceux-là... Il s'avère qu'aujourd'hui encore, tout repose sur la présence des compagnons à moustaches. Si Mikhaïl n'avait pas perdu le sien, et par la faute de Nastia... Les poings se serrent de manière involontaire. Il jette de manière brève :

– Ça m'est égal ! Il se retourne et part.

– Que devons-nous faire ?, demande un Anton hésitant à Nastia.

– Suivons-le et découvrons où il disparaît.

Mikhaïl marche vite, trop vite, en fait. Il trébuche plusieurs fois, manque de tomber et bouscule une femme chargée de sacs. Les deux jeunes poursuivants sont indignés qu'il ne s'excuse même pas et ne l'aide pas à ramasser les pommes éparpillées. Où peut-il se précipiter, comme s'il allait rater son train ? Petit à petit, ils cessent de se cacher, car leur ami ne s'intéresse à rien de ce qui l'entoure. Seul compte le lieu où il se rend, dont, manifestement, il ne leur a jamais parlé.

La course se termine devant un bâtiment gris discret dans lequel il entre.

– Que peut-il bien y avoir ici ?

– Comment le saurais-je ? Je ne me souviens pas que Mikhaïl en ait parlé quand il m'a raccompagnée. Peut-être qu'il te l'a dit, chochotte.

– Tu es... J'en ai assez de toi, espèce de vache folle ! Tu manges de la jusquiame ? C'est... J'exige du lait pour la nocivité,[42] Moumounia ![43]

– Tu es devenu fou ?

– J'apprends de toi.

– Allons le chercher, gelée. À moins que tu sois une mauviette, n'est-ce pas ?

Anton est en colère, mais elle n'a pas tout à fait tort : si j'y vais, cela peut mal se terminer, mais si je n'y vais pas, je serai toujours de la « gelée ». Pourquoi répète-t-elle ce mot stupide ? Ça a l'air dégoûtant. Pourquoi se retrouve-t-il mêlé à cette bande de fous ? Il a une vie tranquille, il ne dérange personne, ou plutôt « il ne dérangeait personne ». Perdu dans ses réflexions, Anton ressent un coup de pied assez fort.

– Allô, train blindé ! Est-ce que je dois y aller seule ?

– Où crois-tu aller ? Tu espères des signes qui disent « Mikhaïl est allé par là» ? Devons-nous monter et descendre tous les étages, regarder derrière chaque porte ?

Elle l'entraîne déjà par le cou jusqu'à l'entrée. Pourquoi résister ?

– Je n'en ai pas encore la moindre idée. Nous verrons à l'intérieur.

– Oui, tu...

Nastia l'interrompt :

– Tu as une meilleure idée, gelée ?

Anton reste silencieux.

– Non ? Alors entrons et voyons où il a pu aller.

---

42. NdT : En URSS, et encore actuellement en Russie, les ouvriers qui travaillent dans les industries dangereuses reçoivent gratuitement du lait, qui est qualifié littéralement de « lait pour la nocivité ».

43. NdT : Marque de lait arborant une vache sur la boîte.

– Si tu m'appelles « gelée » encore une fois, tu seras Moumounia, la vache sans cornes, pour toujours !

Nastia ricane.

– Une sorte d'aspic.[44] C'est mieux ? Une gelée tremblante faite de… De quoi est-elle faite, déjà ? De côtelettes de porc ? De conserve de porc ? Et si on revenait à la « gelée » ?

– De la gelée, finalement, ce n'est pas si méchant, convient Anton d'un air maussade.

– Oui, c'est vrai. J'étais moi-même dégoûtée.

Le semblant de plan astucieux prend fin dès que les complices franchissent le seuil : un garde est assis à l'entrée. Anton pousse un soupir de soulagement, ce qui n'est pas le cas de sa compagne. Elle mijote déjà une idée malicieuse : trouver un prétexte plausible pour entrer par « effraction ». Le fait que la paire d'écoliers qui se bousculent paraît plus que suspecte n'est pas pris en compte dans son scénario.

– Où allez-vous ?

Ils s'attendaient à tout, sauf à cette question. Comment y répondre ? Que nous suivons un ami ? Ils pourraient le révéler, bien sûr, mais il ne vaudrait mieux pas. « Où est-ce que Mademoiselle et moi allons en grand secret ? » Eh bien… Les tentatives hésitantes d'Anton sont pathétiques, et Nastia ne fait guère mieux. Le tout se termine par une demande de présentation de documents d'identité. Ils en ont, bien sûr, mais pas sur eux. Ils s'excusent et partent en vitesse. Anton est néanmoins heureux de ce dénouement, car il n'avait aucune idée de ce qu'il aurait fallu faire s'ils étaient parvenus à entrer. Quant aux idées de Nastia, la pratique a démontré ce qu'elles valent… Non, le mieux est de rester loin d'elle par sécurité, on a vu ce qui est arrivé au léopard de Mikhaïl.

– Eh bien, qu'as-tu obtenu ? Estime-toi heureuse qu'il n'ait pas appelé la police. Tu aurais dû garder ta bouche close, comme à l'école. C'est… S'ils savaient qui tu es !

---

44. NdT : L'aspic est un plat froid comprenant divers ingrédients pris dans de la gelée, fabriquée à partir de bouillon de viande, ou de consommé.

– J'en ai assez de toi. Qui je suis ? Je ne parle pas ? De quoi peut-on discuter avec vous ? Gris, terne, inintéressant. Toi, au moins, tu es une gelée lâche et tremblante, mais eux ? Ils ne sont personne.

Anton trouve cette remarque injuste. Même si ses camarades de classe sont souvent ennuyeux, ils ne sont pas des moins que rien. Chacun a ses propres passe-temps, ses habitudes... Même Andreï, le fauteur de troubles et la brute locale, peut aider à l'occasion. Le garçon se souvient du bâtiment abandonné de cinq étages et de son sauvetage par son propre léopard. D'ailleurs, les personnes mauvaises en ont-elles ? À cette pensée, Anton fixe Nastia.

– Que regardes-tu ?

– Je réfléchis...

Il préfère esquiver une réponse sincère, c'est plus sûr. Après tout, la Moumounia ne serait-elle pas... le Mal incarné ? Une vache superméchante... Non, les superméchants sont plus intelligents et ne commettent pas de bêtises. Pourtant, les images d'atrocités potentielles de Moumounia commencent à défiler : en cours de maths, elle ne le laisse pas tricher à l'examen et le dénonce ; vis-à-vis de la classe, elle... Elle l'interrompt :

– J'espère que tu es en train de réfléchir à ce que nous allons faire ensuite.

– Eh bien, euh... Nous devrions peut-être rentrer à la maison. Nous ne pouvons pas rester ici jusqu'au matin.

– Même si c'est jusqu'au matin, et alors ? Au moins, nous saurons combien de temps il reste là. Peut-être que Mikhaïl a un professeur particulier ici pour quelque chose, et nous... D'accord, je n'y crois pas. On ne va pas voir un professeur avec ce regard-là...

– Meuh... Nastia, pourquoi t'attaches-tu maintenant à Mikhaïl ? Tu n'apportes que des ennuis !

Des larmes montent aux yeux de la jeune fille. Anton a raison : déménagements constants, nouvelles écoles, nouveaux amis. Des amis ? Ridicule... Elle n'en a jamais eu, Mikhaïl et Anton sont les seuls. Et encore, des amis ? Non. Et les garçons ont toujours des ennuis à cause d'elle. Et parler d'ennuis, c'est un euphémisme.

– Tu suggères que nous en restions là ? Oui, c'est à cause de moi qu'il n'a plus de léopard, mais s'il était en danger, maintenant ? Non, je vais attendre. Et toi, fais ce que tu veux. Mon ami...

– D'accord. Je... reste avec toi.

Anton voulait dire que le principal danger était Nastia elle-même, mais il s'est ravisé, son propos aurait été trop cruel. Voilà une heure et demie qu'ils attendent, la nuit tombe déjà et il fait de plus en plus froid. Heureusement que le compagnon à moustaches est toujours là, sinon l'attente se serait transformée en véritable torture. Comment arrivent-ils à suivre quelqu'un dans les films sans devenir fous ? Ou sans s'endormir, ce qui paraît plus difficile ? En fait, Nastia a déjà très envie de dormir, elle n'est pas même d'humeur à bavarder. Impossible également de jouer, car ils ne remarqueraient peut-être pas que l'objet de leur surveillance s'en est allé tranquillement. Ce dernier point est le plus frustrant de tous.

Lorsque Mikhaïl sort enfin, Anton donne un coup de coude à sa partenaire, se vengeant ainsi de la journée gâchée.

– Hé... Regarde !

Les enfants se lèvent du banc pour s'approcher de leur ami, mais derrière lui sort Enver.

Si Anton n'avait pas couvert la bouche de Nastia avec sa main et ne l'avait pas tirée derrière les buissons les plus proches, elle les aurait trahis en criant. Remarquant l'agitation, Enver se tourne vers l'endroit où ils se sont cachés. Il est impossible d'entendre ce dont il parle avec Mikhaïl, mais cela ne présage rien de bon. Les ont-ils remarqués ? Personne ne se dirige vers eux, mais cela ne signifie rien non plus. Mikhaïl et le journaliste se séparent.

– C'est... Qu'est-ce que c'était ? Gelée, j'ai bien vu, n'est-ce pas ?

– Tu... Ton père a dit la vérité… Donc tu es allée à l'aéroport parce que... le garçon fait un signe de tête en direction du journaliste.

Il a l'air encore plus troublé que Nastia.

– Je ne sais plus. Papa a reçu un appel et il est sorti de la pièce. Alors, Enver a commencé à me parler des léopards, à me dire qu'il s'intéressait à eux. Il m'a demandé s'il était vrai qu'ils venaient de l'ancien aéroport. Il m'a demandé quelque chose, mais je ne me souviens plus quoi. J'étais d'autant plus curieuse qu'il s'est avéré que papa avait aussi plus ou moins écrit sur eux, mais sans l'avoir jamais dit. Enver a également sous-entendu, d'une manière étrange, que papa devait cacher quelque chose, puisque même moi, je n'en savais rien. J'ai voulu vérifier. Alors, le lendemain matin, pendant qu'il était parti travailler, j'ai essayé de trouver dans ses affaires tout ce qui concernait les chats, mais il n'y avait rien nulle part. C'est pourquoi j'y suis allée... Et ensuite, papa a conclu que c'était la faute de ce journaliste, en expliquant qu'il essaye de manipuler tout le monde. Je ne sais pas, peut-être est-ce ce qu'il fait ?

– Je vois. C'est, euh... Il n'y a chez toi que « papa » ? As-tu déjà dit « maman » ? Anton essaie de plaisanter ou de changer de sujet, il ne comprend pas lui-même pourquoi.

– Elle est morte. Quand j'étais petite.

– Alors... C'est... Désolé.

La fille hausse les épaules.

– C'était il y a longtemps. Papa m'a demandé de n'en parler à personne, et je n'en ai pas envie. Je n'aime pas quand les gens me regardent ainsi. Gelée, qu'allons-nous faire ?

– Eh bien... D'habitude, c'est Mikhaïl qui pense, pas moi... Il faut le dire au grand-père et à ton père. Anton caresse le petit léopard qui s'est assis tranquillement entre eux. Étonnamment, il ne s'est pas soucié du journaliste.

Chapitre 7

Forêts près de Pskov, 1942

L'herbe bruisse un peu, et le premier lieutenant Goriatchev tourne la tête : un de ses éclaireurs, Netchiporenko, passe par-dessus le fossé.

– Alors ?

– C'est calme, pour l'instant ... Personne n'est en vue. Peut-être ne viendra-t-il pas ?

– Il est déjà venu, donc ne t'inquiète pas, Gnat, il reviendra...

Le groupe de reconnaissance du premier lieutenant est couché dans un petit bosquet depuis des heures. Après s'être faufilés à l'intérieur, les éclaireurs se sont camouflés dans les buissons et font mainte-nant de leur mieux pour rester invisibles. La raison ? Une forteresse allemande sur la colline en face, avec de solides fortifications et des mitrailleuses lourdes, afin de pouvoir « arroser » toute la campagne environnante. Les Maschinengewehr[45] allemandes débiteraient les arbres en cinq minutes. Et personne ne survivrait. Alors pourquoi s'allonger ici ?

Parce qu'il n'y a pas de ligne continue de tranchées, du fait que le terrain est très marécageux : le moindre trou est rapidement rempli de tourbe boueuse. L'ennemi a donc abandonné l'idée d'en creuser, et occupe toutes les hauteurs, en ayant établi des lignes de tir entre elles, ce qui ôte tout espoir de se faufiler sans être détecté. Ils ont aussi posé des mines sur tous les alentours. Évidemment, c'est là que se trouve le chemin le plus court vers les lieux clés, dont une importante gare ferroviaire par laquelle transitent les renforts et l'approvisionnement pour leurs troupes assiégeant Leningrad. Dès que possible, les groupes de reconnaissance de l'Armée rouge

---

45. NdT : Mitrailleuses de la série Maschinengewehr 34 ou MG-34.

dirigent l'aviation vers ces convois, ce qui réussit à affaiblir l'ennemi. En réponse, les Allemands prennent des mesures pour les éliminer.

– Il n'y a aucun moyen de ramper jusque là-bas, déclare avec autorité le commandant en chef en charge des renforts. Ces monstres font du bon travail. Non seulement ils enfouissent toutes sortes de saletés dans le sol, mais ils minent aussi les buissons et les arbres. Nous n'avons avancé que de cinquante mètres cette nuit.

– Nous aurions dû attendre... Et la nuit suivante, encore cinquante mètres. Ils ne les mettent pas à un kilomètre de profondeur, n'est-ce pas ?, objecte le chef de reconnaissance du régiment.

– Une de nos patrouilles est passée par là ce matin. Ils ont vu des mines disposées de façon aléatoire le long du chemin. Certes, le sol est mou, certaines peuvent tomber sur le côté, d'autres ne se déclenchent pas, mais, d'en haut, ils scrutent les résultats. Je suis sur le front depuis plus d'un an, camarade lieutenant-colonel. J'ai vécu la guerre de Finlande, mais là, ils sont plus rusés. Je vous le dis en toute responsabilité : il est quasiment impossible d'agir dans de telles conditions.

– « Quasiment » ? Ce n'est donc pas impossible ?

– Oui... soupire l'ingénieur, résigné. Alors essayons quand même d'ouvrir un chemin pour que vos hommes puissent traverser.

Cependant, aucun d'eux ne reviendra : les guetteurs entendent une explosion sourde et le tir frénétique des mitrailleuses, puis des obus de mortier volent depuis quelque part. Et le silence revient, assourdissant...

Les tentatives pour trouver un chemin sûr vers l'arrière de l'ennemi échouent toutes. L'espoir n'est plus de mise.

* * *

Pourtant, un jour, un enfant couvert de boue et affamé arrive aux avant-postes du bataillon. En partant des positions allemandes, il a rampé et est presque tombé sur la tête du groupe d'éclaireurs en contrebas, surpris par cette visite inattendue. Il est lavé, nourri et amené au chef de compagnie, puis au commandant du bataillon. L'officier de renseignement, le premier lieutenant Ganitchev, s'y précipite également :

– D'où viens-tu ?, demande le jeune officier au garçon. Et quel est ton nom ?

– Je m'appelle Petia... Je vis à Nekrassovka.

Les hommes se regardent : ce village est situé à l'arrière de l'ennemi, à cinquante kilomètres de la ligne de front.

– Compris, Petia, acquiesce le capitaine. Je suis le capitaine Frolov. De quoi as-tu besoin ?

– Des médicaments, car ma sœur est très malade. Pal Savitch, notre infirmier, dit que si je ne reviens pas avec, Nastia mourra bientôt. Aidez-moi !

– Quels médicaments te faut-il ?, demande l'officier responsable, qui écoute assis contre le mur.

– C'est marqué là... le garçon sort un papier enroulé. Pal Savitch a tout écrit.

– Il faut qu'il aille à l'unité médicale, le médecin-chef s'en occupera... Je lui rédigerai une note. Comment es-tu arrivé jusqu'à nous ? Les Allemands surveillent partout...

Petia hausse les épaules.

– Je sais qu'ils regardent dans la mauvaise direction. Et je suis petit, donc difficile à repérer.

– Il y a aussi des champs de mines, comment as-tu réussi à les contourner ?

– Je ne les ai pas vus. J'ai marché prudemment, et il n'a pas... le garçon s'arrête soudainement.

Le capitaine est sur le point de poser une question, mais Ganitchev lui fait signe de ne pas poursuivre.

– Très bien, acquiesce le commandant de bataillon. Nous donnons ta note à l'unité médicale et va dormir un peu pendant ce temps.

* * *

Quand la porte du bunker se referme derrière lui, Frolov se tourne vers l'officier du renseignement :

– Quel est le problème ?

– Il ne marchait pas seul, c'est évident. Quelqu'un l'a guidé à travers les mines et les patrouilles, il n'y a aucun doute là-dessus.

– Nous devrions lui demander.

– Il ne l'a pas dit tout de suite, n'est-ce pas ? C'est juste un enfant, il n'est donc pas entraîné à jouer double jeu. Si son guide ne vient pas jusqu'à nous, il doit avoir une raison. Donc si nous interrogeons le garçon, il nous parlera de lui, et ensuite ? Comment pourrons-nous le contacter ? Il est probablement terré quelque part, en attendant.

– En attendant quoi ?

– Ce garçon.

– Alors, que faisons-nous ?

– Préparons les médicaments, donnons-les-lui et voyons ce qui se passe.

Lorsqu'ils sont prêts, le commandant du bataillon ordonne d'amener Petia et lui tend le paquet.

– Le médecin a précisé qu'il se peut que cela ne soigne pas tout de suite. Il est même possible que d'autres médicaments soient nécessaires, mais il ne peut pas savoir lesquels.

Le garçon, essayant de paraître plus âgé, hoche la tête. Nettoyé et nourri, il n'a plus l'air si farouche.

– Je comprends. C'est ce que je dirai à Pal Savitch.

– Comment vas-tu y retourner ?

– Comme je suis venu : je me faufilerai.

– Peut-être devrais-je t'offrir une veste molletonnée plus neuve, la tienne ressemble à une loque ?

Le garçon soupire et secoue la tête de manière négative :

– Impossible... Et si un Allemand la voit ? Il dira : « Où as-tu trouvé cette belle veste ? »

– C'est judicieux ! Vas-y, les soldats vont t'escorter jusqu'à nos avant-postes. Et puis... le capitaine écarte les bras.

– Ensuite, je m'en occupe. Merci, camarade commandant !

Attendant l'obscurité, Petia part en rampant discrètement, avant de disparaître.

* * *

Le silence règne... Pas de coups de feu, pas de cri. Le commandant craint surtout d'entendre une explosion, mais il n'y en a pas non plus.
– Cela signifie, capitaine, qu'il y a un chemin à travers les mines, résume l'officier du renseignement, en désignant de la tête la direction où le garçon est parti. Il a donc réussi à passer. Bien. Il s'est faufilé à l'aller, la chance, si l'on veut... mais revenir est une tout autre affaire, car il est face aux positions allemandes. Si nous trouvons ce chemin, cela changera la donne.

* * *

Les jours s'écoulent lentement. Les éclaireurs ne sont pas très actifs. Même le commandement, qui ne cesse d'exiger des résultats immédiats, arrête, pour une raison ou une autre, d'ennuyer ses subordonnés. C'est le service du renseignement qui joue un rôle clé dans cette affaire.

* * *

Petia revient trois jours plus tard. Les sentinelles l'amènent au capitaine.
– Donnez-lui du thé chaud !, ordonne-t-il dès que le garçon apparaît sur le seuil du bunker. Et apportez-nous quelque chose à manger, notre invité ne le refusera certainement pas.
Et il s'avère que le garçon mange le gruau à pleines dents.
– Nastia va mieux !, s'écrie-t-il, reposant la cuillère un instant. Merci !
– Nous remercierons le médecin de ta part.

L'officier du renseignement apparaît sur le seuil et salue d'un signe de tête affable le jeune garçon.

– Comment es-tu arrivé ici ?

– Difficilement, répond Petia. Il y a tellement d'Allemands que nous avons eu du mal à passer.

Les commandants se regardent : la supposition de Ganitchev se confirme, le garçon ne se déplace pas seul.

– Et comment y retourner maintenant ? Et quand ?

Le garçon pose une nouvelle note devant eux. Ils s'en saisissent immédiatement : en plus des médicaments, elle contient cette fois une courte liste des trains passés par la gare, avec, pour certains, des détails sur les chars, les pièces d'artillerie, etc.

– Qui a une telle compétence chez vous ? Le commandant lève les yeux sur l'invité.

– Pal Savitch a tout écrit, le garçon hausse les épaules. Et qu'y a-t-il de si étrange ?

Il n'est manifestement pas intéressé par le contenu du message.

– Tu sais lire ?

– Bien sûr... J'étais en quatrième année avant la guerre. Pal Savitch m'a dit de ne pas garder ce papier avec moi.

– Alors comment as-tu fait ?, sourit l'officier du renseignement.

– Barsik le portait. Je lui ai fait un collier pour chien et je l'ai mis dessus.

– Qui est-ce ?

– C'est mon chat...

– Où est-il maintenant ? Pourquoi ne vient-il pas avec toi ?

– Il m'attend là-bas, Petia fait un signe de tête vers la forêt.

– Il t'a aussi attendu la dernière fois ?

– Oui...

– Pendant deux jours ?

Le garçon se contente de hausser les épaules, quel est le problème ?

– Nous allons envoyer chercher les médicaments, mais, pardonne-moi, j'ai aussi une faveur à te demander.

– Oui ?

– Quand tu repartiras, prends deux de nos soldats avec toi.

– Ils sont grands… Ils vont les voir.

– Ne t'inquiète pas, nous allons en trouver des petits, rassure le commandant. Les grands hommes ne sont bons qu'au cirque.

Petia soupire, il n'y est manifestement jamais allé.

Lorsque la porte se referme sur lui, les deux commandants se regardent.

– Un chat-guide, eh bien, voyez-vous ça, un vrai cirque !, commente de façon sarcastique le commandant.

– Je vais en informer la hiérarchie et la laisser prendre une décision.

– Je constate que tu n'es pas très surpris…

– Je le suis, mais pas tant que cela. Je ne peux pas dire que je m'attendais à quelque chose de la sorte, mais… En bref, ce n'est pas la première fois. C'est tout ce que je peux dire, je suis désolé… Tu le sais bien.

* * *

Un jour plus tard, ils sont tous dans l'attente, écoutant intensément l'obscurité de la nuit après que le petit groupe soit parti. Au soir du troisième jour, l'opérateur radio reçoit le premier message : « Tout va bien… », et une autre phrase énigmatique : « Le compagnon à quatre pattes ne nous a pas laissé tomber… »

– Hum… le capitaine triture le papier avec le message radio. De qui parlent-ils ?

– C'est moi qui le leur ai demandé, répond Ganitchev. Ils sont, en effet, accompagnés d'un chat.

* * *

Une semaine plus tard, un des éclaireurs partis avec Petia revient. Il est mal rasé, fatigué, mais indemne. Les batteries de sa station radio sont en train de tomber en panne, il faut les remplacer d'urgence. Le commandant de bataillon lui dit d'aller dormir et se tourne vers l'officier du renseignement, assis à côté de lui sans interférer dans la conversation.

– Alors ?

– Il l'a raccompagné, tout comme il avait ramené son maître. J'ai entendu dire que les chiens peuvent sentir les mines et je ne suis pas surpris. Un chien peut renifler et tout... mais un chat !?

– Pourtant, il l'a fait, n'est-ce pas ?

– Oui. Et je ne sais pas trop quoi décider.

* * *

Le chat continue de mener des soldats. Le message radio de confirmation arrive le troisième jour. Des hommes sont apparus au quartier général du bataillon, dans l'intérêt d'exploiter cette nouvelle opportunité à leurs propres fins. Parmi eux, se trouve un major silencieux du service de contre-espionnage. Il ne passe pas inaperçu : une étrange cicatrice barre son visage, qui lui donne un air sombre et antipathique. Le premier jour, il rend visite à l'officier du renseignement. Il lui montre sa carte de service et désigne d'un signe de tête un tabouret à côté de la table : « Assieds-toi ». Il prend la parole :

– Tu peux m'appeler par mon nom et mon patronyme : Oleg Viktorovitch. Tu connais ma fonction... Juste pour être clair : tes rapports arrivent en premier sur mon bureau.

– Compris, camarade major !

– Parle-moi de ce que tu n'as pas encore eu le temps d'écrire.

– Eh bien... Ganitchev se gratte l'arrière de la tête. En bref, le chat est arrivé chez le garçon il y a environ un an. Il n'est pas comme les autres chats : agile, certes, mais il est peu sociable, n'aime pas être câliné et ne joue pas. Il se laisse caresser, jamais longtemps, puis il s'écarte. En général, il reste toujours à proximité, mais ne se montre pas. Il est grand, pèse près de six kilos, et ne va dans les bras de personne.

– D'où vient-il ?

– Il y a un village dans les bois... C'est de là qu'il doit venir.

Le major hoche la tête.

– Et après ?

– Quand les Allemands entrent dans le village, il disparaît aussitôt pour que personne ne le voie. Parfois, il grogne, donc Petia sait qu'il est dans le coin. Quand sa sœur est tombée malade, il ne savait où aller. Puis il s'est décidé pour le front. Le chat a tenté de l'arrêter à plusieurs reprises, il l'a même attrapé par le pantalon. Le garçon a alors fondu en larmes et a commencé à expliquer à l'animal qu'il devait s'y rendre. Et le chat est parti avec lui.

– Quoi ?! Sur cinquante kilomètres ?, s'étonne le visiteur. Ce n'est pourtant pas un chien... Il n'a pas pu marcher aussi longtemps d'une seule traite.

– En effet. La majeure partie du temps, il était assis sur les épaules du garçon et sautait à terre de temps en temps. Lorsqu'ils sont arrivés sur le front, le chat a fait s'arrêter le garçon avec ses pattes, puis il a avancé en premier, tout en regardant en arrière, poursuit Ganitchev.

– Pourquoi ?

– Probablement pour s'assurer que Petia le suivait...

– Il comprend le langage humain ?

– Je ne pense pas, camarade major. Il est plus probable qu'il ressente quelque chose... Je ne peux pas l'expliquer. L'officier du renseignement lève les mains.

– D'accord, ne te fatigue pas, continue.

– Il sent, d'une certaine manière, où ils ne doivent pas passer et faire demi-tour. Il se retourne toujours et regarde la personne qui le suit. S'il ne peut avancer pour une raison quelconque, il s'allonge sur le sol comme pour dire : « Tu t'allonges aussi. »

– Et comment a-t-il accueilli vos soldats ?

– Voilà le problème, camarade major...

– Tu peux m'appeler par mon prénom et mon patronyme.

– D'accord, Oleg Viktorovitch. Il ne mène que ceux que le garçon amène avec lui et qu'il montre du doigt en disant : « C'est un des nôtres. » Pas plus de deux personnes supplémentaires peuvent l'accompagner en même temps, il ne prendra pas la troisième.

– Comment l'avez-vous découvert ?

– Le chat ne vient pas aux avant-postes, il attend quelque part sur la zone neutre, au moins jusqu'à trois jours. Si trois hommes sortent, il ne se montre pas. Dès que l'un d'eux s'en va, il apparaît. Et celui qu'il a escorté antérieurement doit être présent. S'il part, le chat ne sortira plus.

– Et si c'est quatre jours ? Le major incline la tête sur le côté.

– Nous n'avons pas essayé. C'est déjà assez instable ainsi... Qui peut savoir ce qu'il y a dans la tête de cet animal ? Mieux vaut ne pas prendre de risques.

– D'où viennent ces trois jours, d'ailleurs ?

– Petia a dit que le chat n'attendrait pas plus de trois jours. Comment le sait-il... Ganitchev écarte les mains.

– Au fait, quel est le nom de la bête ?

– Barsik.

* * *

Le premier lieutenant Goriatchev attend le guide insolite. Il commence à faire nuit, son groupe s'est caché presque toute la journée, mais personne n'est encore venu à eux. Il n'y avait rien à faire de toute façon : se faufiler en plein jour aurait été du suicide. Un léger bruissement…

Essayant de ne pas trahir sa présence, Goriatchev, lentement, sans mouvement brusque, tourne la tête vers le son. En effet, « Un mouvement soudain attire l'attention, un homme sent instinctivement le danger et se tient en alerte... », c'est ce que leur a enseigné l'instructeur de l'école de reconnaissance. « Essayez de tout faire en douceur et sans à-coups, cela ne sera perçu comme une menace par personne... » Le premier lieutenant se remémore l'endroit baigné de soleil, un rang de cadets et la silhouette trapue de l'instructeur. Un homme âgé, mais il réussissait à se déplacer devant eux de manière inaperçue, parfois comme s'il était « flou », puis disparaissait de la vue. Pourtant, c'était au milieu de la journée et devant une douzaine de personnes ! « Tenez-vous bien en vue du chien et essayez de vous accroupir ou de vous tourner, de telle sorte qu'il ne réagisse en aucune façon. Alors l'homme aussi ne remarquera probablement pas vos mouvements... », avait-il l'habitude d'expliquer.

Alors, sans mouvement brusque, Goriatchev se tourne vers le son et son regard croise deux yeux verts attentifs, qui le fixent depuis l'herbe : Barsik est couché juste à côté de lui ! Il est vraiment grand, le corps musclé, des pattes puissantes et une tête exceptionnellement grosse, avec des rayures foncées, ainsi que sur les flancs.

– Les gars... rassemblez-vous, notre guide est arrivé.

Il faut moins d'une minute aux éclaireurs pour être prêts à partir. Comme si c'était ce qu'il attendait, le chat se dirige en douceur vers le sergent Sviridov. Il s'approche, renifle sa jambe et se frotte légèrement contre.

– Je me souviens ! Il hoche la tête. L'autre jour, quand je l'ai accompagné ici, il a fait la même chose... Alors, Moustache, nous partons ? Et le corps élastique rayé se met à glisser en silence vers les buissons. Cette fois, le guide insolite escorte trois autres groupes vers l'arrière de l'ennemi, qui réussiront tous à passer, sans aucune perte. Et puis... les Allemands font une descente dans le village de Petia. Ils ne viennent pas au hasard, mais avec une idée précise de qui ils doivent trouver.

Quelques minutes avant que les visiteurs indésirables n'enfoncent la porte d'entrée, le chat, qui courait anxieusement dans la maison, capte l'attention du garçon, qui comprend : il persuade sa famille de tout laisser et de s'enfuir immédiatement dans les bois, sans regarder en arrière.

Les Allemands ont tout prévu et sont venus avec un chien, qui traîne son maître dans la bonne direction. Alors, le chat, assis silencieusement dans les buissons, se précipite sur lui et le mord violemment à la truffe. Néanmoins, les forces sont inégales, d'autant

plus que le maître du chien s'en mêle. Finalement, le commando punitif quitte le village, sa mission terminée.
Le lendemain, Petia revient et trouve le corps de son animal dans la cour. Il l'emmène dans les bois et l'enterre avec reconnaissance.

Chapitre 8

Donetsk, 2025

Malgré la situation nouvelle, Anton décide d'attendre le lendemain pour aller voir Ivan Sergueïevitch, car il est déjà tard. Et que lui dire ? Que le vieil homme a raison ? Qui pourrait en douter ? Demander comment aider Mikhaïl ? Ce dernier a-t-il toutefois sollicité une aide quelconque ?

Il doit donc intervenir de son propre chef, puisqu'il est son ami. D'autant qu'il est peu probable qu'un journaliste croie l'histoire du grand-père. Tout comme Anton lui-même ne l'aurait pas crue s'il n'avait vu les léopards à l'aéroport. Par conséquent, Ivan Sergueïevitch et les chatons étant en sécurité pour le moment, la visite peut attendre le lendemain. Et si tout s'arrangeait entretemps, même s'il n'y croit guère ?

Anton décide de partir à l'école plus tôt, pour interroger Mikhaïl, car lui seul sait ce qu'il est en train de mijoter. Il n'est pas juste de l'accuser sans l'entendre. Seulement... il va encore traîner au lit et être en retard, ou arriver en classe une minute avant la cloche. Comme toujours... Il faudra attendre la récréation. Tiens... Aucun signe de Moumounia non plus. Se concertent-ils ?

Ce matin morne et couvert le met de mauvaise humeur. De toute façon, le matin est quelque chose au-delà du Bien et du Mal – celui-ci plus encore que d'habitude –, une sorte de conspiration mondiale contre un pauvre garçon, rien de moins ! Les événements d'hier n'ont pas suffi, et le paysage gris-noir derrière la fenêtre montre que l'optimisme est une maladie mentale grave. Heureusement, elle n'est pas contagieuse, de sorte que ceux qui l'entourent sont en sécurité : nourris d'amour, ils ne sont pas menacés par la déprime. En classe, il est impatient de trouver un plan pour sauver héroïquement Mikhaïl d'Enver, ou pour protéger le vieil homme et ses chatons de... tout le monde. Au lieu de se concentrer sur ses préoccupations principales, toutes ses pensées se fixent sur un corbeau perché solitairement sur une branche, et sur la question existentielle de savoir s'il a froid sous la pluie. Oh, les flocons de neige commencent à tomber, petits, épars, mais néanmoins des flocons de neige. Et les écoles ne devraient-elles pas laisser entrer les léopards en hiver ? N'ont-ils pas froid, eux aussi, en attendant les enfants à l'extérieur ?

Il se souvient des minuscules chatons d'Ivan Sergueïevitch, roulés en boule et dormant paisiblement dans leur panier. Se pourrait-il que Mikhaïl les trahisse ? Et lui avec ? Anton décide d'en parler à son ami dès que possible. C'est trop triste... Stupide corbeau ! C'est à cause de lui qu'il a pensé aux léopards gelés dehors.

Anton est tiré de son altercation imaginaire avec un démon ailé au plumage noir, à qui il a déjà énoncé tout ce qu'il pense de lui, par une légère tape sur l'épaule. Mou... Nastia ! Quand est-elle arrivée ? Pourtant, elle n'était pas là au début ? Certains enfants s'agitent dans la classe, dans le couloir aussi. Est-ce la récréation ? À quelle heure le cours s'est-il terminé ? Et quelle heure est-il ? Fichu corbeau ! En effet, quel voleur de temps !

Tandis qu'Anton essaie de revenir lentement à la réalité, Nastia lui tend un journal, dont la première page est barrée par un énorme titre : *Les léopards : de dangereux voisins*.

Le garçon frissonne. Nastia pointe son index tout en bas : « Là ! » Il pousse le doigt pour lire ce qui est si effrayant « là », à part les ongles rongés de sa camarade de classe. Oui, Enver est l'auteur. Prévisible. Et puis... Anton refuse d'en croire ses yeux : « Mikhaïl Novikov » ! C'est une blague ? Il n'a pas pu faire ça...

– Gelée, papa et moi sommes allés ce matin chez Mikhaïl pour parler à ses parents de ce qui s'est passé hier, et de bien d'autres choses. Pour Mikhaïl, il s'avère que travailler avec cette raclure de journaliste « a été un véritable salut après la mort de son léopard ». En voyant le regard embué de Nastia, Anton comprend qu'elle a été manifestement citée plus d'une fois comme coupable de cette mort. C'est abject.

– Parlons-lui après l'école, pour lui demander comment il en est arrivé là, si tu veux bien ?

– Tu sais... Mikhaïl n'est pas stupide. Notre gentil garçon aurait été trompé par un homme mauvais ? Je n'y crois pas. Dois-je rappeler qui est le premier à répéter qu'il vaut mieux toujours rester à l'écart ? Or, là, il fait exactement le contraire en balançant tout ! Et je suis sûr que ce n'est pas pour devenir célèbre... C'est un traître ! Le garçon serre les poings. Nastia essaie de le calmer, mais il est de plus en plus irrité.

– Allons-y. Disons-lui en face ce que nous pensons de ce qu'il a fait. Anton attrape le bras de la jeune fille et la traîne presque littéralement à l'autre bout du couloir. D'où lui vient cette assurance, cette détermination ?

Mikhaïl, qui regarde, indifférent, par la fenêtre, les voit entrer dans la classe. À cet instant sonne la cloche.

– Lâche ! Tu es un lâche ! Regarde-le. C'est... Il a peur de nous, et il a raison !

– Les cours reprennent. Partons, s'il te plaît...

Maintenant, c'est elle qui le traîne jusqu'à leur classe. Quarante-cinq minutes interminables, qui se terminent par un 1 bien mérité pour l'imprudent élève de cinquième année. Il ne pouvait en être autrement, car ce méchant oiseau l'a maudit ce matin. Pourquoi ? Il se le demande. Tout ce qu'il veut savoir pour l'instant est si le corbeau a gelé ou non. Ne jamais, au grand jamais, s'en prendre à des démons solitaires sur une branche ! On ne peut savoir quelles en seront les conséquences. C'est une bonne leçon pour l'avenir...

À la récréation suivante, il saute sur Mikhaïl dans la cour de l'école au lieu de lui parler. Il y a beaucoup de spectateurs, mais personne n'ose interrompre la bagarre. Cependant, bien qu'avec difficulté, les fauteurs de troubles sont séparés, non sans l'aide des léopards, mais l'escarmouche verbale continue. Les garçons réussissent à se crier dessus de loin, et chacun apprend ainsi beaucoup de mots peu flatteurs sur lui-même. La phrase « J'ai réfléchi pour savoir si je devais parler du grand-père ou non, maintenant je ne vais certainement pas me gêner... », fait l'effet d'un seau d'eau glacée à Anton, qui s'arrête. Apparemment, Mikhaïl avait gardé le silence sur l'existence de Ivan Sergueïevitch. S'il n'y avait pas eu la bagarre, leur secret serait resté entre eux trois.

Pendant qu'Anton, assis sur les marches froides et humides, réfléchit à ce qu'il doit faire, le chat frotte son museau chaud sur ses mains et les réchauffe de son souffle. Le garçon le serre fort. Mikhaïl regarde la scène quasiment avec haine et persifle :

– Quoi, tu échangerais tes amis contre un chat ? Tu découvriras bientôt par toi-même ce qu'ils sont. Tu auras de la peine pour eux, mais tu seras seul, sans personne autour de toi... Tu verras ce que c'est. Et dès ce soir !

Mikhaïl fait demi-tour et rentre dans l'école. Les spectateurs quittent également la scène, ils ont reçu assez d'excitation et de sujets de conversation pour la semaine.

Nastia s'approche de son camarade et lui tend une bouteille d'eau.

– Gelée, tu ne devrais probablement pas pointer ton visage en classe maintenant. Je vais te couvrir en disant que tu es malade.

– Je... Je ne vais pas chez moi, mais chez grand-père.

– Ce n'est pas la première fois que tu parles de lui. Qui est-il ? Au début, je pensais qu'il était de ta famille, mais il ne l'est pas, n'est-ce pas ?

Anton en parle brièvement, du mieux qu'il peut.

– Moumounia, leur... Il faut... Nous devons le prévenir, sinon il aura des problèmes. À cause de moi... Je pars chez Ivan Sergueïevitch tout de suite. Et toi... essaie de retenir ou retarder Mikhaïl, je suis sûr qu'il va s'y rendre.

Couvert de bleus et d'écorchures, il part en boitant. Après quelques pas, Anton regarde le ciel, attrape son chat léopard et le cache à l'intérieur de sa veste. La pluie froide se transforme en gravier glacé et colle à la capuche de sa veste. Le vent qui souffle jusqu'aux os ne fait qu'intensifier l'impression générale de mauvaise journée.

L'oiseau de malheur a réussi ! Cela dit, lui aussi secoue les miettes glacées sur ses plumes noires et réfléchit à la manière dont il peut éviter de geler. Le voilà donc réhabilité.

* * *

La sonnette retentit au mauvais moment : Ivan Sergueïevitch est en train de nourrir les chatons. Il n'y a rien à faire : les lumières sont allumées, il peut difficilement faire semblant que l'appartement est vide. Il n'a pas d'autre choix que d'ouvrir. Sur le seuil se tient un Anton frigorifié et mouillé, avec un léopard sous sa veste.

Chapitre 9

République populaire de Lougansk (RPL)
Village de Donetski, 2016[46]

– Là-bas ! Le chauffeur adresse un signe de tête en direction du bâtiment à trois étages. En entrant, prenez à droite, il y a un homme de garde, présentez-vous. Je ne peux rester.

– À bientôt ! Piotr lui tape sur l'épaule.

Il ramasse son sac à dos à ses pieds et descend du véhicule. Ses deux compagnons en font autant. Est-ce déjà la ligne de front ? Ils ont dit que les tranchées étaient situées à une distance de presque un coup de pistolet du quartier général, mais, à en juger par le silence, quelqu'un ment manifestement au sujet du pistolet... Le quartier général nous expliquera sans doute la situation. Quand il lit le panneau « Usine de service d'entretien », il secoue la tête, car cela sonne bizarrement. À la porte, ils sont accueillis par une sentinelle, un jeune homme roux avec un fusil-mitrailleur sur l'épaule.

– Qui cherchez-vous ?

– Nous venons servir... Nous sommes des renforts.

– Ah ! Des volontaires. Oui, nous avons reçu un appel annonçant que vous veniez. Vous êtes trois ?

– Oui.

– Au bout du couloir à droite.

En fait, il s'agit réellement d'une usine de service d'entretien. Une femme portant une machine à coudre longe le couloir à

---

46. NdT : En 2016, les milices populaires des Républiques populaires de Donetsk et de Lougansk sont en guerre depuis deux ans contre l'armée ukrainienne. Le Donbass a refusé d'accepter les résultats des évènements qui ont eu lieu à Kiev en 2014, les considérant comme un coup d'État. Malgré les accords de Minsk, qui prévoient un cessez-le-feu, ce dernier ne sera jamais respecté.

gauche, probablement pour la faire réparer. L'homme de service, d'une quarantaine d'années, est assis à un bureau ordinaire. Les équipements militaires visibles sont une station de radio, un tapik[47] et un fusil-mitrailleur.

Après avoir examiné leurs documents, il décroche le tapik :

– Borissytch ? Nous avons ici les renforts promis... Oui. Je l'ai. Au premier ? Très bien.

Il raccroche et se tourne vers Piotr.

– Voici vos papiers. Montez au premier étage, chambre 28, c'est presque directement au-dessus de nous. L'officier de la compagnie vous attend.

La porte, malgré sa plaque émaillée, est identique à celle d'un appartement. Derrière, des rires. Piotr frappe. Les rires cessent et quelqu'un répond : « Entrez ! »

L'homme qui les accueille est un grand moustachu d'environ cent kilos, vêtu de l'habituel camouflage russe et d'un gilet tactique définitivement trop petit. Le fusil-mitrailleur est posé sur ses genoux, tourné vers la porte et, manifestement, ce n'est pas par hasard. Il se tient à côté d'une table derrière laquelle on peut supposer que se trouve l'officier de la compagnie à qui ils ont été envoyés. C'est un homme mince d'une trentaine d'années, son uniforme est de qualité et son gilet tactique lui va comme un gant.

– Asseyez-vous, dit-il en désignant les chaises près de la fenêtre.

Les hommes se tournent vers l'endroit indiqué, et remarquent le troisième participant à la conversation, ou plutôt « participante » : une jeune femme aux cheveux blonds, d'environ vingt-cinq ans, portant une sorte de camouflage importé et aussi un fusil mitrailleur sur les genoux, avec un petit sac à dos posé sur le sol.

Le chef de compagnie examine les papiers et les rend à Piotr :

– Je vois... Tous les trois avez servi dans l'armée...

– Oui. Vassily et moi, dans l'infanterie motorisée, Mikhaïl dans les troupes du ministère de l'Intérieur.

– Expérience du combat ?

---

47. NdT : Téléphone de campagne soviétique TA-57.

Piotr soupire :

– Eh bien... nous pourrions dire qu'il n'y en a pas.

– Hé, Pope. Il se tourne vers le maître moustachu du bureau : Ils sont pour toi.

Il grogne et regarde le trio d'un air interrogateur.

– Donc, de bons hommes à première vue... Nous allons commencer l'entraînement, puis nous verrons où vous affecter.

– Bien ! Le chef de compagnie hoche la tête. Lynx vous montrera ce qu'il vous faut savoir. Ensuite, vous recevrez vos armes.

– Et quand nous battrons-nous ?

– Ah... se battre, le grand homme sourit. Ce n'est pas difficile, à condition que tu reviennes sur tes deux jambes et pas dans les bras de tes camarades.

Il secoue la tête et ajoute :

– Il n'y a pas de combats... Actuellement, il y a une sorte de trêve...

– Ah... ah..., ricane Mikhaïl. Était-ce un obus « pacifique » qui s'est écrasé non loin de la route en venant ?

– Il y en a beaucoup par ici. La routine.

* * *

Dehors, les trois hommes s'asseyent sur les marches du porche. Vassily rompt le silence :

– Quelles sont vos impressions ? Pourquoi êtes-vous silencieux ?

– C'est étrange, ici... On dirait la ligne de front, la brigade se bat tout le temps... Pourtant, c'est comme si rien ne se passait.

– Tout le monde y est habitué, qu'y a-t-il de surprenant ? On ne peut pas toujours vivre sous tension, sinon on finit par craquer, lance une voix derrière eux.

Ils se retournent. Lynx s'est approchée en silence, personne ne l'a entendu venir. Elle est de petite taille et porte son fusil-mitrailleur sur l'épaule droite, mais pas de façon réglementaire, plutôt comme un fusil de chasse. Piotr le lui fait remarquer.

– Vous n'aimez pas ma façon de le porter ?

– Ce n'est pas conforme au règlement, car il est impossible de s'en servir rapidement.

– Tiens ! Elle tend son arme. Place-la sur ton épaule, comme sur la mienne. Maintenant, sois prêt à tirer ! L'ordre retentit de manière ferme et tout à fait inattendue.

Piotr n'échoue pas : le fusil-mitrailleur passe rapidement dans ses mains.

– Cinq secondes... Lynx hoche la tête. Pas mal... En principe. Mais ce pourrait être mieux.

Le garçon l'interroge :

– Il y a une astuce ?

L'arme est revenue sur l'épaule de sa propriétaire.

– Oui... On peut le faire de différentes façons, répond-elle vaguement. Par exemple, comme ceci.

Le fusil est dans ses mains presque instantanément, et elle glisse sur le côté, se cachant derrière le parapet du porche, de sorte que seule la pupille sombre du canon et le haut de sa tête restent visibles. Le tout en moins de cinq secondes... Mikhaïl émet un sifflement admiratif et se gratte l'arrière de la tête.

– Comment a-t-elle fait ?, marmonne Piotr.

Il ressent un pincement au cœur, car les yeux sombres de la jeune femme deviennent soudainement d'un noir sans fond, et son regard acéré semble le transpercer, comme si elle avait choisi un point de visée. Il comprend que les plaisanteries sont terminées. Il y a vraiment la guerre...

– Bien, dit-elle, allons-y, parce que le dîner est dans une heure et demie, et il faut être à l'heure. Suivez-moi.

Un grand chat tacheté et rayé émerge alors des buissons. Il s'approche d'elle, frotte son flanc contre sa jambe, et remonte la route en dodelinant nonchalamment, avec une dizaine de mètres d'avance sur le groupe.

– Pst... Minou !, tente Vassily.

Le chat ne tourne pas même la tête.

– Ne l'appelez pas, il ne viendra pas, explique la jeune femme.

– Pourquoi ?, demande Piotr.

– Il est indépendant et n'approche que ceux qu'il choisit. J'anticipe la question suivante : il vient toujours avec moi, tout le monde s'y est habitué.

Elle le prononce sur un tel ton que toute envie de discuter disparaît d'elle-même. Tout a l'air étrange ici. Lynx, par exemple... une jeune femme... Qu'est-ce qui l'amène ? La guerre n'est pas une affaire de femme. Pourtant, il y avait deux miliciennes de service au carrefour. Tout n'est peut-être pas si simple...

Les quartiers de la compagnie sont installés dans le village voisin, le trajet est court. Après les avoir rejoints, le chef moustachu remet à chacun d'eux un fusil-mitrailleur et quatre chargeurs. Il verse des paquets de cartouches dans un sac en plastique, puis pose sur la table trois gourdes recouvertes de tissus, trois gilets tactiques standards et cinq grenades.

– Il faut toujours veiller à nettoyer votre arme.

Sauf qu'il n'y a des baguettes de nettoyage que pour deux personnes, elle manque sur le fusil-mitrailleur de Mikhaïl, ainsi que d'autres accessoires. De plus, il n'y a pas même d'huile. À la question « Comment faire ? », il se contente de soupirer et conseille de s'adresser à leur guide. « Ils sont du genre prévoyant... »

– Que veux-tu dire par « ils » ? Ont-ils un approvisionnement spécifique ?, interroge Vassily.

D'après les explications de l'officier, il comprend que ni Lynx ni Pope ni quelques autres personnages tout aussi étranges ne font partie de la brigade. Ils y sont temporairement affectés et disposent même de leurs propres armes.

– Et le chat ?, demande Mikhaïl.

Le chef se renfrogne aussitôt et recommande sèchement de poser toutes les questions à leur guide.

* * *

La formation a lieu dans une petite clairière à l'écart du village. Ils s'asseyent et commencent à démonter leurs armes. Lynx leur a fourni l'huile. Assise sur une pierre, elle semble indifférente à ce qui l'entoure, tout autant que le chat, allongé au soleil les yeux fermés. Pope marche de long en large devant les hommes et commente :

– Première tâche : apprendre à marcher ; la deuxième, à regarder ; la troisième, à écouter. Je ne vous rappellerai pas la nécessité de penser.

Puis les exercices commencent, intensifs et répétitifs. Un peu plus loin, dans une sorte de ravin, sont installés des cibles en papier, une tranchée et un véhicule blindé de transport de troupes, brûlé et perforé en de nombreux endroits.

– Quand allons-nous tirer ?

– Nous pouvons vous apprendre à tirer... répond Lynx en se tournant vers eux. Courir vite et sauter haut n'est pas difficile, mais, dans un moment critique, vous n'aurez peut-être pas assez de temps pour décider où courir, où sauter, où tirer. En revanche, si vous apprenez à penser, alors tout le reste vous viendra à l'esprit naturellement. C'est ce que vous êtes en train de faire. Lorsque vous tombez pour la dixième fois en vous protégeant des tirs d'un ennemi imaginaire, vous ne pensez plus à quoi que ce soit d'autre, sauf à réagir à temps.

Pause. Enfin !

– Pourquoi les autres ne veulent-ils pas parler de vous ? Comme toujours, Mikhaïl a la langue bien pendue.

– Pourquoi cette question ?, demande l'homme moustachu. Ils parlent... mais pas avec tout le monde, c'est ainsi. Vous êtes nouveaux, vous n'avez pas encore fait vos preuves... Montrez-vous en action, puis nous aurons des discussions à cœur ouvert. En attendant, personne ne vous harcèle, donc tout va bien ?

– Oui... Ils viennent même de nous donner une arme... mon fusil-mitrailleur est plus vieux que moi !

– Où en prendre d'autres ?

– D'où vient le vôtre ?

– De nos propres poches, répond Pope. Nous les apportons avec nous. Nous ne pouvons dépouiller les soldats d'ici. Ils sont très loin du Klondike.[48]

– Et quel est ce surnom étrange ?, ne peut s'empêcher de demander Piotr.

– Je prie beaucoup... Il y a assez de personnes pour qui prier. Ce qui est particulier en toi devient ton signe distinctif. C'est ainsi que les surnoms sont donnés ici.

– Je vois...

Et les trois compères regardent la jeune femme. Elle se contente de sourire et de secouer la tête tandis qu'ils l'observent.

– Si je comprends bien, la prochaine question est pour moi ?

Elle se lève, secoue l'herbe et le sable de ses vêtements.

– Vos armes sont-elles adaptées à vous pour être efficaces ?

– Qui sait ?, répond Vassily.

– Donne-moi ton arme, pour que vous ne prétendiez pas après que c'est parce que je connais la mienne que j'obtiens de tels résultats. Elle vérifie la chambre, bloque le verrou.

– Qui est le meilleur tireur ?

Les hommes se tournent vers Piotr.

– Alors suivez-moi...

Ils se dirigent vers les cibles.

– Celle-ci là-bas ! Lynx pointe une des cibles. Elle est à 50 mètres, tu peux la toucher même si tu es bourré.

Le moustachu, qui se tient un peu à l'écart, a du mal à contenir son rire. Apparemment, ce n'est pas la première fois qu'il assiste à ce spectacle, et il le savoure d'avance.

– Nous nous tenons sur la ligne dos à la cible. Au commandement, vous vous tournez, mettez un genou à terre et tirez. Il s'agit simplement de toucher la cible. Rapidement. Des questions ? Non ? Je vous montre...

D'un seul mouvement, la jeune femme pivote sur ses genoux, et le coup part. Deux ou trois secondes au total...

─────────

48. NdT : Région du Canada où eut lieu une ruée vers l'or.

– Vérifions...

Il n'est même pas nécessaire de se déplacer : le trou dans la cible est visible de loin.

– Remarquez que je tire avec l'arme de quelqu'un d'autre. Maintenant, à ton tour.

Piotr se retourne brusquement, met un genoux à terre et vise. La balle explose le sable à quelques dizaines de mètres de lui. Lynx touche le canon de son arme.

– Je t'ai dit de viser, non ? Tu dois toucher ! Tu peux viser et ne pas toucher ; et toucher mais ne pas viser. Réessaye.

Ce n'est pas mieux. Alors, elle explique en détail comment tenir l'arme, comment viser... La septième balle touche la cible. Ses deux compagnons y parviennent plus vite.

– Des questions ?

– Pourquoi ainsi ? Mikhaïl ne veut pas lâcher prise. Ce n'est pas ce qu'on nous a appris à l'armée.

– Ici, ce n'est pas l'armée, mais la milice, si vous ne l'avez pas encore compris. Vous n'obtiendrez pas une pinte de munitions par tête, il n'y en a tout simplement pas assez. Et vous ne serez pas formés pendant six mois, il n'y a pas le temps pour ça. Le défi est de ne pas vous faire tuer au premier combat. Il y a une armée contre nous, et eux ne comptent pas les munitions. Croyez-vous que quelqu'un ait envie d'écrire une lettre douloureuse à vos proches ? Pope pousse un gros soupir.

– Allons-y...

Ils remontent du ravin de tir. En ligne le long de la route, ils marchent vers le village. Le gros chat sort des buissons et mène la petite colonne à un rythme tranquille. Piotr s'apprête à poser une question lorsque le chat lève la patte avant et s'immobilise. Il produit un drôle de son et s'enfuit aussitôt.

– Courrez !, hurle l'homme à moustache. Suivez-le ! Vite, bon sang ! Ce qu'il fait de suite, et donne une gifle à Vassily, devenu pétrifié comme une statue de sel. Reprenant immédiatement ses esprits, il suit le mouvement. Ils foncent vers un petit fossé, à une trentaine de mètres, où ils plongent tous.

– Couchez-vous !

– C'est quoi ce cirque ?

Boum ! Le sol tremble, des morceaux de terre et des débris leur tombent sur la tête.

– Une deuxième salve !

Le sol tremble, tout tremble. Une troisième. Puis le silence... Seul le vent siffle au-dessus de leur tête.

– Tout le monde est en un seul morceau ?

– Mes oreilles bourdonnent, marmonne Mikhaïl en se relevant.

– Donc il y a un endroit où ça sonne encore, c'est bien.

– Qu'est-ce que c'était ?

– Ils vous souhaitent la bienvenue. Avec du 122 millimètres. Ça aurait pu être pire, par exemple une attaque de drone.

– Pourquoi ici ? Le village est plus proche de la ligne de front, donc pourquoi ne visent-ils pas là-bas ?

– Ils pourraient être repérés, puisque les clowns de l'OSCE[49] s'y pointent parfois. Et il y aurait plein de paperasse à remplir. Ici, il n'y a jamais personne, donc ils peuvent tirer autant qu'ils le veulent, et il n'y aura aucun moyen de prouver qu'ils ont fait des victimes.

Piotr regarde autour de lui avec circonspection.

– Donc ils pourraient frapper à nouveau ?

– Non... C'est peu probable... La batterie tire une salve et les calculateurs se cachent dans un trou, par crainte du tir de réponse.

– Peut-être qu'il y en aura ?

– Avant, il y avait cent pour cent de chance, mais maintenant... Pope écarte les mains. Le cessez-le-feu, quelle mascarade !

Assise sur le bord du fossé, la jeune femme caresse le chat, le grattant derrière l'oreille.

– Il a senti l'obus ? Piotr est pensif. Mais... comment ?

---

49. NdT : L'OSCE (Organisation de sécurité et de coopération en Europe) est l'un des médiateurs pour l'application des accords de Minsk. De 2014 à 2022, leurs observateurs étaient présents dans le Donbass pour rendre compte des violations de ces accords, et des éventuelles victimes de ces violations. Leurs rapports servaient de preuve pour dénoncer, entre autres, les violations du cessez-le-feu par l'une ou l'autre partie au conflit.

– Barsik peut faire bien plus, acquiesce son interlocuteur. Il l'aime et la protège dans toutes situations. Il y a quelque temps, un homme est venu de l'autre côté spécialement pour elle. Le scélérat s'est couché dans un terrain vague en face du quartier général. Il savait qu'elle passerait par là dans la soirée, alors il l'a guettée. Le chat l'a senti et a grogné juste à temps pour qu'elle s'enfuit, puis il s'est occupé de lui. Les garçons se regardent. Ils n'ont aucune question sur son sort.

– Allons-y ! Le temps presse. Si seulement nous avions le temps de nous restaurer...

Chapitre 10

Donetsk, 2025

À la mine de son visiteur, Ivan Sergueïevitch ne s'embarrasse pas de formules de politesse :

– Que s'est-il passé ?

– C'est Mikhaïl... Il veut emmener à l'aéroport un journaliste qui a écrit un article horrible sur nos compagnons à moustaches pour lui faire visiter les lieux. Anton essaie de cacher avec sa capuche les traces de la bagarre.

– Il n'y est jamais allé lui-même, alors où va-t-il l'emmener ? Ce n'est toutefois pas souhaitable. Comment savoir ce qu'ils pourraient trouver, dont même moi je n'ai aucune idée ? Entre, tu dois être gelé...

– Il faut y aller tout de suite ! Ils vont tout raconter.

– Oh, Anton, tout le monde sait que les léopards viennent de quelque part du côté de l'aéroport. Ils ne vont pas réinventer la roue, crois-moi. Ce serait bien pire si quelqu'un venait ici. Je dois donc trouver un endroit pour cacher les bébés. Or, le temps n'est pas clément, comme tu le sais.

– Je peux les amener chez moi.

Ivan Sergueïevitch secoue la tête, ne pouvant retenir un sourire.

– Comment l'expliquerais-tu à tes parents ? Tu marchais dans la rue et tu es tombé par hasard sur un panier de léopards ? Et tu t'es battu, je suppose, avec une maman chat qui n'a pas apprécié tes bonnes intentions ?

Anton rougit. Et comment grand-père peut-il plaisanter dans un moment aussi grave ?

– Et si on les donnait à quelqu'un d'autre. Un par un ?

– Les chatons choisissent leur maison et les personnes à protéger. Tout le monde le sait, donc il n'y a aucun moyen de les distribuer sans soulever de questions. Et un léopard sans abri éveillerait encore plus de soupçons pour la même raison.

– Tout cela est à cause de moi... Qu'allons-nous faire ?

– Nous cacher dans l'endroit le plus visible.

* * *

Ivan Sergueïevitch marche vers l'aéroport, trop lentement à son gré. Il lui aurait fallu une voiture, mais il n'en a plus depuis dix ans, et il est impossible de prendre un taxi avec des animaux. Une bourrasque soulève le bord du tissu. Il le replace, ainsi que la couverture qui glisse du panier, avant qu'elle ne soit mouillée. Quelle journée d'enfer !

L'essentiel est d'arriver avant les visiteurs indésirables. Des ruines apparaissent au loin.

– Eh bien, petits coquins, nous sommes presque arrivés.

Le vieil homme se rend à l'abri par des chemins familiers, tandis qu'un essaim de pensées bourdonne dans sa tête : « Vais-je y arriver ? Anton saura-t-il garder secret les documents que je lui ai remis ? Ce moment ne devait-il pas arriver tôt ou tard ? Alors quoi ? Dois-je me cacher jusqu'à la fin des temps ? »

* * *

Après la bagarre, Mikhaïl est encore indécis : doit-il parler de grand-père ? C'est une chose de lancer des paroles dans le feu de l'action, c'en est une autre de les mettre à exécution. De plus, l'histoire ne semble pas très crédible. Et si Enver se moquait de lui ?

Alors, s'il la présentait comme une hypothèse qu'il a entendue de ses camarades de classe et qui mérite d'être vérifiée ? Non, ce serait stupide, c'est sûr. Il dira ce qu'il en est, c'est-à-dire comme cela vient.

* * *

Le bâtiment gris familier semble sans vie. Ils pourraient au moins ajouter un élément lumineux... Oui, mais qui en aurait besoin ? Mikhaïl secoue la tête devant les absurdités qui commencent à lui monter à la tête, au moment où il doit avertir le monde du danger que font courir les léopards. Pourtant, jusqu'à présent, il a fait ce qu'il faut. Alors pourquoi se sent-il vide à l'intérieur ? Si on y jetait un caillou, il résonnerait comme dans un puits sans fond.

Passant rapidement devant le garde et marmonnant un « Bonjour ! » inaudible, il se précipite jusqu'au bureau du journaliste. Comme la première fois, il hésite devant la porte et a peur de franchir le seuil, car il sent qu'il pourrait ne plus y avoir de retour en arrière possible. À juste titre, car il n'y en aura pas.

Il expire et lève les yeux. Tiens, une caméra vidéo... Pourquoi ne l'avait-il pas remarquée ? De toute façon, cela n'a aucune importance. Allez, ouvre cette porte avant de changer d'avis.

– Je sais qui « fabrique » les léopards !

Le journaliste se retourne et jette un regard incrédule à l'adolescent.

– Juste depuis maintenant ?

– Eh bien... Cela semblait trop extravagant, et je ne savais pas si je devais m'embarrasser de telles histoires. Bref, c'est le grand-père qui les élève. Ils viennent de quelque part, mais il a un laboratoire à l'aéroport et les petits chatons vivent chez lui. Nous devons foncer à l'aéroport.

– Bien. Pour quoi faire ?

Le scepticisme d'Enver était prévisible, mais il n'en est pas moins désagréable pour autant.

– Je l'ai dit... Il a un laboratoire là-bas.

– Hum...

– Je me suis battu avec Anton à cause de ça. Il a couru le prévenir. Si nous n'arrivons pas à temps, ils enlèveront tout et nous ne pourrons rien prouver. La voix tremblante, Mikhaïl pleure presque de ressentiment : pourquoi n'est-on jamais cru quand on dit la vérité ?

– Il fallait commencer par là. Je ne sais pas encore lire dans les pensées. Descends à la voiture, je dois passer un appel, ce ne sera pas long.

C'est un sentiment étrange, une décision réfléchie où tout se déroule sans accrocs. Enfin, peut-être, car il a l'impression de commettre une erreur irréparable. Est-ce ainsi qu'est la vie adulte ? Cela vaut-il vraiment la peine de grandir ?

* * *

Appel téléphonique

– Sacha, c'est Nastia. Nos chers voisins se rendent quelque part. Oui, avec tout l'attirail qu'ils ont récemment apporté... Attends un instant.

Elle pose le téléphone et serre les écouteurs contre sa tête. Derrière le mur, l'agitation est palpable, le départ s'accélère, bien qu'ils essayent de se déplacer sans trop faire de bruit.

– Dmitro, tu sors en premier, les voitures sont déjà là. Reste à l'écart et surveille les parages. On ne sait jamais... Si c'est calme, bipe-moi, Petro suivra. Il mettra les sacs avec les armes dans le coffre du premier véhicule. Puis Mikola, Mikhaïl et Vlad, vous monterez dedans, vous partirez pour le lieu de rendez-vous, où vous attendrez la deuxième voiture, qui arrivera avec les autres. Vous avez compris ?

– Oui.

– Tout le monde porte un gilet pare-balles sous sa veste ? Oui ? Alors, en route !

S'ensuivent des bruits de pas.

La femme reprend le téléphone :

– Deux voitures. Avec les chauffeurs, au minimum une douzaine de personnes. Ils partent tous.

* * *

Une maison discrète quelque part en ville

– On nous annonce que nos « pensionnaires » sont en cours de chargement de leurs armes pour se rendre ensuite quelque part. À en juger par les informations reçues, ils enlèvent tout le stock et seront probablement une douzaine.
Un homme de cinquante ans aux cheveux blancs regarde autour de lui l'assistance attentive, avant d'interroger :
– Des remarques ?
– Il est possible qu'ils partent armer d'autres complices, complète l'un d'eux. Ceux que nous ne connaissons pas encore.
– Oui, il semble ne pas s'agir d'un simple transfert d'armes. Apparemment, ils ont l'intention de s'en servir, ce qu'indique l'ordre de porter un gilet pare-balles dissimulé. Que tout le monde soit prêt et équipé de balles perforantes. Pas de cérémonie : personne de leur groupe ne nous sera utile, à part le chef, que nous devons essayer de prendre vivant. Voici sa photo.
– Je vais donner les instructions aux équipes de capture et aux snipers, acquiesce un autre membre de l'assistance.

Messages cryptés

[...] Grâce à l'action entreprise, nous avons pu établir la localisation approximative du lieu où se trouve le laboratoire d'élevage de ces animaux. Nous avons aussi trouvé l'appartement où vit l'homme qui le dirige. Selon nos informations, il s'agit de Sivertsev Ivan Sergueïevitch, soixante-huit ans. Anciennement docteur en médecine, spécialiste en génétique.
[...] Prenez toutes les mesures pour vous saisir du laboratoire. Matériel à saisir, animaux à détruire. Je souligne surtout l'importance de capturer Sivertsev. Ne vous arrêtez pas, même devant des mesures extrêmes, aucun éventuel futur tollé public ne doit vous gêner. Les exécutants recevront une prime spéciale correspondant

à six mois de salaire, faites-en part à tous. Toutes les heures, préparez un rapport à mon attention.

* * *

Les freins crissent lorsque le véhicule gris foncé s'arrête dans la cour de l'immeuble d'habitation. C'est calme, et désert en apparence. La pluie a même incité les occupants permanents des bancs à rentrer chez eux.

– Ce porche, là-bas. Sixième étage, appartement de trois pièces à droite de l'ascenseur. Pas de bruit, travaillez en silence. Mikola, toi d'abord, tu sais ce que tu dois faire.

Jetant sa capuche sur la tête, comme s'il fuyait la pluie, ce jeune homme d'environ vingt-cinq ans se précipite vers l'entrée. Il est arrêté provisoirement par la serrure électronique. « Une antiquité, elle a au moins cent ans ! », pense-t-il. Mettant la main dans sa poche intérieure, il en sort les pinces habituelles. Un clic et le fil de la serrure est coupé. C'est tout, elle a cessé d'être un obstacle.

Il monte au septième puis descend silencieusement l'escalier jusqu'à l'étage inférieur. D'un geste précis, il recouvre le judas d'une porte avec du ruban adhésif. À côté... Une autre... Et une autre...

– C'est fait... chuchote-t-il dans la radio. J'attends.

Il monte sur le palier entre le sixième et le septième étage. Il ouvre sa veste et caresse la poignée de son pistolet-mitrailleur. Une porte claque en bas, le moteur de l'ascenseur gronde, l'ascenseur s'arrête. Le premier homme qui en sort regarde son collègue au-dessus, qui lui répond par un signe de tête rassurant : tout est dégagé, nous pouvons agir.

Conversations radio

– Sixième à Vautour.

– Ici Vautour.

– Ils sont sur cible, prêts à entrer en action.

– Attendez... Tenez-vous prêts, tout le monde.

Un clic et les LED de signalisation de la télécommande clignotent :
« Système en position opérationnelle ».

* * *

– Petro, la porte est pour toi... Les autres, soyez sur vos gardes.

Un de ceux en position sur le palier, regardant autour de lui, glisse discrètement vers l'appartement cible. « La serrure... C'est ce qu'on appelle une serrure, ici ?! Elle date au moins du milieu du siècle dernier. Cinq minutes de travail, pas plus. » Elle cède encore plus vite.

– Juste un rappel : tout ce dont nous avons besoin est ce grand-père vivant, avec tous ses papiers. Ne laissez aucun autre témoin, pas même les animaux. Allons-y !

L'homme debout sur la plate-forme se penche un peu en avant, observant les actions de ses camarades. Il fait un pas, puis un autre, en essayant de tout visualiser en détail...

* * *

– Hibou à Sixième.

– Ici Sixième.

– Cible en vue, soyez prêts à intervenir.

– En attente de l'ordre.

* * *

Silencieusement, la porte d'entrée de l'appartement s'ouvre en grinçant. Deux canons de fusil d'assaut dépassent l'embrasure. Y a-t-il quelqu'un ?

Personne... Personne pour accueillir ces visiteurs indésirables. Le chef du groupe fait un signe de la main, indiquant la direction du mouvement.

– Ici Sixième. Tous en action !

* * *

Son doigt prend le contrôle de la gâchette, et le fusil s'enfonce lentement contre son épaule. Une lourde balle de 9 millimètres brise le verre de la fenêtre de la cage d'escalier avant de frapper juste en dessous de l'arrière de la tête celui qui protège le groupe depuis le palier. Le sniper tire délibérément de manière à ce que son gilet pare-balles ne puisse le sauver. Et l'homme s'effondre.

Un doigt appuie fermement sur le bouton de la télécommande qui actionne l'interrupteur de l'escalier : l'explosion pulvérise le luminaire, en projetant des éclats de verre tout autour. L'équipe d'assaut devient momentanément sourde et aveugle, perdant la capacité d'évaluer la situation. Et déjà, des hommes silencieux et rapides se précipitent d'en haut et d'en bas.

Petro, le premier entré dans l'appartement, est moins gravement blessé que les autres. Il récupère assez rapidement, se lève, puis cherche à tâtons son arme tombée au sol. Il la ramasse, se tourne brusquement en levant le canon, mais trop tard. Crack !

« Châtaignier », marmonne sèchement l'un des nouveaux personnages de la scène, en lui tirant dans la tête. À cette distance, il n'est pas difficile de faire mouche... La tête d'un autre, stupéfait, se soulève légèrement au-dessus du sol. Paf ! Une lourde botte l'envoie dans un profond sommeil.

– Attachez-les tous ! Prenez les armes, nettoyez les traces, fermez la porte, et vérifiez s'ils ont des explosifs sur eux...

Plusieurs voitures freinent déjà dans l'allée. Fouiller cet assaillant au sol. Il semble reprendre ses esprits. Tu veux te battre ? Et, pan ! Le scélérat s'affaisse dans les bras des forces spéciales.

– Portez-le dans la voiture !

Le traîner en bas des escaliers, lui attacher les mains derrière le dos, arracher son col, au cas où il y aurait caché quoi que ce soit... puis le jeter par la porte arrière de l'immeuble. Là, il est reçu comme il se doit...

Une demi-heure plus tard, aucune trace ne trahit plus la confrontation. Les locataires sont rassurés : des petits malins, apparemment d'une « grande intelligence », ont fait exploser des pétards dans les escaliers. On ignore s'ils ont cru cette histoire, mais il n'y a pas de suite.

* * *

– Quelles sont les tâches du second groupe ? Réponds.

La voiture transportant le chef des attaquants s'arrête au bord de la rivière.

– Je ne suis pas au courant de...

Crack ! Dents éparpillées.

– Espèce de brute, tu as été libre dix ans de trop. Il y a déjà un verdict par contumace, donc si nous ne t'amenons pas au bureau central, personne ne nous en voudra. Nous n'avions pas même l'ordre de vous prendre vivant. C'est une pure coïncidence... Vous avez de la chance. Enfin, pas tous...

– Qu'est-ce que j'y gagne ?

– Tu ne finiras pas en nourriture pour les écrevisses maintenant. Cela te suffit ? Tu as une minute pour réfléchir.

L'interrogateur ouvre le revers de sa manche et regarde sa montre. Il sort son pistolet de l'étui et appuie sur la gâchette.

– Sans procès ?

– Je me fiche de savoir si c'est sans procès, aucune loi ne s'applique à quelqu'un comme toi. Trente secondes...
– Allez au Diable...

* * *

Les ruines inspirent toujours de la crainte lorsqu'elles sont les témoins d'événements tragiques, même d'un passé reculé. L'aéroport n'échappe pas à cette règle intemporelle. Les pluies et les vents perçants venus de la steppe ont fait disparaître les cendres, mais les cicatrices sont restées. Le temps n'a pas encore de prise sur elles. Un jour, peut-être. Dans longtemps.

Pour l'instant, les traces des bombardements servent encore de guide aux courageux osant passer derrière la clôture portant le panneau d'avertissement « Mines ».

La voiture s'arrête assez loin, ce qui indispose Mikhaïl : une centaine de mètres sous cette pluie glaciale violente est un tour de force. Un véhicule est déjà garé plus loin. Se pourrait-il qu'Ivan Sergueïevitch soit arrivé avant eux ? En tout cas, cela signifie qu'il n'est peut-être pas encore trop tard.

– Je ne sais pas où chercher exactement, avoue Mikhaï. Je n'y suis jamais venu.

– Oui ?

Enver a l'air absent, comme s'il n'écoutait pas. Depuis quel genre de nuages rêve-t-il ? À en juger par la teinte prédatrice de son sourire, il est plutôt dans un orage. Il regarde sa montre. Une fois de plus, le garçon doute de sa décision.

– Nous allons fouiller les ruines, il n'y a rien au milieu du champ. J'ai apporté une lampe torche, juste au cas où.

« Tu ferais mieux d'apporter un temps ensoleillé, espèce de porteur de lampe torche inutile ! Ton téléphone ne suffit pas ? », pense Mikhaïl, qui est en train de mourir de froid.

– Nous allons rester ici jusqu'à la nuit ?

– J'espère que nous en aurons fini avant.

Pourquoi ? Enver accorde de moins en moins d'attention à son compagnon, comme si sa vraie personnalité allait se révéler. Mikhaïl constate que les ruines s'étendent sur une zone énorme. Par où commencer ? Pour chercher quoi ? C'est Anton qui est venu...
– On regarde d'abord par ici ?, suggère timidement le garçon.
– Oui, d'accord. Le journaliste jette de nouveau un coup d'œil à sa montre.
Le garçon se sent blessé : pourquoi cette négligence ? Il pourrait dire tout de suite qu'il ne croit pas à ces sornettes et rentrer chez lui. A-t-il besoin de prouver sa supériorité ? Pourtant, Mikhaïl est seulement un... le mot lancinant de « traître » lui vient à l'esprit. Eh bien oui, c'est le mot juste. Quels que soient les objectifs, les actes ne disent pas autre chose. Mais c'est pour... un « grand dessein » ? Certes, mais n'est-ce pas plutôt une excuse, un alibi ?
La sonnerie du téléphone interrompt ses sombres pensées. Après avoir échangé quelques mots avec son interlocuteur, Enver agite la main vers les restes du mur et déclare sèchement :
– Allons par là, il n'y a rien à voir ici. Et allez, gamin, accélère !
La demande est satisfaite, mais un froncement de sourcils marqué témoigne du manque d'enthousiasme. Cela commence à devenir tendu. Comment un homme arrive-t-il à passer d'une émotion à cette manière de parler ? Tout est feint ? Que cache-t-il d'autre ?
Tandis qu'ils approchent des ruines, une bourrasque souffle telle une voix basse et indistincte. Le garçon écoute, mais ne peut comprendre les mots. Soudain, Enver le saisit par le cou et le traîne vers la source du bruit. Il n'y a pas de résistance possible, du fait de la différence de poids et de taille. Un inconnu se tenant derrière une porte cassée adresse un signe de la main signifiant « Par ici ! ». Mikhaïl y est traîné, poussé violemment à l'intérieur et, incapable de tenir sur ses pieds, dégringole les escaliers.
– Vous n'avez toujours pas fait parler ce vieil homme ? Dois-je faire le sale boulot à votre place ?, grommelle le « journaliste » avec irritation.

Plusieurs hommes sont réunis dans la pièce, les armes à la main. L'un d'eux tient Ivan Sergueïevitch. L'autre, apparemment le chef, répond :

– Nous devons le ramener vivant.

Enver jette Mikhaïl vers le vieil homme.

– Très bien, nous sommes tous là. Où sont les chats ?

– Partis.

L'adolescent essaie de se relever, mais le vieil homme pose la main sur son épaule.

– Ne bouge pas, lui ordonne une voix derrière lui.

Mikhaïl les regarde et constate que ces hommes ressemblent plus à des criminels qu'à autre chose…

– Est-ce que… Vous êtes ensemble ?! Je vous ai cru, et vous… Malgré son impuissance, Mikhaïl a envie, sinon de résister, du moins d'étaler ce qu'il pense de cet homme à qui il a fait confiance. Le sourire prédateur réapparaît sur le visage indifférent d'Enver.

– Oh non, de concert, mais pas ensemble, heureusement. Juste des amis situationnels, dirons-nous. Le journaliste se tourne vers Ivan Sergueïevitch. Alors ? Que penses-tu de ces instruments ?

Ce n'est qu'à ce moment que Mikhaïl remarque la console avec des équipements étranges, des boutons, des cadrans et des molettes.

– Je suis juste un vieil homme solitaire qui nourrit des chatons errants, mon cher. Je ne sais pas de quoi vous parlez. Pourquoi ne nous laissez-vous pas partir ?

Enver a la tête baissée si bas qu'il est difficile de mesurer sa colère, mais cela ne présage rien de bon.

– Un vieil homme solitaire, hein ? Grand-père, tu oublies de préciser : un vieux généticien solitaire avec un panier de léopards. Procédons de la manière la plus simple possible. Je vais te confier un secret : en ce moment-même, tu as des visiteurs dans ton appartement. Et crois-moi qu'ils sont particulièrement zélés. Alors, je répète la question : quel genre d'équipement est-ce ?

– Si tu sais qui je suis, pourquoi ces questions ? Ce n'est pas comme si je construisais une machine à remonter le temps à partir d'un aspirateur soviétique ! As-tu la moindre idée de ce à quoi ressemble ce genre de travail ? La génétique nécessite un vrai laboratoire, pas ça, avec toute cette saleté, sans électricité ni conditions normales. Il est impossible d'élever des colonies bactériennes ici, et encore moins des léopards. Alors comment puis-je savoir ce que tu attends de moi ? Il s'agissait autrefois d'un aéroport, il est probable qu'il reste des commandes de contrôle de cette époque. Ou peut-être que les enfants s'amusent avec, loin des yeux des adultes...

La patience de son interrogateur semble à bout. Des veines bleues saillent sur ses tempes. Apparemment, il n'a pas rencontré ces dernières années de casse-cou ou d'idiot assez courageux pour ironiser sous la menace d'une arme.

– D'accord, mon vieux, je vais me débrouiller sans toi. Tu n'es pas le seul petit malin ici. Il se tourne vers ses hommes : l'enfant et le grand-père ne sont pas indispensables, mais ne leur tirez pas dessus, dépecez-les comme s'ils avaient été attaqués par des animaux enragés. Vieil homme, tu sais comment les médias raconteront la scène ? Les deux intrépides, le garçon et le journaliste, partent à l'aéroport pour que le monde entier ouvre les yeux, mais tombent sur le créateur des léopards. Ce dernier, démasqué, lance ses créatures contre eux, qui attaquent celui qui est le plus proche, le garçon. Quant à moi, pauvre diable, j'échappe miraculeusement. Et alors, les bêtes retournent leur fureur contre leur créateur... Enver s'adresse à ses complices : trouvez quelques chats et décorez le tableau avec leur cadavre.

– Pas de problème... Nous allons en attraper un ou deux, ils ne sont sûrement pas loin...

– Il n'est pas nécessaire que ce soit eux, n'importe quel chat fera l'affaire.

Mikhaïl et le vieil homme sont poussés sans ménagement vers la sortie. Dans les mains de l'un des hommes apparaît un objet ordinaire, familier à tout jardinier : une « griffe » à quatre dents sur un manche en bois, généralement utilisée pour ameublir les lits de semences. Elle est partiellement enveloppée de ruban adhésif, afin de ne pas pénétrer trop profondément dans le corps. À première vue, les blessures causées par cet outil pourraient être confondues avec celles provenant d'un animal.

– Avancez !

Nouvelle poussée dans le dos.

– Allez, démontez ça !, ordonne aux hommes la voix du faux journaliste. Nous devons l'emporter à la voiture... Et dépêchez-vous, nous n'avons pas beaucoup de temps.

Les prisonniers sont emmenés à l'étage.

– Ici ?, demande l'un des hommes.

– Non, vers le mur là-bas. Nous ferons couler du sang dessus, le tableau sera parfait.

– Très bien... Allez vers le mur...

Après quelques pas, le vieil homme se retourne soudainement et bouscule leur escorte de toutes ses forces.

– Cours !, crie Ivan Sergueïevitch. Cache-toi dans l'herbe, ils ne te trouveront pas.

Mikhaïl démarre comme une saïga[50] folle, détalant aussi vite qu'il le peut.

Une détonation retentit derrière lui...

– Ne le laisse pas s'enfuir !

Courir en étant à découvert ? Ce n'est pas une option... Le vieil homme a raison : on ne peut fuir devant une balle. Alors il plonge dans l'herbe épaisse. Au lieu de ramper, il s'accroche au sol, craignant de se trahir par le mouvement de l'herbe. Et sa main cherche à tâtons un morceau de brique. Ils approchent.

– Où diable se cache-t-il ?

– Il ne peut pas aller bien loin. Il faut regarder ici. Va par là, je cherche de ce côté.

---

50. NdT : La saïga est une antilope eurasiatique qui fait partie des plus rapides, car elle peut courir à 40 km/h sur plusieurs kilomètres, et accélérer à 80 km/h sur 800 mètres, avec des pointes à plus de 100 km/h sur de très courtes distances.

Il entend leurs pas. En levant légèrement la tête, Mikhaïl voit un grand homme trapu avec une casquette sombre. Le fusil-mitrailleur est accroché derrière son dos et il tient un couteau sanguinolent. « C'est donc lui qui a tué Ivan Sergueïevitch. Et maintenant, c'est mon tour... » La main qui tient la brique se met à transpirer malgré le froid glacial. Et un frisson parcourt tout son corps, ses dents aussi semblent claquer. « Il est grand... Si je lance la brique, même touché à la tête, cela ne lui fera rien... »

L'homme fait quelques pas et s'arrête, comme s'il humait l'air. « Peut-être a-t-il l'odorat d'un chien... » Un feulement, des boules de poils rayées sortent de toutes parts et l'assaillent.

– Sales bêtes !

Balancé par une main puissante, un chaton s'envole en couinant. Un deuxième suit le même chemin. Toutefois, le sang coule déjà sur le visage de l'homme, car l'un d'eux l'a entaillé de ses griffes. Mikhaïl se lève d'un bond et jette la brique aussi fort qu'il le peut. Il l'a eu ! L'homme titube et lâche son couteau.

– Ah... tu es là !

En se retournant, le garçon voit le deuxième comparse, celui avec la « griffe », qui court vers lui depuis le coin du bâtiment. « Cette fois, il n'y a pas d'échappatoire ! En plus, celui-ci est indemne, ni blessé, ni assommé... Où trouver une autre brique ? »

Soudain, des éclaboussures de sang et de la matière jaillissent de la tête de son poursuivant. Dans la seconde suivante, Mikhaïl est plaqué au sol sans ménagement. Une silhouette sombre surgie de nulle part frappe le premier tueur à l'estomac avec la crosse de son arme. Il grogne, titube et s'effondre.

– Sortez le garçon de là !

– Ivan Sergueïevitch est là-bas, arrive à prononcer Mikhaïl.

Il est traîné sur le côté et déposé sur le sol, à couvert sous le mur.

– Tu vas bien ?

Devant lui s'est accroupie une jeune femme avec un fusil de sniper. Un canon anormalement épais, un « silencieux » ?

– C'est vous qui avez tiré ?

– Oui, dit-elle en épinglant une mèche de ses cheveux blonds et la cachant sous un bandana noué autour de la tête. Tu es courageux ! Une pierre contre un fusil-mitrailleur !

Un gros chat tacheté et rayé se frotte contre sa jambe. La sniper tend la main et lui caresse le dos.

– Qui d'autre est là ? Elle fait un signe de tête en direction des ruines.

– Enver ! Il...

– Nous le savons. Qui d'autre ?

– Il y a encore cinq hommes... Peut-être plus... Tous avec des armes à feu.

– Même en char d'assaut, ils ne pourront pas sortir. Très bien, reste ici ! Barsik, occupe-toi de lui.

– C'est votre chat ?, demande Mikhaïl en regardant l'animal.

– Il nous a conduits directement ici. La femme se lève. Ne bouge pas.

Elle met la main à son cou et y presse quelque chose.

– Vautour, c'est Lynx. Ils sont tous dans les ruines, armés, maximum une dizaine d'hommes. Bien reçu, j'arrive...

En une seconde, elle est déjà partie.

Il n'y a pas d'échange de tirs nourris : les forces spéciales attendent qu'ils sortent pour les cueillir. Deux hommes ont à peine franchi la porte que le premier est touché à la main droite, celle qui tient l'arme, tandis que le second reçoit une balle dans le genou. Quelques secondes plus tard, ils sont tous deux bâillonnés et traînés sur le côté.

Avant de donner l'assaut, le commando lance des grenades aveuglantes, puis autre chose. Quelques minutes plus tard, tout est terminé. Deux membres des forces spéciales tiennent en respect les survivants, qu'ils ont fait allonger.

– Comment vas-tu ? Lynx apparaît de derrière le mur, cette fois le fusil accroché à son dos. Le combat est terminé.

– Bien... Le garçon adresse un signe de tête au chat, en remerciement.

– Il a fait ce qu'il fallait. Allez, viens... Il y a un vieil homme qui t'appelle.

– Il est vivant ?! Mikhaïl se redresse immédiatement.

– Pour l'instant... mais il est en mauvais état... Le médecin craint qu'il ne s'en sorte pas.

– Celui à qui j'ai jeté une brique est celui qui l'a poignardé.

– Ah... La femme fait un sourire peu aimable. J'ai tiré sur le mauvais homme... Peu importe, je pense qu'il aura ce qu'il mérite.

Ivan Sergueïevitch est allongé sur un tapis en mousse jeté à la hâte sur le sol. Sa poitrine est bandée de façon serrée et, à côté de lui, secouant la tête, se tient le médecin. Il ressemble à un soldat des forces spéciales, mais seul son sac à dos avec une croix rouge dessus le distingue des autres.

– Tu es en vie..., soupire le vieil homme soulagé.

– Les léopards m'ont aidé, ils se sont jetés sur celui qui vous a poignardé. Et je l'ai frappé avec une brique, puis ils s'en sont occupés...

– Ils... Ils aident toujours... Même contre un ennemi plus fort.

Les boules duveteuses semblent sortir tout droit du sol, en couinant. Les chatons entourent le vieil homme, mais ne grimpent pas sur lui. Le temps semble s'être arrêté, même les forces spéciales s'immobilisent.

– Tu vois... Ils sont venus... Pour dire au revoir...

– Vous allez guérir.

– Non... Je suis médecin et... trop vieux. Toi et Anton êtes désormais responsables d'eux. Je lui ai remis un dossier. Tout est dedans, prenez soin d'eux, dit Ivan Sergueïevitch, avant de fermer les yeux.

Un homme portant le même camouflage que les autres soldats, mais armé seulement d'un pistolet à la ceinture, s'approche du « journaliste », couché à l'écart des autres. Il ordonne :

– Relevez-le...

Ils le retournent sur le dos et le font s'asseoir. Ils essuient son visage trempé de boue.

– Enver Rauf-Ogli ?

– Non... Je suis Enver Tcholak, correspondant de...

– Oui, c'est ça ! Racontez vos sornettes à d'autres. Pour qu'il n'y ait aucun malentendu, sachez que nous lisons toute votre correspondance avec vos supérieurs. Ainsi que de nombreuses autres choses... Alors, nous allons parler. Le « journaliste » se contente de serrer les dents.

– Eh bien... demandez...

Quelques heures plus tard

– Depuis quand avez-vous commencé à travailler contre nous ?

– On m'a fait venir il y a trois ans.

– Mouais..., l'enquêteur acquiesce et ouvre un dossier posé sur la table. Enver Rauf-Ogli, capitaine du MIT,[51] plus de dix ans de service... Quoi d'autre ? Liste des opérations réussies, récompenses... Allez-vous me sortir d'autres histoires à dormir debout, mon cher ? Dois-je vous montrer une photo de votre dernière récompense ?

Enver lèche ses lèvres soudainement sèches. Ils savent ! Mais... savent-ils tout ?

– Que voulez-vous de moi ?

– Je n'appellerai pas un consul turc pour vous, car il n'y en a pas ici, ni de relations diplomatiques entre nos pays. Je ne vois donc pas comment vous pourriez être aidé dans votre situation. Complicité de meurtre, planification d'une attaque armée, détention et port illégaux d'armes à feu et d'explosifs... Une condamnation à vie est suffisante. Je ne parle même pas du reste, et il y a beaucoup de choses à fouiller. Alors... il fait une pause. C'est à vous de voir... Vous avez une chance de rendre les choses plus faciles.

---

51. NdT : Le Millî İstihbarat Teşkilatı ou MIT, est le service de renseignement de la Turquie.

– Eh bien... Qu'est-ce qui vous intéresse ?

– Qu'est-ce que la villa ?

Le « journaliste » secoue la tête.

– Avez-vous la moindre idée de ce à quoi vous touchez ? Il y a tellement de forces en jeu. Ils me traqueront partout. Je préfère encore la prison.

– Vous croyez ? Désolé de vous décevoir, mais vous n'êtes pas le premier client de ce type. Vous n'avez pas eu vent des autres, n'est-ce pas ? Et d'après ce que je sais de votre pedigree, cela n'a pas aidé l'un de vos ancêtres non plus. Au fait, n'est-ce pas le lieutenant Sivertsev qui l'avait ligoté ? Vous ne le croirez peut-être pas, mais le nom de famille de la jeune femme là-bas est Kaftanova, descendante des mêmes Cosaques qui ont combattu vos ancêtres dans le Caucase. Il est vrai qu'elle ne savait rien de votre histoire, ni de votre lignée... C'est une coïncidence intéressante, vous ne trouvez pas ?

« Coïncidence » ?! Il n'y a pas de coïncidence... « Mais que faire ? », le Turc prend une inspiration.

– Donnez-moi à boire...

L'eau lui est versée dans un gobelet en plastique.

– La villa... C'est la résidence de Monseigneur Caparelli.

– Juste lui ?

– Pas seulement. C'est là que vit... habite...

– Je sais.

Enver secoue la tête.

– Vous pouvez difficilement imaginer ce que c'est. Je ne peux pas le décrire avec des mots. Et c'est impossible de l'oublier. En fait, tout le monde n'est pas en mesure de supporter une telle rencontre...

L'enquêteur hoche la tête.

– Quel âge a Caparelli ?

– Même ceux ayant trente ans de plus que moi l'ont toujours qualifié de « vieil homme ». Personne ne l'a jamais vu différemment. C'est le chef permanent de l'Ordre.

– Voici du papier et un crayon. Écrivez tout ce que vous savez sur lui. À propos de l'Ordre et de la villa. Il est de votre intérêt de ne rien cacher, vous le savez.

* * *

Mikhaïl est ramené à ses parents dans la soirée. Il va y avoir une sérieuse discussion, mais il n'a plus peur. Ce ne sont que des mots... Quel sens peuvent-ils encore avoir après une telle journée ? Que pourraient-ils même changer ? Toutes les erreurs qui pouvaient être commises l'ont déjà été, et la plupart ne pourront être corrigées.
Les larmes de maman, la voix sévère de papa... Ce qui est étrange, c'est comme s'il assistait à la scène depuis les coulisses. Pourquoi cette discussion sur le transfert dans une autre école ? Pourquoi maintenant ? Il n'y a rien d'autre de plus important ?

* * *

La matinée commence bien plus tard qu'elle ne devrait : hors de question de retourner en cours. Même sa mère reste à la maison. Pourtant, le vide s'étend comme une ombre invisible ne le quittant plus. Il lui est impossible de quitter sa chambre, comme après la mort de son léopard. Il ne peut se défaire de l'idée qu'il en sera toujours ainsi à partir de maintenant. Il veut se cacher de tout, de tous... La voix de sa mère le tire de ses pensées :
– Mikhaïl, tu as de la visite.
Il ne s'attendait pas à ce que quelqu'un vienne perturber sa solitude. Encore moins que ce soit Anton et Nastia.
– Maman, je sors discuter avec eux, d'accord ?
Il enfile à la hâte sa veste et son bonnet, et les rejoint. Nastia est la première à rompre le silence :
– Salut ! Nous espérions te voir.
Mikhaïl s'assied contre le mur et appuie son visage sur les paumes de ses mains, afin que personne ne puisse le voir sourire. Une

phrase banale, mais si chaleureuse ! Pourtant, il ne mérite pas cette chaleur. Eux ne savent pas encore pour Ivan Sergueïevitch. Comment leur dire ? De nouveau, les larmes coulent.

– Ivan Sergueïevitch... C'est à cause de moi...

Anton s'assied à côté de lui et frappe doucement l'épaule de son ami avec son poing.

– Hé, nous allons nous en sortir. J'ai le dossier. Quelqu'un a raconté au père de Nastia ce qui s'est passé là-bas. Il lui a raconté, elle me l'a raconté, nous savons tout.

Nastia s'assied de l'autre côté de Mikhaïl. Le garçon continue de pleurer, chacun se tait.

La mère observe la scène, puis se retire dans les profondeurs de l'appartement, de peur de troubler la paix fragile qui se profile dans l'âme de son fils. Anton se frappe le front, comme s'il se souvenait de quelque chose de très important, puis sort un chaton de sa poche :

– C'est... Beaucoup sont éparpillés. Les soldats les ont amenés à l'école et les ont laissé sortir à la récréation. Ils se sont fait des amis tout de suite, juste là ! Moumounia en a un aussi. Et celui-là, c'est le mien qui me l'a amené. Pour toi, je suppose... et il lui tend la petite boule de poils. Le chaton se dandine sur ses pattes douces et enfonce son nez humide dans la main de son nouvel ami.

Chapitre 11

Rome

Rien n'a changé dans les environs de la villa. Le temps et les circonstances ne l'affectent en rien, faisant souffler une légère brise sur le toit pointu du bâtiment. La route menant à la porte reste calme et déserte.

Cette fois, la voiture de passage n'ose pas s'approcher, s'arrêtant à une distance respectueuse des énormes volets. Vraiment... Et hors de portée des caméras de vidéosurveillance très bien camouflées. Il s'agit probablement d'un coup de chance, d'ailleurs ; en effet, qui peut savoir où elles se trouvent ?

La voiture s'arrête. Il n'y a pas de passant dans cette rue tranquille pour la remarquer. Sans bruit, la vitre de la portière arrière gauche, celle qui fait face à la villa, s'abaisse. Le visage d'un chat curieux apparaît. Étonnamment grand et massif, il saute à terre, suivi d'un deuxième, d'un troisième, d'un quatrième...

En un instant, leur ombre disparaît dans l'herbe. Le conducteur reste assis au volant.

Une heure passe, puis deux... Lentement, le crépuscule commence à tomber, mais la voiture ne bouge toujours pas.

Un léger bruissement et, d'un bond souple, l'un des chats saute dans l'habitacle. Il ressemble peu à l'animal doux et gracieux de tout à l'heure. Il saigne de la tête et boîte sur une patte. Il a souffert, mais il est manifestement un ennemi redoutable. Le chauffeur attend, mais plus personne n'émerge de l'obscurité croissante. Les lampadaires des rues avoisinantes s'allument, mais aucune lumière n'éclaire la route menant à la villa.

– Nous y allons ?

Le silence est la réponse. Que peut bien répondre un chat ? Le moteur gronde doucement, la voiture glisse dans la nuit et, quelques instants après, plus rien ne rappelle son existence.

Extraits d'articles de presse

[…] D'après les informations, la mort de Monseigneur Caparelli serait due à un choc nerveux causé par l'accident de l'un de ses proches.

[…] Les rumeurs selon lesquelles une équipe d'évacuation spéciale des services de gestion des déchets de la ville aurait été appelée au domaine de Monseigneur Caparelli sont sans fondement.

[…] Les activités de l'Ordre sont temporairement suspendues. Des changements sont attendus à sa tête. Des réclamations ont été formulées au sein du service de contrôle financier contre l'organisation [...] Selon des rumeurs non vérifiées, des poursuites pénales ont été engagées contre plusieurs cadres.

* * *

Il est impossible de se faire une idée complète de ce qui s'est passé à partir des comptes-rendus des médias et des commentaires sur internet. Les journalistes qui ont tenté d'éclaircir la situation se sont confrontés à un mur de silence. Il a été impossible de découvrir d'autres informations que celles mentionnées précédemment. Une chose est certaine : ce qui s'y est produit ne peut qu'être tout à fait extraordinaire.

Et même inhabituel, au point que tous les services de renseignement, qui sont certainement au courant des détails, sont contraints à un silence assourdissant. Dans des circonstances normales, personne ne garde secret un événement des plus ordinaires. Certes, un homme puissant est mort. Une figure mystérieuse et obscure, mais ce n'est pas le Pape non plus. Même le décès soudain de politiciens et de ministres influents donne toujours lieu à la publication d'un communiqué de presse et à la diffusion de données plus ou moins exactes. En l'occurrence, le silence reste total.

Dans ce monde digital ouvert à tous les vents, cela nécessite non seulement la volonté d'y parvenir, mais aussi des moyens et des réseaux puissants.

Toute cette histoire ne sent pas bon.

D'après les documents de l'état-major général Lieutenant général Sivertsev

[...] Je ne me permets pas de juger des choses qui me sont inconnues, aussi je n'aborderai pas ici l'histoire de la relation entre ces créatures. D'autant plus qu'elle a commencé en des temps immémoriaux, dont nous ne savons rien, et que les sources de ces informations nous incitent à les traiter avec prudence. N'étant ni historien ni spécialiste des animaux, je n'ose pas remonter aux racines de cette hostilité, et je ne le conseille à personne, car ce n'est pas d'une grande utilité pour notre cause commune.

[...] Ces chats, appelés Barsik, étaient à l'origine nommés par un nom persan, Barseg. Traduit en langage courant, il signifie « protecteur ». Nous pouvons donc supposer que leur patrie se trouve quelque part dans ces contrées. Leurs adversaires séculaires, dont le vrai nom est « hiboux », sont très probablement originaires des régions du nord. Ces mots nous viennent des Suédois et des Anglais, où ils sont utilisés encore aujourd'hui dans la vie quotidienne. Contrairement aux chats mentionnés, leurs éternels adversaires sont très peu étudiés, car pendant toute la durée de mon service, je ne me souviens pas d'un seul cas où une telle créature serait tombée entre les mains de nos soldats, non seulement vivante, mais même morte. Cela aurait été approprié pour un examen par des spécialistes compétents, d'autant plus que leur cadavre se décompose extrêmement vite, ce que nos meilleurs experts médicaux ne peuvent expliquer.

[...] Il existe toutefois des cas de communication directe entre des humains et ces créatures répugnantes. Ils sont alors atteints mentalement, et même profondément, comme s'ils offraient littéralement leur âme à l'impur. Cela peut aussi les conduire à commettre le péché de suicide. Elles sont des adversaires redoutables, qui exigent de notre part des efforts surhumains pour les combattre avec succès. Nous ne connaissons toujours pas leurs objectifs, et toutes nos recherches dans cette direction n'ont pas progressé d'un seul pas.

[...] Les chats, qui sont constamment auprès de nombreuses personnes, n'ont pas de qualités exceptionnelles, et ne donnent pas non plus d'avantages particuliers à leurs compagnons. Ils peuvent, et j'en ai été moi-même témoin, signaler le danger par leurs cris et leur comportement. Cela arrive aussi contre des gens ordinaires, qui ne sont pourtant pas marqués du sceau de Caïn. Cependant, les Barseg présentent une qualité particulière : ils ne peuvent manquer de repérer un homme ayant eu affaire à leur éternel adversaire. Et ils le reconnaissent instantanément, sans erreur. Dans n'importe quelle foule, ils conduiront leur compagnon directement vers un tel être. À l'appui de mes propos, je peux me référer au rapport du chef d'une chancellerie spéciale, dans lequel est mentionné le cas d'individus ayant voulu attenter à la vie de notre souverain. Un de ces « chats » les désigna clairement, grâce à quoi leur machination put être neutralisée.

[...] Je dois mentionner une autre particularité : l'inimitié de ces créatures est mortelle et mutuelle ; elle n'a pas commencé avec nous, et je suppose qu'elle ne finira pas avec nous. Je ne peux pas imaginer qu'ils puissent soudainement se séparer en paix. Les blessures infligées par les dents et les griffes des « chats » sont extrêmement douloureuses, et souvent mortelles pour leurs adversaires. Cela ne vaut que pour les « hiboux » ; pour une bête ou un homme ordinaire, ces blessures ne sont pas plus graves que d'autres griffures et morsures causées par des chats ordinaires. Cependant, rare est le chat qui peut sortir vivant d'un tel combat, car sa force et sa stature ne sont pas comparables à celles de son rival.

[...] Le chat ne peut pas être considéré comme un serviteur, il est un compagnon, fidèle et loyal à l'homme. Je tiens surtout à souligner, qu'en règle générale, ils aiment beaucoup les enfants. Ils les accompagnent partout et tentent par tous les moyens de les préserver des vicissitudes du destin. Ils se lancent courageusement dans la bataille, même contre un ennemi beaucoup plus fort, sans épargner leur vie, pour protéger les enfants qui leur sont confiés.

[...] Nous n'avons pas été en mesure d'établir la source de leur apparition. Cependant, d'après des archives anciennes, nous pouvons conclure qu'ils apparaissent généralement à des moments difficiles pour notre patrie, nécessitant un grand déploiement de force...

Table des matières